中國新聞史研究輯刊

四 編

主編　方漢奇

副主編　王潤澤、程曼麗

第 5 冊

文革小報研究（下）

李紅祥 著

花木蘭文化事業有限公司

國家圖書館出版品預行編目資料

文革小報研究（下）／李紅祥 著 — 初版 — 新北市：花木蘭
文化事業有限公司，2019〔民108〕
目 4+188 面；19×26 公分
（中國新聞史研究輯刊 四編；第 5 冊）
ISBN 978-986-485-814-9（精裝）
1. 中國報業史 2. 讀物研究
890.9208   108011510

ISBN-978-986-485-814-9

中國新聞史研究輯刊
四 編 第 五 冊   ISBN：978-986-485-814-9

文革小報研究（下）

作　　者　李紅祥
主　　編　方漢奇
副 主 編　王潤澤、程曼麗
總 編 輯　杜潔祥
副總編輯　楊嘉樂
編　　輯　許郁翎、王筑、張雅淋　美術編輯　陳逸婷
出　　版　花木蘭文化事業有限公司
發 行 人　高小娟
聯絡地址　235 新北市中和區中安街七二號十三樓
　　　　　電話：02-2923-1455 ／傳真：02-2923-1452
網　　址　http://www.huamulan.tw 信箱 hml810518@gmail.com
印　　刷　普羅文化出版廣告事業
初　　版　2019 年 9 月
全書字數　344366 字
定　　價　四編 13 冊（精裝）新台幣 26,000 元

文革小報研究（下）

李紅祥　著

目

次

下　冊

第 6 章　塑造與被塑造：文革群眾運動與文革小報

第 6 章　塑造與被塑造：文革群眾運動與文革小報

　　文革小報是文化大革命這一特定歷史階段的產物。文革運動，尤其文革初期群眾運動與文革小報兩者之間相輔相成。從某種意義上來說，文革群眾運動與文革小報之間存在著一種塑造與被塑造的關係。

6.1 群眾運動對小報的塑造

　　文革群眾運動對文革小報的形塑主要體現在兩個方面：一方面文革小報的出場與興衰是文革運動，尤其是文革群眾運動的一種「神聖」召喚；另一方面，中央首長發動文革群眾運動的意圖以及群眾運動本身的複雜性與運動方向的多變性形塑了文革小報形式與內容的同一性與多樣性。

6.1.1 興盛與衰落：群眾運動的召喚

　　文革小報作為文化大革命期間、尤其是文革初期紅衛兵、造反派進行輿論鬥爭的工具，它是文革群眾運動的一種「神聖」召喚。具體體現在兩個方面：一方面文革群眾運動的興起催生了文革小報；另一方面文革群眾運動的沉浮跌宕相應地促使了文革小報的興盛衰落。

　　文革群眾運動的興起催生了文革小報。1966 年 5 月 16 日，中共中央政治局擴大會議通過的由毛澤東主持起草的指導文化大革命的綱領性文件《中國共產黨中央委員會通知》（簡稱《五‧一六通知》），號召「全黨必須遵照毛澤

東同志的指示，高舉無產階級文化革命的大旗，徹底揭露那批反黨反社會主義的所謂『學術權威』的資產階級反動立場，徹底批判學術界、教育界、新聞界、文藝界、出版界的資產階級反動思想，奪取在這些文化領域中的領導權。」〔註1〕對所謂「資產階級」的反動立場和反動思想如何進行揭露和批判，《通知》再次重提 1956 年 4 月 28 日毛澤東在中共中央政治局擴大會議上提出的「放」的方針。〔註2〕

而到了八屆十一中全會則把鬥爭的重點從黨外開始轉向「整黨內那些走資本主義道路的當權派」，〔註3〕指出要依靠革命群眾，並且提出要採用興起於 1957 年的整黨和反右鬥爭中所使用的「大鳴、大放、大字報、大辯論」形式來加以揭露和批判。〔註4〕

《五一六通知》經《人民日報》發表後，聶元梓等人仿傚自 1957 年整風和反右以來歷次政治運動中群眾慣常使用的「鳴放」方式，於 1966 年 5 月 25 日在北大食堂牆上貼出了「第一張馬列主義大字報」。隨後這張大字報得到了

〔註1〕《中國共產黨中央委員會通知》，《人民日報》，1967 年 5 月 17 日，第 1 版。

〔註2〕1956 年隨著三大改造的完成，毛澤東作出了階級鬥爭已經結束的論斷，要求把全黨和全國的工作重點轉移到經濟建設上來。爲了發掘和動員建設資源，努力把黨內外、國內外，直接的、間接的一切積極因素調動起來，成爲當務之急。而在知識界，情況並不容樂觀：「胡風反革命集團」案留下的心理陰影還沒有消散，30 年代的老作家大多擱筆觀望；解放區來的作家則縮手縮腳，創作熱情銳減；文藝批評家更處在動輒得咎的境地，處處小心翼翼；爲數不多的文藝作品主題狹窄，概念化、公式化盛行。爲了打消知識分子的顧慮，毛澤東在 1956 年 4 月 28 日中共中央政治局擴大會議上提出「藝術問題上的百花齊放，學術問題上的百家爭鳴，我看這個要成爲我們的方針。」見中共中央文獻研究室：《毛澤東年譜》（第 2 卷），北京：中央文獻出版社，2013 年，第 570～571 頁。

〔註3〕《中國共產黨中央委員會關於無產階級文化大革命的決定》，《人民日報》，1966 年 8 月 9 日，第 1 版。

〔註4〕在毛澤東倡導「鳴放」的「引蛇出洞」的策略下，1957 年 5 月 19 日，北京大學民主牆上貼出了第一張「大鳴、大放」的大字報。而稍後的情況則是，作爲右派分子「向黨進攻工具」的大字報，在反右派運動中卻成爲反擊『右派』進攻的武器，並得到了最高領導人的一再肯定。1957 年 10 月 9 日，毛澤東在中國共產黨第八屆中央委員會第三次全體擴大會議上總結整風和反右運動的工作經驗時，指出「今年這一年，群眾創造了一種革命形式，就是大鳴，大放，大辯論，大字報……這種大鳴，大放，大辯論，大字報的形式，最適合發揮群眾的主動性，提高群眾的責任心。」見《做革命的促進派》，《毛澤東選集》（第 5 卷），中共中央毛澤東主席著作編輯出版委員會編，北京：人民出版社，1977 年，第 467 頁。

毛澤東的極力支持和《人民日報》的大力推廣。

正因爲這張大字報讓聶元梓在毛澤東那裡掛上了號，所以當「北京大學文革委員會籌備委員會」成立後，作爲籌備委員會主任的聶元梓在一次受到毛澤東的接見時，請求他爲一度停刊的北京大學原校刊《北京大學》題寫刊名，準備重新出版。爲表示對出現「馬列主義第一張大字報」的北京大學造反派的支持，毛澤東欣然應允，並兩度爲北京大學新校刊題寫刊名「新北大」。〔註5〕8 月 22 日《新北大》創刊，使用的是 8 月 17 日毛澤東第二次題寫的字樣。這是目前所知的文革開始後創刊的第一張文革小報。

也正是聶元梓的大字報得到毛澤東的極大支持後，人們揣摩到毛澤東和中央文革上層對於採取「大鳴、大放」政策的真實態度。在文革發動後，尤其在紅衛兵運動興起後，人們紛紛採用手寫大字報、刻寫的宣傳單和小字報的形式對校黨委和工作組進行批判。而這些宣傳單、小字報就是後來「紅衛兵報的雛形」。〔註6〕

從目前掌握的資料來看，「哈爾濱工業大學紅衛兵」創辦的《紅衛兵》、「北京六中紅衛兵」創辦的《紅衛兵報》、「首都大專院校紅衛兵司令部」創辦的《紅衛兵》以及「哈爾濱軍事工程學院紅色造反團—毛澤東主義紅衛兵總部」創辦的《紅色造反者》爲最早一批的紅衛兵報紙。其中「哈爾濱工業大學紅衛兵」創辦的《紅衛兵》是文革開始後的第一張紅衛兵報。

文革小報的誕生，究其實質是中央文革上層領導人和文革運動群眾雙方合力促成的結果。

一方面，文革小報的興起得到了以毛澤東爲首的中共中央的允許和提倡。毛澤東發動文革目的之一就是要砸爛自己親手締造起來的「舊的國家機器」、重建社會秩序。早在文革發動之前，他就表示擔心特權和腐敗會使掌權者走向人民的對立面。如在 1964 年 7 月 14 日《人民日報》發表「九評」中的最後一篇公開信中，毛澤東就親自對其捉刀加入了一段：「蘇聯特權階層控制了蘇聯黨政和其他重要部門。這個特權階層，把爲人民服務的職權變爲統治人民群眾的職權，利用他們支配生產資料和生活資料的權力來謀取自己小集團的私利。這個特權階層，侵吞蘇聯人民的勞動成果，佔有遠比蘇聯一般

〔註5〕中共中央文獻研究室：《毛澤東年譜（1949～1976）》（第 5 卷），北京：中央文獻出版社，2013 年，第 613～614 頁。

〔註6〕《贊紅衛兵報》，《新聞戰報》，首都新聞批判聯絡站主編，1967 年 9 月 28 日，第 19 期，第 2 版。

工人和農民高幾十倍甚至上百倍的收入。他們不僅通過高工資、高獎金、高稿酬以及花樣繁多的個人附加津貼，得到高額收入，而且利用他們的特權地位，營私舞弊，貪污受賄，化公爲私。他們在生活上完全脫離了蘇聯勞動人民，過著寄生的腐爛的資產階級生活。」〔註7〕他在文章中希望借批評蘇聯以警示中國。

毛澤東還曾多次在不同場合的講話中表示對現有中國的官僚體系的不滿，如1963年11月，他對《戲劇報》和文化部提出尖銳批評，「一個時期，《戲劇報》盡宣傳牛鬼蛇神。文化部不管文化，封建的、帝王將相的、才子佳人的東西很多，文化部不管。文化方面特別是戲劇大量是封建落後的東西，社會主義的東西很少，在舞臺上無非是帝王將相、才子佳人。文化部是管文化的，應當注意這方面的問題，要好好檢查一下，認眞改正，如不改變，就改名『帝王將相部』、『才子佳人部』，或者『外國死人部』。」〔註8〕

1965年，他還批評衛生部是「城市衛生部」、「老爺衛生部」。6月26日，毛澤東同身邊的醫務人員談話，醫務人員告訴他買來的兩套醫書可能與中國情況特別是與農村情況有不符合的地方。毛澤東說「告訴衛生部：衛生部的工作只給全國人口的百分之十五工作，而這百分之十五中主要還是老爺。而百分之八十五的人口在農村，廣大農民得不到醫療，一無醫，二無藥。衛生部不是人民的衛生部，改成城市衛生部或城市老爺衛生部好了。」〔註9〕

爲改變這種現狀，他最終找到的辦法是，甩開官僚集團，直接發動群眾、指揮群眾，希望通過「天下大亂，達到天下大治」的目的。〔註10〕正如他1961年寫的一首和郭沫若的詩，「金猴奮起千鈞棒，玉宇澄清萬里埃。今日歡呼孫大聖，只緣妖霧又重來。」〔註11〕

〔註7〕 《關於赫魯曉夫的假共產主義及其在世界歷史上的教訓——九評蘇共中央的公開信》，《人民日報》，1964年7月14日，第1～5版。

〔註8〕 中共中央文獻研究室：《毛澤東年譜》（第5卷），北京：中央文獻出版社，2013年，第285頁。

〔註9〕 中共中央文獻研究室：《毛澤東年譜》（第5卷），北京：中央文獻出版社，2013年，第285頁。

〔註10〕 毛澤東：《給江青的信》，見中共中央文獻研究室：《建國以來毛澤東文稿》（第12卷），北京：中央文獻出版社，1998年，第71頁。

〔註11〕 1961年10月18日，郭沫若在北京民族文化宮看了浙江省紹興劇團演出的《孫悟空三打白骨精》後，寫了一首題爲《看（孫悟空三打白骨精）》的七律：人妖顛倒是非淆，對敵慈悲對友刁。咒念金箍聞萬遍，精逃白骨累三遭。千刀當剮唐僧肉，一拔何虧大聖毛。教育及時堪讚賞，豬猶智慧勝愚曹。1961年

　　毛澤東希望通過發動「孫悟空」來「砸爛舊的國家機器」。對於如何發動，他希望通過對意識形態的操控來加以發動和運行。因為他一向認為「凡是要推翻一個政權，總要先造成輿論，總要先做意識形態方面的工作。革命的階級是這樣，反革命的階級也是這樣。」〔註 12〕於是他默許江青到上海找姚文元泡製攻擊吳晗的批判文章並親自審定在《文匯報》公開發表，從此揭開了文革序幕。但當時半個月內《人民日報》和《北京日報》對姚文元的文章的發表根本不予理睬。後來姚文元的文章被印成小冊子，北京也沒有發行。按照毛澤東的話說是北京市委是「針插不進，水潑不進」，中宣部是「閻王殿」。於是他決定要「打倒閻王、解放小鬼。」〔註 13〕

　　鑒於此，毛澤東極力支持《新北大》的創刊，欣然為其題寫新刊名，表示對群眾報刊的極力支持。此後最早一批紅衛兵小報也得到了毛澤東與中央文革上層的大力支持和認可。毛澤東曾多次對某些小報文章進行批示，指示「兩報一刊」轉載上面的文章。1967 年 1 月 22 日，江青就曾在參與部分北京高校的造反派代表座談會上公開表態：「你們自己的小報不是出得很好嗎？清華《井岡山》報也不錯，不過也有可能走上歧路。」〔註 14〕這是中央文革小組高層領導最早對文革小報進行最直接肯定的公開表態。

　　中央文革高層對文革小報的支持還包括對群眾組織創辦小報的辦公經費和印刷出版的支持以及中央文革小組、國務院、新北京市委等部門與文革小報進行緊密聯繫。比如北京地區的五大造反群眾組織報刊，這也是它們後來在文革小報中擁有重大影響和權威的一個重要原因。毛澤東和中央文革上層對紅衛兵、造反派群眾組織創辦報刊的支持，顯然是希望通過對這些群眾組織創辦的報刊進行控制利用，成為他們操縱、控制的「第二輿論」，從而達到動員群眾、推動文革群眾運動向前發展的意圖，最終達成文革運動的目的。

---

　　11 月，毛澤東看到郭沫若的詩後，寫了一首《七律・和郭沫若同志》：一從大地起風雷，便有精生白骨堆。僧是愚氓猶可訓，妖為鬼蜮必成災。金猴奮起千鈞棒，玉宇澄清萬里埃。今日歡呼孫大聖，只緣妖霧又重來。

〔註 12〕毛澤東：《凡是要推翻一個政權，總要先造成輿論，總要先做意識形態方面的工作》，見中共中央文獻研究室：《建國以來毛澤東文稿》（第 10 卷），北京：中央文獻出版社，1998 年，第 194 頁。

〔註 13〕《一九六五年九月到一九六六年五月文化戰線上兩條道路鬥爭大事記》，《五・一六通知》附件，載國防大學黨史黨建政工教研室：《「文化大革命」研究資料》（上），內部資料，1988 年，第 10 頁。

〔註 14〕《江青講話》，《新北大》，北京大學文化革命委員會主辦，1967 年 1 月 28 日，第 31 期，第 1 版。

　　文革群眾運動初期，個別有影響的文革小報也確實如中央文革上層所預期的那樣，起到了這種的特殊作用。清華大學的《井岡山》曾刊登了一封署名為「零五部隊一兵」的讀者來信摘要稱：「中央文革對我們的小報非常關心，非常愛護，我們的小報應該是中央文革的拳頭和匕首。」〔註15〕

　　另一方面，文革小報的出版，是文革群眾運動自身發展的需要，也是其領導者發動、領導和推動群眾運動的一種方式。文化大革命運動初期一個最主要的特徵就是採取自下而上的群眾運動。群眾在運動中通過輿論媒介發表言論的方式經歷了一個逐步發展和升級的過程。「八・一八大會」以前，紅衛兵和造反群眾組織的造反運動還主要局限於校內對校黨委和工作組的批判，這一時期主要媒介形式是貼在牆上的大字報。「八・一八大會」上毛澤東在天安門以其獨特的方式，公開表達對紅衛兵的支持。隨即紅衛兵和造反群眾組織運動的活動範圍開始從校內走向社會，開展轟轟烈烈的「砸四舊」運動。隨著組織活動範圍的擴大，紅衛兵和造反群眾組織便有了進一步擴大宣傳範圍以及適應移動傳播方式的需求，於是出現了宣傳單、小字報一類的媒介形式。隨著運動的開展，因受到 1966 年 8 月 17 日毛澤東為《新北大》刊名題詞，表達了對革命群眾組織辦刊支持的啓發，於是產生了進一步擴大宣傳、創辦屬於自己的自媒體的要求。文革小報於是應運而生。

　　文革小報隨著文革群眾運動的沉浮而起伏。文革初期群眾運動大致經歷了三年時間，自 1966 年 8 月 18 日紅衛兵開始正式登上歷史舞臺到 1969 年 8 月 28 日中共中央再次發布解散群眾組織的《八・二八命令》。在這三年間，毛澤東根據文革戰略部署，形勢需要，不斷調整運動方向，並且不斷更換文革群眾運動的主力。從毛澤東的戰略部署中文革運動主力的變換情況來看，整個文革群眾運動大致可以分為三個時期。當然，這種劃分只是為了分析和敘述的方便，前後階段之間沒有絕對的、明確的界限，因為往往前後兩個階段的特點有時是交織在一起的，只不過是看每一個階段哪一方面的特點更為明顯。

　　第一個時期，從 1966 年 8 月到 1966 年底，這一時期是保守派紅衛兵主導群眾運動時期。這一時期紅衛兵組織對抗工作組、紛紛成立群眾組織，大串連、砸「四舊」、批判「資產階級反動路線」。這一時期，又以 10 月份為分界線。10 月 5 日，中央下發一個要求為學校黨委和工作組打成「反革命」和

〔註15〕《井岡山報應該是中央文革的匕首》，《井岡山》，紅代會清華大學井岡山編輯部主編，1967 年 6 月 27 日，第 61 期，第 4 版。

「右派」的造反群眾進行平反的文件；16 日，陳伯達在中央工作會議上進行講話，正式宣佈「血統論」是一條「資產階級反動路線」。紅衛兵保守派勢頭日漸式微，而紅衛兵造反派開始崛起，造反派支配群眾運動開始。

10 月份以後，保守紅衛兵以及造反紅衛兵組織它們出於輿論需要，紛紛創辦自己的小報，從而迎來了文革小報的大發展。因為群眾組織創辦文革小報往往滯後於群眾組織的創立，在這一時期整個文革小報的組成當中，還是以紅衛兵保守組織創辦的小報占絕多數，而造反派組織創辦的小報還不佔據主流地位。

第二個時期，從 1967 年 1 月到 1968 年 7 月。這一時期群眾運動的主要特點是造反派群眾組織全面主導群眾運動時期，主要是對黨政機關進行奪權和造反組織內部「大武鬥」。1966 年 12 月 16 日，在「首都中學生批判資產階級發動路線誓師大會」上，江青宣佈解散保守紅衛兵在北京的三大組織：東城區、西城區和海定區「糾察隊」，正式宣告了保守紅衛兵主導文革群眾運動主流地位的開始結束。這一期間一方面是保守派紅衛兵組織被瓦解，另一方面始於 1967 年 4 月對在「二月鎮反」運動中被各地駐軍及公安機關打成「反革命」的造反群眾進行平反，從此造反派在群眾運動中開始走向全面主導群眾運動的地位。

1966 年 12 月，造反派就已經開啟奪取黨政機關大權之旅，尤其是上海「一月奪權」風暴之後，全面奪取黨政大權之風更是在全國刮起來了。在這一奪權過程中，絕大多數的省、地市級的黨報、黨刊被大量封閉，並經造反派改刊後，淪為造反群眾組織的輿論工具。

如果說在前一個時期，是由於不同等級的政治利益和政治訴求導致了保守派和造反派的分野與對立，那麼在這一時期，在奪權過程中，造反派組織內部由於爭權奪利，開始分裂為穩健派和激進派兩大派別。造反組織內部的分裂導致更多群眾造反組織的成立，相應地又催生了更多的群眾報刊。

隨著造反群眾運動轟轟烈烈的深入開展，紅衛兵保守派組織不斷受到打壓和排擠，逐步走向瓦解，他們創辦的小報已經大量萎縮；相反，造反組織勢力如日中天。所以這一時期，在文革小報中造反派組織創辦和改造的報刊幾乎獨步天下。

第三個時期，從 1968 年 7 月至 1969 年 8 月。造反派組織內部的分裂和武鬥是造反派由盛而衰的歷史轉折。自 1967 年夏伊始到 1968 年夏，全國各

地造反派中的穩健派和激進派之間發生的一系列武鬥事件，讓毛澤東深感群眾運動這樣下去將越發難以駕馭。於是他決定對造反群眾運動加以整頓，實現由亂到治的局面。

1968 年 7 月 3 日和 24 日，中央先後下發《七‧三布告》和《七‧二四布告》首次提出解散群眾組織。7 月 27 日，毛澤東派「工宣隊」強行進駐清華大學，宣告大專院校紅衛兵造反運動的終結。自 7 月至 9 月期間，中央通過一系列措施，宣佈不准造反派群眾組織另立中心、派「工宣隊」進駐學校、提倡工人階級必須領導一切，抓革命促生產以及陸續在全國各省、市、自治區建立新生的紅色政權——「革命委員會」，實現了「全國山河一片紅」，從而結束了長達兩年半的無政府狀態。這期間一大批造反群眾組織紛紛宣告「完成歷史使命」，撤消總部，解散組織。

然而，這一系列針對造反群眾組織的整頓措施，對全國群眾組織的解散還比較有限，各地造反派之間對立和鬥爭仍然存在，群眾組織仍在繼續發揮作用。1969 年 7 月和 8 月中央先後下發《七‧二三布告》和《八‧二八命令》。全國除得到毛澤東特許的上海「工總司」得以保留、繼續存在外，其他各地的群眾組織都徹底解散。

這一時期，隨著群眾運動的衰落，造反組織的解體，絕大部分群眾報刊也隨之煙消雲散。當然，並不是所有的群眾報刊已經完全銷聲匿跡，有些文革小報直至文革結束，才徹底告別歷史舞臺。

6.1.2 形式與內容：群眾運動的形塑

文革群眾運動在發展過程中，因其自身特點形塑了文革小報的形式與內容特徵。具體體現在：一方面文化大革命、尤其是文革初期群眾運動以毛澤東思想為指導，大抓階級鬥爭和「鬥私批修」，在一定程度上塑造了文革小報的一般基本形式和內容特徵；另一方面文革群眾運動在發展過程中不斷進行戰略調整，又使文革小報在不同階段呈現出不一樣的形式和內容重點。

文革的發動和實施以及文革群眾運動的深入開展都離不開對毛澤東的個人崇拜。其實，對毛澤東的個人崇拜在文化大革命前就其來有自。中國人們對毛澤東的崇拜肇始於 20 世紀 40 年代、興起於 50 年代。1966 年 8 月至 11 月，毛澤東在天安門城樓對紅衛兵進行八次大規模的接見，是毛澤東利用群眾對他的個人崇拜進行群眾動員的最佳典範。同時，通過這八次接見，毛澤

東又把人們群眾對他的個人崇拜推向了一個新的階段。在文革群眾運動期間，人民群眾對毛澤東的崇拜則達到了鼎盛時期，而且日益趨於「準軍事化」狀態，人們天天讀「紅寶書」、跳「忠字舞」、「早請示、晚彙報」。

作為積極響應毛主席號召進行革命造反的紅衛兵、造反派們創辦的文革小報也深受對毛澤東個人的瘋狂崇拜這一社會現實的影響。首先，在形式上，許多文革小報的報名要麼取自毛澤東的詩詞中的幾個字或者一個詞，要麼出自毛主席的講話或者文章；報眼位置大量刊登毛主席語錄和最新指示，作為整期報紙的主題；在版面編排上，有時有些報紙版面通欄刊登毛主席的某一句話作為口號，作為整個版面主題；有些報紙頭版整版刊登或者大幅刊登毛主席照片；在語言上，報紙文章大量使用形容詞最高級形式，文風上，有些文章刻意模仿毛澤東的文章語言和毛澤東文章慣有的氣勢磅礡的強辯文風；在報紙內容上，大量刊登對毛澤東表忠心和個人崇拜的詩歌、「喜報」和文章；在報紙的日常編輯工作中，報紙編輯特別謹慎，擔心文章作者一不小心引用錯了毛主席語錄而給自身和報紙招來殺身之禍，所以一般的文革小報都開設了「更正」欄目，一旦出錯就及時更正，並從思想深處、政治高度對自己的業務行為進行深刻檢討。

在中國傳統文化裏，「紅」色還代表著「喜慶」、「慶祝」。所以在文革小報中有大量的報紙在某些特殊的日子出刊的時候，採用套紅印刷，以示慶祝。同時，在現代社會中，「紅」色象徵著「革命」。所以中國的近現代史是一部紅色的歷史，承載了人們太多的紅色記憶。如在革命戰爭年代，有「紅軍」、「紅區」、「紅色政權」等。到了新中國建立後，「紅」色又衍生了新的含義。如「又紅又專」的「紅」代表「政治正確」。到了文化大革命初期，「紅」由50 年代末期的「政治正確」的含義延伸為無限忠誠於無產階級革命事業的思想紅心，以及在「紅五類」和「黑五類」的劃分中，「紅」則表示根正苗紅的階級出身。這時「紅」成為這一特定歷史時期的社會底色。所以在文革小報中出現了許多以「紅」命名的小報，既有取其「革命」的寓意，也有取其「政治正確」的含義，既有取其「忠誠」的含義，也有取自「根正苗紅」的意義。

另外關於文革小報其他類型的報名，也可以看出文革群眾運動對它的影響。文化大革命是毛澤東為實現其一種烏托邦式的社會主義理想的追求而發動的。他希望通過「大破大立」，「砸爛舊的國家機器」，創建一個新的「大同世界」。無論是 1966 年文革群眾運動初期的「破四舊」，還是到了 1967 年文

革群眾運動中期的革命大奪權,「砸爛舊的國家機器」,都緊緊圍繞「砸舊迎新」這一特定運動主題來進行。在文革小報的報名中出現了大量的取名為「新」的「新」字報。這些「新」字報,要麼意味告別舊的世界、迎接新未來,要麼意味著小報本身與奪權前的報刊相區別。另外,革命與造反是紅衛兵、造反派進行日常活動的一項重要議題,也是文化大革命這一運動名稱之下的應有之義。「鬥私」與「批修」成為文化大革命、尤其是文革群眾運動的重要內容。「戰鬥到底」成為當時最為流行的口號。文革小報中的命名出現一系列與「戰」有關的報名。要麼直接以「戰」命名,要麼以「批」為名,要麼以「造反」為名。

語言是社會現實的一種鏡子式的反映。文化大革命初期,隨著紅衛兵、造反派組織在全國風起雲湧,「造反」成為一種革命風尚,粗魯、庸俗的語言則成為了一種革命造反的標誌。紅衛兵、造反派們通過這種粗魯、庸俗的反傳統語言以顯示他們對傳統的蔑視以及造反的精神。當時一首流行於大街小巷的宣揚「血統論」的紅衛兵歌曲《鬼見愁》的結束句「老子英路兒好漢,老子反動兒混蛋,要是革命你就站過來,要是不革命就滾他媽的蛋!滾,滾,滾,滾他媽的蛋!」從這句歌詞可以管中見豹彰顯出文革時期紅衛兵、造反派們日常使用語言之粗野。

文革初期與這一類語言同時流行的,還有軍事化用語的濫用。紅衛兵、造反派在日常交流中動不動就「打倒誰誰」、「向某某猛烈開火」、「不投降就叫它滅亡」、「頑抗到底,死路一條」等。甚至紅衛兵、群眾造反組織也大都直接模仿軍隊編制加以命名,從最初的「某某戰鬥小組」到後來的「某某縱隊」、「某某指揮部」、「某某司令部」、「某某兵團」等,不一而足。文革時期、尤其是文革群眾運動期間軍事語言的膨脹,是與這一時期整個社會崇尚暴力有關。紅衛兵一出場便以身穿軍裝,腰紮武裝皮帶而打造出一副革命戰鬥的形象。而這種崇尚暴力美學的審美趣味更與文革前夕毛澤東號召全國人民「向解放軍學習」的運動相關。〔註16〕

正因為文革期間、尤其是文革群眾運動期間的社會語言呈現出離經叛道

〔註16〕1964 年 2 月 1 日,毛澤東向全國人民發出「學習解放軍」的號召。同日,《人民日報》頭版頭條發表社論文章《全國人民都要學習解放軍》,號召全國人民向解放軍學習,同時《人民日報》還在第二版開闢《學習解放軍無產階級化的革命精神》專欄。從此,一場「全國人民學習解放軍」運動轟轟烈烈在全國鋪開,這場運動對以後的文革運動產生了深遠影響。

的粗野化以及軍事語言在日常生活中的膨脹化，從而塑造了文革小報的語言，除前面提到的因當時整個社會盛行對毛澤東的言辭崇拜導致文革小報語言出現過渡的誇張的修辭和強辯的論證文風外，還呈現出大量的粗野謾罵的話語以及軍事化語言的過渡濫用等特點。

　　文化大革命、尤其文革群眾運動的目的是要揭露和批判「混進黨裏、政府裏、軍隊裏和文化領域的各界裏的資產階級代表人物」〔註17〕、「鬥垮走資本主義道路的當權派」。〔註18〕在這一指導思想下，文革小報的內容以宣傳文化大革命為核心，對「資產階級的代表人物」、「資產階級的當權派」以及「資產階級的反動思想」進行揭露和批判。

　　1966 年 10 月後，黨委被踢開，大量黨報或者停刊、或者被造反派所把持，全國的報刊從七百多家，變成了約四十家，而且幾乎是同一個面孔。「兩報一刊」的社論和文章成為全國人民必須學習領會的文件性內容，從而形成首長的講話、指示以及報刊治國的無序現象。所以刊登最高首長和中央文革成員的講話、指示以及號召學習與轉載「兩報一刊」以及其他具有較大社會影響群眾報刊的社論和文章成為文革小報刊登的另一項重要內容。

　　文革群眾運動期間，群眾組織內部存在不同的派性之爭。前期主要為保守派與造反派之爭，後期造反派內部又存在穩健派和激進派之爭。各對立組織之間黨同伐異、相互傾軋，從而導致各群眾組織創辦的報刊對對立組織的造反行為以及對立派組織的報刊及其文章進行打壓與批判。

　　文化大革命、尤其是文革群眾運動在形塑了文革小報在形式和內容方面呈現上述一般共同特點的同時，它又因其運動方向的戰略調整以及運動本身的複雜性形塑了文革小報在不同階段呈現出多樣性的特徵。

　　最初在毛澤東的設想中，文革運動應該很快就會結束。但是，隨著群眾運動的發展，局勢已經不為他所控制，以致迫使他不得一而再、再而三地更改他的戰略部署。

　　毛澤東在 1966 年 8 月召開的八屆十一中全會上就說，「大概是在明年一個適當的時候要召開黨的九大」〔註19〕言下之意，在召開九大之前，文革運

〔註17〕《中國共產黨中央委員會通知》，《人民日報》，1967 年 5 月 17 日，第 1 版。
〔註18〕《中國共產黨中央委員會關於無產階級文化大革命的決定》，《人民日報》，1966 年 8 月 9 日，第 1 版。
〔註19〕毛澤東：《在中共八屆十一中全會閉幕會上的講話》，《建國以來毛澤東文稿》（第 12 卷），北京：中央文獻出版社，1998 年，第 100 頁。

動應該可以結束。在 10 月召開的中央工作會議全體會議上，毛澤東再次談到，「這個運動才五個月，可能要搞兩個五個月，或者還要多一點時間。」〔註20〕按照他的說法，文革運動應該會在 1967 年下半年結束。

但到了 1967 年，文革群眾運動日益走向失控。毛澤東爲控制局面，不得不解除文革發動之初提出的軍隊不得介入地方文化大革命的禁令，派解放軍到地方進行「三支兩軍」。

這時在毛澤東的腦海中，不得不對文革運動的時間表進行修正。他在 2 月會見來自阿爾巴尼亞的外國友人談及文革的部署時說，「現在，兩方面的決戰還沒完成，大概二、三、四這三個月是決勝負的時候。至於全部解決問題可能要到明年二、三、四月或者更長。」〔註21〕這時，在毛澤東的戰略部署中，他已經把文革結束的時間從 1967 年延遲至了 1968 年。

從後來毛澤東的幾次談話中，多次印證了他的這一想法。7 月，毛澤東在與林彪、周恩來、楊成武等人的談話中說：「一年開張；二年看眉目，定下基礎；明年結束。這就是文化大革命。」〔註22〕

8 月，他召見了阿爾巴尼亞兩位專家，在談到文化大革命何時結束時說：「我們的這次運動打算搞三年，第一年發動，第二年基本上取得勝利，第三年掃尾，所以不要著急。凡是爛透了的地方，就有辦法，我們有準備。凡是不疼不癢的，就難辦，只好讓它拖下去。」「經過四、五、六、七月，現在八月份了，有些地方搞得比較好，有一些地方不太好，時間要放長一些，從去年六月算起共三年。既然是一場革命，就不會輕鬆。」〔註23〕

9 月，他在南方視察途中的講話中說，「運動的第一年已經過去了，第二年又過了三個月了，七、八、九。再解決十個省市的問題，全國我看春節差不多了，可能有個眉目了。」〔註24〕在他看來，此時文化大革命應該臨近尾聲了。

〔註20〕中共中央文獻研究室：《毛澤東年譜》（第 6 卷），北京：中央文獻出版社，2013 年，第 10 頁。

〔註21〕中共中央文獻研究室：《毛澤東年譜》（第 6 卷），北京：中央文獻出版社，2013 年，第 46 頁。

〔註22〕中共中央文獻研究室：《毛澤東年譜》（第 6 卷），北京：中央文獻出版社，2013 年，第 98 頁。

〔註23〕中共中央文獻研究室：《毛澤東年譜》（第 6 卷），北京：中央文獻出版社，2013 年，第 111 頁。

〔註24〕中共中央文獻研究室：《毛澤東年譜》（第 6 卷），北京：中央文獻出版社，2013 年，第 119 頁。

　　1968 年 1 月 1 日，「兩報一刊」發表了經毛澤東定稿的元旦社論。社論稱：「人類歷史上第一次無產階級文化大革命，已經在一九六七年取得了決定性的勝利。在毛主席一系列最新指示的指引下，奪取無產階級文化大革命全面勝利的偉大鬥爭已經開始了。」〔註 25〕按照社論的意思，此時文革已經取得「全面勝利」，應該很快可以結束。

　　但是在 10 月召開的八屆十二中全會上，毛澤東在談到把文化大革命進行到底時說，「究竟什麼叫到底呀！我們估計大概要三年，到明年夏季差不多了。」〔註 26〕這時，他又把文革運動的結束時間從 1968 年調整到了 1969 年。

　　毛澤東設定的三年的文革時間表裏，實際上在文革初期的群眾運動期間的這三年時間裏，一個新問題緊接著另一個新問題，毛澤東的文革理念不斷遭到實踐的反覆碰撞，往往偏離了它初期的目標，最後只能在進退維谷的泥潭中掙扎。直到他 1976 年去世，他一手發動的文革運動都沒有結束。

　　整個文革群眾運動三年時間裏，先是紅衛兵登上歷史舞臺後開始狂飆、大串連，起初紅衛兵保守派占主導，造反派紅衛兵受到壓制；但隨後給被校黨委和工作組打成「反革命」和「右派」的造反群眾進行平反以及開始推行批判所謂的「資產階級反動路線」，保守紅衛兵開始變成「保皇派」，而造反派紅衛兵開始崛起。「二月鎮反」被否定後，全國多數地方保守派被瓦解，造反派成為社會政治主流。在「一月奪權」風暴開始後，造反派內部開始分裂為穩健派和激進派，兩派之間內鬥不斷出現難以駕馭的局面，於是開始要求軍隊正式介入地方並要求進行革命的「大聯合」。然而派性分裂導致大武鬥，最後被迫派出「軍宣隊」、「工宣隊」，下令解散造反群眾組織，要求知識青年「上山下鄉」。正是「依靠小將，不行。依靠老將不放心。依靠軍隊，又不行。依靠工人還不行。走馬燈，惡性循環。」〔註 27〕

　　正是這種文革戰略方向的不斷調整、運動主力你方唱罷我登場的不斷變換以及群眾組織的內部分裂導致了群眾運動的複雜性和多變性，從而形塑了文革小報的形式和內容在不同階段出現不同的特徵。

　　首先，文革小報在整個創辦的過程中，因組織內部的分裂與奪權，導致其

〔註 25〕《迎接無產階級文化大革命的全面勝利》，《人民日報》，1968 年 1 月 1 日，第 1 版。

〔註 26〕毛澤東在中共八屆擴大的十二中全會開幕會上的講話記錄，1968 年 10 月 13 日。

〔註 27〕葉永烈：《文革名人風雲錄》，西寧：青海人民出版社，1995 年，第 278 頁。

出現了不同的刊，有「創刊」、「改刊」、「休刊」、「復刊」、「終刊」。如一份小報因組織內部分裂，出現兩個或者多個以上不同組織創辦的以同一報名出版的「創刊號」；一份報紙也往往因爲奪權導致不同主辦單位的變更，頻繁出現「改刊」現象，其中既可以是改報名，也可以是只改創辦單位，也有可能是改變派性風格；同時一份報紙也可因爲奪權出現封閉或者「休刊」現象，但「休刊」不意味終止出版，它隨後可能被另一組織啓封，重新開始「復刊」出版。

其次，在文革小報的字號上，因群衆組織的內部聯合、群衆組織的奪權或者分裂以及中央在不同階段派不同力量的介入，從而出現不同的字號。這些不同字號標注的報紙通常用來表示與過去同一報名出版的報紙相區別。如「紅」字號的報紙表示「紅代會」組織主辦的報紙；「新」字號的報紙既可以表示群衆組織對黨報奪權後重新復刊創辦的報紙，也可以用來表示某一群衆組織內部分裂出去的成員重新組成一個新的組織出版的與以前組織出版的同名報紙；「軍」字號表示「軍宣組」掌握的原來群衆組織創辦報紙；「工」字號表示「工宣組」掌握的原來群衆組織創辦報紙。

再次，文革小報在創辦的過程中因主辦組織勢力和影響的擴大，往往出現擴大出版範圍和影響範圍的現象。如許多在文革群衆運動期間具有全國影響力的造反組織創辦的報紙紛紛出版了「異地版」或者「航空版」。

最後，群衆運動的過程中因上層文革戰略的調整以及運動本身形勢的變化，從而也形塑了文革小報在不同階段出現了不同的刊、版形式與內容。如在群衆運動的不同階段，因運動本身主題的變化從而導致文革小報出版專門針對某一主題內容的不同的「專刊」、「特刊」與「增刊」；也有因運動形勢的需要，如革命串連與革命的大聯合，導致不同組織創辦的小報一起出版「合刊」或者「聯合版」；文革小報在群衆運動的不同階段，因群衆運動形勢的變換以及運動主題的變化，報紙內容也會隨之變化。

6.2 小報對群衆運動的影響

文革小報作爲特定歷史階段的產物，其誕生、發展、繁榮與消亡不僅是文化大革命、尤其是文革初期群衆運動這一特定歷史的時代召喚，其形式與內容也爲這一特定歷史階段的社會現實所形塑。反之，文革小報作爲文化大革命、尤其是文革初期群衆運動期間群衆組織的一種社會輿論工具，它的運

行對所處的社會也必將產生深遠影響，主要體現在：一方面它作為推動群眾政治運動的工具，推動了文革群眾運動向前發展；另一方面，文革小報是在「無產階級專政下大民主」的原則下誕生與運行，必將走向失控的軌道，最終在一定程度上促使毛澤東對文革群眾組織加以整頓，從而加速了文革群眾運動的終結。

6.2.1 推動運動向前發展

　　文革初期紅衛兵、造反派創辦的群眾報刊之所以能得以生存和發展，是因為得到了以毛澤東為首的中央的認可。他們之所以允許和提倡群眾創辦自己的報刊，主要是為了利用紅衛兵和造反群眾創辦的群眾報紙來推動文化大革命。毛澤東在 1948 年就指出：「報紙的作用和力量，就是在於它能使黨的綱領路線、方針政策、工作任務和工作方法，最迅速最廣泛地與群眾見面。」〔註 28〕所以，只要是有利於宣傳與推動文化大革命的進行，以毛澤東為首的中央就放手讓他們去辦。正因為這樣，文革小報自誕生之初，就以宣傳文化大革命為自己的核心任務。各紅衛兵、造反派都在自己創辦的小報《發刊詞》中聲稱要把小報辦成「宣傳、貫徹黨的綱領路線、方針政策，宣傳、貫徹十六條的紅色陣地，宣傳和捍衛毛澤東思想的紅色陣地，興無滅資的紅色陣地」、〔註 29〕「開展無產階級文化大革命的戰鬥武器」、〔註 30〕「革命造反派的喉舌」。〔註 31〕也就是說，紅衛兵、造反派都把各自創辦的文革小報作為推動文化大革命的政治工具，把文革小報作為推動群眾造反運動的宣傳員、鼓動員和組織者。

　　對於文革小報在文化大革命中所發揮的重要作用，印紅標認為文革小報的作用主要體現在：宣傳了毛澤東關於文化大革命的理論、路線、方針、政策，動員了大批群眾關心和投入這場政治運動；溝通以毛澤東為首的中共中央與普通群眾的聯繫；溝通群眾組織之間的信息交流；增強群眾組織的社會

〔註 28〕　《對晉綏日報編輯人員的談話》，《毛澤東選集》（第 4 卷），北京：人民出版社，1966 年，第 1318 頁。

〔註 29〕　《發刊詞》，《鬥批改戰報》，北京鐵道學院文革籌委會組織組主辦，1966 年 9 月 30 日，創刊號，第 2 版。

〔註 30〕　《發刊詞》，《井岡山》，北京師範大學毛澤東思想紅衛兵井岡山戰鬥團主辦，1966 年 12 月 9 日，創刊號，第 2 版。

〔註 31〕　《致讀者》，《京西風雷》，首都大專院校紅衛兵革命造反總司令部中學中專部門頭溝分部主辦，1967 年 2 月 28 日，創刊號，第 4 版。

政治影響力四個方面。〔註32〕

　　文革小報對於文化大革命、尤其在推動文革群眾運動發展層面，除上述印紅標提出的四個方面的作用之外，主要還體現在調整文革戰略部署、引導社會輿論、推動個人崇拜、建構造反群眾的身份認同幾個方面，從而進一步推動了文革群眾運動向前發展。

　　首先，文革小報作為及時反映文革群眾運動的一個窗口，以毛澤東為首的中央根據這個窗口及時瞭解群眾運動的動態並透過群眾報刊文章釋放運動最新方向信號，調整文革戰略部署。

　　毛澤東對小報的關注，其來有自。早在中央蘇區和延安時期，他就很關注各種小報，因為小報比較能反映底層群眾的聲音。當時關中地委辦有一份八開的油印小報，毛澤東幾乎每期都看。有一次，他從該小報看到兩篇文章反映出邊區群眾的某些要求。毛澤東當即將這份小報寄給博古和陸定一，並用紅筆寫下眉批，稱讚小報上刊載的兩篇小文章。說文章寫得精闢，有獨自見解，是大報上很難看到的好文章，不妨轉載在《解放日報》上。後來，《解放日報》馬上轉載了這兩篇文章。〔註33〕毛澤東這種對小報格外的興趣和關注，一直延續到文化大革命時期。

　　文革群眾運動發動不久，毛澤東不僅為第一張群眾造反派的報紙題寫刊名表示對群眾造反的極力支持，同時他還特別關注群眾組織創辦的報紙，透過紅衛兵、造反派創辦的文革小報瞭解各地文革群眾運動的進展情況。

　　據毛澤東的圖書管理員徐中遠回憶，從 1973 年到 1975 年，他們就曾對毛澤東書庫中的報刊進行過整理。他們認為：「文化大革命以來，紅衛兵群眾組織編輯、出版的報刊，毛澤東處應當是最齊全的」，「大大小小一共有一百多捆。」〔註34〕可見文革期間，尤其是文革群眾運動期間，毛澤東把文革小報作為其瞭解文革動態的一條重要信息渠道。

　　《中學文革報》創辦者之一牟志京也曾撰文回憶，文革群眾運動期間，毛澤東每天必看數份最新出刊的「最有影響的紅衛兵小報」，並將此事交中央文革小組具體辦理。而中央文革小組又將此任務布置給「首都三司」，由「首

〔註32〕印紅標：《「文革」中的群眾組織小報》，《新聞與傳播研究》，1992 年第 1 期，第 159～162 頁。
〔註33〕孫寶義：《毛澤東的讀書生涯》，北京：知識出版社，1993 年，第 261 頁。
〔註34〕徐中遠：《毛澤東晚年讀書紀實》，北京：中央文獻出版社，2012 年，第 404～405 頁。

都三司」宣傳部長負責薦報。「幫我開過介紹信的三司宣傳部長，曾向我索取全套的《中學文革報》，講他受中央文革之託，要為毛澤東準備八份最有影響的紅衛兵小報。他認為我們的報紙應在此列。」〔註35〕

1967 年 7 月 12 日，毛澤東在其中南海住處接見昔日在湖南第一師範讀書時的同學周世釗。那天，老同學相見甚歡，長談了三個小時。周世釗介紹說，來京後多數時間是呆在北京飯店房間看書讀報，偶而出去走走，看到飯店大門東邊的王府井大街南口每天有人在那賣全國各地的文革小報。

毛澤東問周世釗從小報上讀到些什麼重要消息。周世釗說，特別重要的消息倒是沒有，但小報上近來有大量的武鬥消息，只是這些小報關於這方面報導的寫法很有趣，有點像過去戰爭年代發急電的方式，動不動就是「某某地方告急，急急急，十萬火急！」

毛澤東聞言一笑，說：「是呀，動不動就是十萬火急，讓他們告急去。不過，我看急也急不了多久，總會要想個法子解決問題的。」

周世釗又向毛澤東彙報上個月發生在湖南省會長沙的「六・六事件」。沒想毛澤東對長沙「六・六事件」的情況瞭解得比他還更清楚。談到當時東塘是怎麼個打法，河西一戰又如何如何等。

周世釗感到非常驚訝，說：「主席，你比我還知道得更清楚哇！」毛澤東又是一笑，說：「我是黨中央主席嘛！他們（指中央文革小組）會時常向我彙報情況的。」並指著辦公桌案頭對周世釗說，「你看，我那辦公桌上，不是也放著一大堆小報嗎？有些情況我就是從小報上知道的。」

第二天深夜，毛澤東在代總參謀長楊成武等人的陪同下悄然離京，開始了文革中的第一次南巡。到了 9 月中旬，毛澤東來到了他此次為時兩個多月南巡的最後一站江西南昌。在那裡在聽取各方彙報之前，毛澤東仍不忘從當地文革小報中先獲取第一手材料。

9 月 17 日，毛澤東聽取江西省革委會籌備小組程世清等人彙報南昌的武鬥情況。毛澤東突然發問：「《火線戰報》上說，『南鋼失守，廬山失守』，是否有這回事？已經收復了嗎？」一席話，問得程世清等人面面相覷，一時不知如何回答才好。〔註36〕

〔註35〕牟志京：《出身論與中學文革報》，見徐曉、丁東、徐友漁：《遇羅克遺作與回憶》，北京：中國文聯出版公司，1999 年，第 224 頁。

〔註36〕古陽木：《紅衛兵小報興亡錄》，《武漢文史資料》，2011 年第 9 期，第 4～14 頁。

　　1968年7月28日凌晨，毛澤東在召見北京五大造反組織領袖聶元梓、蒯大富、韓愛晶、譚厚蘭和王大賓，對五大學生領袖也說：「你們的小報我都看過，你們的情況，我都知道。」〔註37〕

　　王力後來回憶說：

　　　　（那時）主席天天看紅衛兵小報，江青又不斷送材料給他，他就形成了一種認識：在相當長的時間內（一九六六年八月到九月），整個運動的主流是向前的；但是許多問題沒有解決，特別是批判錯誤路線的嚴肅性，堅定行和徹底性。主席的這個認識要在國慶節的林彪講話和《紅旗》社論中表達出來。〔註38〕

毛澤東不僅借助文革小報來瞭解文革群眾運動的動態，而且他還經常借助緊隨他的文革戰略意圖的小報文章釋放調整運動方向的信號。

　　在文革群眾運動深入開展期間，1967年1月5日，由上海造反派組織奪權把持的《文匯報》刊登了《告上海人民書》和反對經濟主義的《緊急通告》。毛澤東看到後，認為「由左派奪權，這個方向是好的」、「這是一個階級推翻另一個階級，這是一場大革命。」〔註39〕於是要求《人民日報》全文轉載這兩篇文章，並親自審閱配發「編者按」，號召全國人民奪權。「我們回想到，全國第一章馬列主義的大字報出現在北京，是毛主席親自發現，批准在我們的報紙發表，公佈於全世界的人民當中，這就在全世界無產階級當中響起第一聲號角。這一次進入奪權鬥爭階段，上海的工人階級帶頭，以他們的《告上海人民書》和反對經濟主義的《緊急通告》指導上海工人的革命運動，又是毛主席首先發現，首先提議登《人民日報》，這是第二聲號炮。」〔註40〕

　　隨著奪權運動的深入開展，到了群眾運動的中、後期，群眾造反日益走向混亂。1月20日，毛澤東作出了要求人民軍隊「支左」的批示，希望通過軍隊的干預來控制局面。但誰是「左派」？揭竿而起的林立山頭都「唯我獨左」，難以明辨，難以處理。幾天後，毛澤東看到了《首都紅衛兵》於 1967

〔註37〕周彥瑜、吳美潮：《毛澤東也看紅衛兵小報》，《毛澤東思想研究》，1994年第4期，第63頁。

〔註38〕《訪問王力談話記錄》，見逢先知、金沖及：《毛澤東傳（1949～1976）》，北京：中央文獻出版社，2005年，第1444頁。

〔註39〕中共中央文獻研究室：《毛澤東年譜》（第6卷），北京：中央文獻出版社，2013年，第30頁。

〔註40〕《熱烈歡呼首都紅代會勝利開幕》，中國科學技術大學東方紅公社東方紅編輯部主辦，1967年2月23日，第5期，第2版。

年 1 月 25 日發表以「首都紅衛兵第三司令部」名義進行署名的社論文章《打倒「私」字，實行革命造反派大聯合》。於是他在《首都紅衛兵》這篇社論標題上劃了鉛筆紅圈，要求各大報刊立即轉載，號召各造反派組織要實現「革命大聯合」。〔註41〕王力按照毛澤東的指示，在人民日報社講話指出這篇文章「寫得很好，提出了帶有普遍性的大問題。」「我很讚賞這篇文章。《紅旗》要轉載，《解放軍報》要轉載，要加按語，要多廣播幾次。」〔註42〕1967 年 1 月 31 日，《人民日報》在第二版頭條位置全文轉載了該文章。

到了 1967 年夏季，群眾運動日益走向失控、武鬥不斷。毛澤東意識到無產階級文化大革命「依靠小將，不行；依靠軍隊，又不行；依靠工人，讓工人階級領導一切，還不行。」毛澤東不得不重新啟用在運動初期被造反派群眾打倒的官僚幹部，以圖遏制日益失控的造反派。此時恰逢天津南開大學一造反派報紙《衛東》在其第七十六期刊登一篇報紙評論員文章《要大膽使用革命幹部》。於是他指示各報紙轉載這篇文章。「最近為什麼報紙上連續刊登關於天津南開大學衛東的《要大膽使用革命幹部》這一篇文章，這是我們偉大領袖毛主席教導要辦的。」〔註43〕

其次，文革小報，尤其是當時一些具有社會影響力的文革小報刊登的內容在一定程度上左右了當時的社會輿論，引領了文革群眾運動的方向。

當時在文革小報中一些具有較大社會影響力的群眾報紙、尤其是一些得到中央文革上層大力支持的造反派報紙，因能及時洞察毛澤東的文革戰略部署，時不時發表一些能引領運動風向的文章。除前面提到的毛澤東指示「兩報一刊」要轉載群眾報紙的一些文章外，中央文革上層也一再強調官方媒體、尤其是「兩報一刊」等大報要注意轉載文革小報文章，從而在一定程度上左右了當時的社會輿論。陳伯達曾在 1967 年 9 月 4 日凌晨對《人民日報》、新華社、人民廣播電臺負責人進行講話時提出，「紅衛兵小報可以選登一些，不要以大報自居。」姚文元也強調，「看紅衛兵小報很重要，我們的偉大領袖毛

〔註41〕《打倒「私」字，實現革命派大聯合》，《人民日報》，1967 年 1 月 31 日，第 3 版。《紅旗》，1967 年第 3 期，第 41～44 頁。《人民日報》沒配發編者按，《紅旗》配發了編者按語。

〔註42〕《動態簡訊》，《井岡山》，北京師範大學井岡山公社《井岡山》報編輯部，1967 年 2 月 2 日，第 2 期，第 3 版。

〔註43〕《謝富治副總理的重要講話》，《新文委》，中華人民共和國對外聯絡委員會革命委員會籌備小組、革命造反聯隊主辦，1967 年 9 月 9 日，第 2 期，第 3 版。

主席對小報很重視，要學主席，緊跟主席。對小報要一分爲二，馬路新聞多，但也有很多好東西。不管誰的，有好東西就選登。凡是新思想、新觀點、新問題都要宣傳、推薦，這也是走群眾路線，是毛主席辦報的基本思想。好文章都是在運動新階段提出了新問題，群眾中的東西往往比我們高明得多。不要有大報主義，這是無論如何要注意。群眾是眞正的英雄，我們是無知的。」〔註44〕

《人民日報》和《紅旗》雜誌作爲黨中央的喉舌，傳遞黨中央聲音的權威機構，曾多次專門刊登《啓事》徵求造反群眾報刊。《人民日報》在 1967 年 1 月 29 日和 31 日先後刊登《啓事》。《啓事》稱，「爲了更好地宣傳以毛主席爲代表的無產階級革命路線，本報徵求全國革命造反派辦的報紙，望革命造反派的同志大力協助，及時把你們辦的報紙每期寄十份到人民日報社來。」〔註45〕1969 年 2 月 6 日，《紅旗》雜誌以「紅旗雜誌社」的名義在《人民日報》刊登《啓事》，向造反群眾組織徵集小報。《啓事》內容與前兩次《人民日報》徵集小報的《啓事》一致，只是在徵集的小報數量上有所區別。《啓事》稱，「爲了更好地宣傳以毛主席爲代表的無產階級革命路線，本刊徵求全國革命造反派辦的報紙，望革命造反派的同志大力協助，把你們辦的報紙每期寄五份到紅旗雜誌社來。」〔註46〕

同時，《人民日報》和《紅旗》雜誌還大力轉載小報文章。如 1967 年 8 月，上海的《工人造反報》刊登了一封讀者來信，提出「刹住乘車遊行風」，「節約鬧革命」。《人民日報》於 26 日在其第一版要聞版全文轉載了這份讀者來信，並專門發表《進一步節約鬧革命》的社論文章。社論指出「今天，本報轉載了上海《工人造反報》發表的《必須刹住乘車遊行風》的讀者來信和編者按。這封讀者來信和編者按，提出了一個具有普遍意義的問題，反映了全國無產階級革命派和廣大革命群眾的呼聲，很值得大家重視。」〔註47〕

社論發表後，全國開始大張旗鼓宣傳和響應毛主席的「要節約鬧革命」的偉大號召，並各自對本單位的增產節約情況及時進行檢查，進一步掀起增

〔註44〕《陳伯達、姚文元同志談當前報紙宣傳和新聞工作》，《新聞戰報》、《新華戰報》合刊，首都新聞批判聯絡站主編、新華社新華公社爲人民服務紅衛兵主編，1967 年 9 月 15 日，《新聞戰報》第 17 期、《新華戰報》第 4 期，第 1 版。

〔註45〕《啓事》，《人民日報》，1967 年 1 月 29 日，第 4 版。1967 年 1 月 31 日，第 3 版。

〔註46〕《啓事》，《人民日報》，1969 年 2 月 26 日，第 2 版。

〔註47〕《進一步節約鬧革命》，《人民日報》，1967 年 8 月 26 日，第 1 版。

產節約運動的新高潮。更有甚者，1968 年 2 月 18 日中共中央、國務院、中央軍委、中央文革小組聯名發出了一個「堅決節約開支」的《緊急通知》。

再如《工人造反報》第一百五十五期刊登了一篇社論文章《馬蜂窩就是要捅》，1968 年 8 月 25 日《紅旗》雜誌第二期全文轉載，並配發「編者按」。「編者按」指出，「它（指《馬蜂窩就是要捅》這篇評論）把所謂『老大難』的本質及解決的方法，都說清楚了。根本的問題還是階級鬥爭問題，是領導權掌握在誰手裏的問題。上海派工人毛澤東思想宣傳隊到有「老大難」問題的單位去辦法很好。工人階級不但應當在工廠企業的無產階級文化大革命中發揮領導作用，而且在上層建築的各個領域的鬥、批、改中充分發揮自己的領導作用。這是一件大事。打好這一仗，無產階級文化大革命全面勝利就有保障了。」〔註 48〕

當天，中央發出了《關於派工宣隊進學校的通知》。從此，「工宣隊」大量進入全國各地大中學校，領導學校群眾運動的「鬥、批、改」。

再次，文革小報在一定程度上把群眾對毛澤東的個人崇拜推上了登峰造極的地步，有力推動了文革群眾運動的發展。

中國人民對毛澤東的崇拜肇始於「二十世紀三十年代後期四十年代初期，它在中共內外多方競爭的壓力下產生。」〔註 49〕從二十世紀三、四十年代到六、七十年代，人民群眾對毛澤東的個人崇拜經歷了從革命繼承的正統性到國家統治的合法化再到群眾動員的工具性的演變。毛澤東之所以能夠順利發動和推動文革群眾運動向前發展，一個重要的原因在於他充分利用了全國人民對他的個人崇拜。正如毛澤東 1970 年在跟斯諾的談話中論及在文革初期大興的個人崇拜時辯稱，「那時候我說無所謂個人崇拜，倒是需要一點個人崇拜。」〔註 50〕

正因為毛澤東利用全國人民對他的崇拜，從而動員群眾進行文革運動。反之，在文革群眾運動期間，通過掀起學習毛主席著作與語錄運動、紅衛兵將毛澤東文革火種撒播到全國的「大串連」行動、各機關、事業、廠礦等單位和部門紛紛建造毛主席塑像、全國人民興起佩戴毛主席胸章以及全國各類

〔註 48〕《編者按》，《馬蜂窩就是要捅》，《紅旗》，1968 年第 2 期，第 21 頁。

〔註 49〕丹尼爾・里斯：《崇拜毛：文化大革命中的言辭崇拜與儀式崇拜》，秦和聲、高康、楊雯琦譯，香港中文大學出版社，2017 年，第 15 頁。

〔註 50〕《毛澤東會見斯諾的談話紀要》，1970 年 12 月 28 日，載宋永毅主編：《中國文化大革命文庫》（光盤版），香港中文大學中國研究服務中心，2006。

媒體的報導等諸多言辭崇拜和儀式崇拜的形式又在一定程度上把全國人們對毛主席的個人崇拜推上了歷史以來的最高潮。

紅衛兵、造反群眾創辦的文革小報對毛澤東的個人崇拜也起著推波助瀾的作用。文革小報選取毛澤東詩詞、著作、講話中的字眼和詞匯給小報命名、報眼位置刊登毛主席語錄、以毛澤東的某句話或者口號作爲版面主題進行通欄編排、以及在頭版整版或者大幅刊登毛主席照片等形式；文革小報中刊登的文章以誇張的修辭方式表達對毛主席的崇拜與忠誠，以及模仿毛澤東政論文章的辯論文風；另外文革小報大量刊登毛主席的講話和文章、刊登向毛主席表忠誠「報喜信」以及刊登大量歌頌毛主席的文章和詩歌等內容。

上述文革小報的所有這些形式和內容，既是人們群眾對毛澤東個人崇拜的一種表現，也在一定程度上推動了人們群眾對毛澤東的個人崇拜，從而進一步爲文革群眾運動進行群眾動員。

最後，文革小報構建了紅衛兵、造反派的身份認同，在一定程度上爲文革群眾運動的推進起到組織者作用。

文革小報不僅是紅衛兵、造反派組織進行群眾動員的工具，更是紅衛兵、造反派組織利用其對造反群眾進行身份認同建構的利器。文革小報將造反群眾召喚爲寫作或者閱讀的主體，運用一系列符號運作的再現機制，使造反群眾在小報傳遞的訊息中佔有自己解讀的位置，認同歸屬於某一特定造反組織或者群體，從而使文革小報再現的事物被主體化，主體則被受眾認同化。換言之，在文革小報的作用下，革命造反組織是被建構的，而群眾對造反身份的認同也同樣被建構。

一方面無論是從文革小報的主辦者還是小報文章的作者署名都可以看出文革小報對紅衛兵、造反群眾的身份認同建構。如《紅衛兵》由「首都大專院校紅衛兵司令部」主辦、《首都紅衛兵》最初由「首都大專院校紅衛兵革命造反總司令部」主辦、上海《工人造反報》由「上海市工人革命造反總司令部」主辦、《新人大》由「首都紅代會新人大公社」主辦等等。

當時的一名造反派紅衛兵寫了一首詩體現了當時賣報人員對自身作爲造反群眾組織中的一員的極度自豪感。

> 在那天快亮的時候，／一支小分隊出發去賣報。／剛印好的報
> 紙充滿油墨香，／戰士的心呵，激動地跳！
>
> 多少人等著造反派的報紙，／多少人要看「打倒劉鄧陶」的材

料；張張報紙在人們的手中傳遞，造反派的聲音在江城每個地方飛
跑！

　　　革命造反報，「來，給我三張！」／「我要十張，零錢，不用
找！」／「小心，後面有人盯梢！」／「記住，下次到我們廠去，
多帶些報！」……

　　　多少親切的話語呀，／多少人熱情地把手招；／從那一雙雙深
情的眼睛裏，／更感到江城人民和我們的心在一起跳！

　　　呵！這哪裏是賣一張張的報，／世界上賣報者那有這樣的驕
傲！／草綠色的書包裏裝著的／分明是射向中國赫魯曉夫的大炮！
〔註51〕

這些所謂的組織其實並沒有通過國家專門的機構的批准，只是由幾個或者一
群青年學生或者造反群眾組成，按照一定的寓意命名為某一組織。個體只要
參與某一小報編輯或者運營工作，就在某種意義上認同為是某一組織的一份
子。

　　另外文革小報很多文章的作者署名在署上自己的名字前加上某一組織的
名稱，或者乾脆隱去個體的身份，代之以某一組織的名稱進行署名，如「紅
衛兵」、「追窮寇」、「反修戰士」等。文章作者在這些署名中個體身份被置換
為組織政治身份，恰恰體現了文革小報對群眾個體政治身份的建構以及群眾
個體對造反組織的認同。

　　另一方面無論是從文革小報對同派組織的造反行為和報紙的支持與讚
美，還是對對立組織的造反行為和報紙的揭露與批判，都可以看出文革小報
對群眾政治身份認同的形塑。對同派組織的造反行為和報紙的支持與讚美的
內容，可以加強造反群眾對同派組織的關注，使造反群眾對自身的政治身份
更加認同。當造反群眾在小報中看到本派或者同派組織的革命造反取得勝
利，他們會為它高興；當造反群眾在小報中看到本派或者同派組織成員在造
反行動中壯烈犧牲，他們會為他感到難過並寄予深深的悼念，從而引起造反
群眾對對立組織的憤慨以及增強本派或者同派造反群眾成員之間的凝聚力。

　　然而，文革小報對造反群眾的造反行為的報導都是經過作為編輯的造反

〔註51〕朝輝：《在那天快亮的時候》，首都大專院校紅代會《紅衛兵文藝》編輯部：《寫
　　　在火紅的戰旗上——紅衛兵詩選》，北京：人民教育印刷廠，1986 年，第 84
　　　～85 頁。

群眾的精挑細選的。小報在對本派和同派組織的造反行爲和報紙進行謳歌與讚美的同時，卻對對立組織的造反行爲和報紙進行無情的揭露與批判，從而給造反群眾製造出一個低劣於自身的「他者」世界。文革小報正是通過對對立組織的批判和貶低，從而凸顯本派和同派組織造反的革命性與政治正確。

紅衛兵、造反派的小報正是透過它所提供的這些訊息把自身組織的政治正確和造反行爲的革命性作爲一種價值觀慢慢滲透進造反群眾的內心，建構起他們自身政治身份的認同感，從而達到動員群眾、煽動群眾、組織群眾目的，推動文革群眾運動向前發展。

6.2.2 間接加速運動消亡

文革小報對於文革群眾運動來說其實就是一把雙刃劍。正如前面所論述的，文革小報在文革群眾運動的群眾動員與組織方面起著重要的作用。但它在推動文革群眾運動向前發展的同時，因遵循以毛澤東爲首的中央文革上層實行「大民主」的原則，違背了一般新聞媒體應有的操守與底線。正如 1967年 5 月 14 日中共中央頒佈的《中共中央關於改進革命群眾組織的報刊宣傳的意見》中，肯定在無產階級文化大革命中文革小報雖然「在宣傳戰線上起了重要的作用」，但同時也警告這類報刊在宣傳工作中出現了「一些問題」。〔註52〕

文革群眾運動終結以及文革群眾組織最終被整頓與消亡，最直接的、也是最重要的原因是其隨著毛澤東的文革戰略部署而結束的。但也正是文革小報的宣傳在促使文革群眾運動走向高潮的同時，物極必反，最終促使文革群眾運動日益走向瘋狂與失控。從這一角度來說，文革小報的宣傳亂象在一定程度上間接加速了文革群眾運動的消亡。

文革小報在文革群眾運動期間的宣傳亂象，主要體現在惡意醜化黨和國家領導人，洩露國家機密、過分渲染武鬥，在一定程度上干擾了文革戰略部署，最終引起毛的擔心，最後不得不調整文革戰略部署，對文革群眾運動加以整頓，最終導致文革群眾運動的終結。

首先，有些文革小報大量刊登文章和漫畫，宣傳那些所謂的「反革命修正主義分子」腐朽糜爛的生活和醜惡骯髒的靈魂，以所謂的「趣味性」招徠

〔註52〕《中共中央關於改進革命群眾組織的報刊宣傳的意見》，中國人民解放軍國防大學黨史黨建政工研究室：《文化大革命研究資料》（上），內部資料，1988年，第 462 頁。

讀者，從而造成不良的社會影響。

　　文革小報中的文章除前面提到的使用大量粗鄙的語言對被打倒的對象進行謾罵之外，同時在文章標題中或者文章中對被打倒對象的名字進行特殊的編排，比如把被打倒對象的名字進行打倒編排，或者在名字上面劃把叉。

　　同時文革小報中刊登一些被批鬥對象在被批鬥的現場照片，對所謂的「走資派」極盡侮辱之能事。比如刊登彭德懷在被批判過程中坐「噴氣式飛機」的現場照片，劉少奇的夫人王光美在清華大學慘遭批鬥時脖子上掛滿乒乓球「項鍊」的圖片等。

　　另外文革運動中還風行一張素有號稱為「文革第一圖」的漫畫——《百醜圖》。該畫的作者為當時中央美術學院紅衛兵學生翁如蘭。《百醜圖》通過漫畫的形式，對當時的中央領導人予以極力醜化。該圖最初於 1967 年 2 月 21 日刊登在由北京紅衛兵革命造反聯絡站創辦的文革小報《東方紅》報上，後被各造反派的小報、刊物瘋狂轉載刊登。

　　1967 年夏的一天，時任北京衛戍區司令員傅崇碧去向毛澤東彙報工作，傅崇碧隨身帶去一大捆報紙。在彙報工作的過程中，毛澤東看到傅崇碧放在面前一大卷紙，就問：「那是什麼？」並要求傅崇碧打開一起看看。結果一打開，是一張彩印的大漫畫《百醜圖》。毛澤東看了以後大為惱火，連忙叫下面的人把這些畫予以沒收，不允許再在社會上傳播。〔註53〕

　　可見，毛澤東當時對文革小報雖然持一種支持肯定態度，但對其中一些過分的東西和搞法，仍然是不贊成甚至明確表示反對的。毛澤東對造反派報紙的這種態度，對後期造反群眾組織及其創辦的文革小報的存續，可以說是至關重要的。

　　其次，有些文革小報毫無政治觀念、大局意識，津津樂道於「小道消息」或者所謂的「內部消息」，以圖譁眾取寵；更有甚者大量披露黨政高層的內部信息，從而洩露國家機密，為外國相關機構與部門獲取和利用。

　　文革小報經常刊登中央文革首長接見群眾或者群眾代表時在現場的講話，有些甚至根據派性鬥爭的需要，往往只刊載首長講話的部分節錄或者摘要。文革小報在刊登這類講話時往往標注「根據現場記錄或者現場錄音整理，未經審閱」的字句。

　　文革運動的過程中，紅衛兵、造反派對「走資派」和一些國家機關進行

〔註53〕傅崇碧：《傅崇碧回憶錄》，北京：中共黨史出版社，1999 年，第 199 頁。

「抄家」，是家常便飯。他們在「抄家」的過程中，經常獲得一些未曾公開的資料和秘密文件，如過去沒有公開的毛澤東內部講話、中央首長講話以及中央機關的內部文件等。一些造反組織創辦的報紙未經有關部門審核和同意，擅自在其主辦的文革小報上予以刊登，甚至有的小報中大量刊登、編寫所謂反映歷史問題的各個專門領域的所謂「路線鬥爭史」。如清華大學的造反組織井岡山兵團主辦的《井岡山》、北京地質學院的《東方紅報》就曾編寫「兩條路線鬥爭大事記」分別在各自的報刊上連載；再如首都新聞批判聯絡站的《新聞戰報》編寫《新聞戰線上的兩條路線的鬥爭大事記》予以刊登。後來這些小報刊登的所謂「兩條路線鬥爭史」還紛紛出版單行本，在社會上風行。這些內部檔案的披露，不僅成為當時外國研究機構和研究者（如美國政府著名的智庫蘭德公司）瞭解當時中國社會動態的第一手資料，而且也成為外國政府制定對華政策的重大突破口。

文革群眾運動期間，文革小報未經相關部門批准，非法刊登國家機密文件的事件，最為典型的是「《二月提綱》洩密事件」。當時中央已經下發了一個文件，專門對文革群眾報刊出現的亂象加以整頓，尤其對中央首長的內部講話做了明確規定，以防洩露國家機密。〔註 54〕但是由於當時局勢混亂，紅衛兵、造反派們，仍然各行其是。該文件發出剛過一周時間，《二月提綱》的內容就悉數被一名外國記者傳到了國外。後經調查，原來是中國人民大學的一份紅衛兵小報未經任何部門批准，全文刊載了《二月提綱》，從而洩露了機密。最後這事不了了之。〔註 55〕

1969 年 4 月 28 日，毛澤東在九屆一中全會上作了重要講話。講話中毛澤東認為「紅衛兵小報」是洩密的一個重要的途徑。這體現出毛澤東這時對「紅衛兵小報」的態度，來了一個一百八十度的大轉彎，對它們已持否定態度。

> 這次全國代表大會，看起來開得不錯。據我看，是開成了一個
> 團結的大會，勝利的大會。我們採取了發公報的辦法，現在外國人
> 撈不到我們的新聞，說我們開秘密會議。我們是又公開又秘密。北
> 京這些記者，我看也不大行，大概我們把他們混到我們裏頭的什麼
> 叛徒、特務搞得差不多了。過去每開一會，馬上透露出去，紅衛兵

〔註54〕 《中共中央關於改進革命群眾組織的報刊宣傳的意見》，中國人民解放軍國防大學黨史黨建政工研究室：《文化大革命研究資料》（上），內部資料，1988年，第 462 頁。

〔註55〕 裴堅章：《研究周恩來》，北京：世界知識出版社，1989 年，第 282 頁。

小報就登起來。自從王、關、戚、楊、余、傅下臺之後，中央的消息他們就不知道了。〔註56〕

再次，有些文革小報捏造事實，肆意渲染武鬥、「血案」的殘酷和恐怖，多方告急，以達到聳人聽聞的效果，導致群眾運動難以控制，最終導致毛澤東對文革群眾運動加以整頓。

在文革群眾運動中後期，各地造反派因爭權奪利，發生大分裂，最終分裂的各派造反組織之間隨後發生大武鬥。武漢、河南、湖南、江西、安徽、浙江、江蘇、浙江、河北、廣西、北京密雲縣等地發生大小不斷的武鬥流血事件。鑑於此種形勢，毛澤東指示要正確處理人們內部的矛盾，搞革命的大聯合，並要求中央文革派調查組分赴各地解決造反群眾之間武鬥問題，甚至親自前往武漢試圖處理「七二〇」武鬥事件。但這些地區武鬥事件發生後，全國各地造反派報紙在不明就裏的情況下，動不動就發表文章刊登各地武鬥動態消息，多方告急描述各地武鬥的殘酷血案，並發表聲明支持武鬥中的激進派，給本來混亂的局面火上澆油，使群眾運動的局勢難以控制。正如謝富治於 1967 年 8 月 7 日晚在人大會堂接見工代會、農代會、大專院校紅代會、中學紅代會代表講話時指出，「情況主要靠當地的革命派和群眾組織反映，靠當地的解放軍大多數，不能搞北京的包辦代替。北京的大學同學就不要出去了，無計劃地出去不好，做得好可能對中央解決問題有幫助，如果沒有調查清楚就事先發表聲明，可能給工作造成困難。」〔註57〕

無疑文革小報在文革群眾運動前期，對紅衛兵保守派與造反派、造反派中的穩健派與激進派之間的造反行為以及鬥爭衝突的報導，在動員群眾起來造反方面起到重要的鼓動與組織作用。但隨著運動發展，文革群眾運動日益走向失控的局面。以毛澤東為首的中央文革試圖對其進行控制的時候，正是文革小報對各派之間武鬥的渲染、對血腥鬥爭的殘酷描述、對造反群眾的聲明支持，給失控的局面火上澆油，打亂了毛澤東的文革戰略部署，最終迫使毛澤東痛下決心，對文革群眾運動大力加以整頓。

總之，文革小報是為了因應文化群眾運動的需要而出現的。它是以毛澤東為首的中央文革領導者發動、領導和推動文革群眾運動的一種特殊手段。

〔註56〕毛澤東：《在中共九屆一中全會上的講話》，見中共中央文獻研究室：《建國以來毛澤東文稿》（第 13 卷），北京：中央文獻出版社，1998 年，第 41 頁。

〔註57〕《謝富治八月七日講話》，《東方紅》，紅代會中國科學技術大學東方紅編輯部主辦，1967 年 8 月 12 日，第 41 期，第 1 版。

文革小報作爲當時紅衛兵、造反派組織的輿論宣傳工具，它是當時群眾組織爲了革命造反擴大宣傳媒介自發要求的結果。

文革小報作爲文化大革命的歷史產物，毫無疑問必將受到當時的時代背景和社會特徵的形塑。文革小報不僅隨著文革群眾運動的起落沉浮而興盛衰落，而且它的形式和內容因文革群眾運動總的目標的恆定性以及每一階段小目標的多變性而呈現出同一性與多樣性的複合。

文革小報一出場就以致力於推動毛澤東發動的無產階級文化大革命爲目標。它在宣傳毛澤東關於文化大革命的理論、方針、路線和政策；加強以毛澤東爲首的中央文革上層與革命造反群眾之間的聯繫，宣傳、鼓動與組織造反群眾進行革命造反方面發揮了重要的作用，有力地推動了文革群眾運動的發展。

但是，文革小報作爲當時混亂時局下的一種政治產物，作爲「無產階級專政下的大民主」的一種特殊表現形式，一開始就不斷突破作爲社會守望者的新聞媒體應有的職業操守和道德底線，置新聞的客觀公正於不顧：以所謂的「革命性」代替新聞的眞實性作爲其生命力所在，以低級庸俗的語言和光怪陸離的色調作爲新聞的趣味性以吸引讀者，以洩露國家機密和傳播小道消息作爲新聞的新聞性以製造轟動效應，爲瘋狂的文革群眾運動不斷推波助瀾，最終走向失控，從而間接加速了文革群眾運動的終結。

參考文獻

〔中文專著〕

1. 埃德加・斯諾（1994），《漫長的革命——紫禁城城上話中國》（胡爲雄譯），烏魯木齊：新疆大學出版社。

2. 薄一波（1993），《若干重大決策與事件的回顧》，北京：中共黨史出版社。

3. 北島，曹一凡，維一（2012），《暴風雨的記憶：1965～1970 年的北京四中》，北京：生活・讀書・新知三聯書店。

4. 北京大學文化革命委員會宣傳組（1996），《北京大學無產階級文化大革命運動簡介》，北京：内部資料。

5. 陳力丹，張建中（2013），《新聞理論教程》，北京：中國人民大學出版社。

6. 陳丕顯（2005），《陳丕顯回憶錄：在「一月風暴」的中心》，上海：上海人民出版社。

7. 叢進（2009），《曲折發展的歲月》，北京：人民出版社。

8. 丹尼爾・里斯（2017），《崇拜毛：文化大革命中的言辭崇拜與儀式崇拜》（秦和聲，高康，楊雯琦譯），香港：香港中文大學出版社。

9. 董楚青（1982），《憶我的爸爸董必武》，廣州：花城出版社。

10. 方漢奇（1999），《中國新聞事業通史（第 3 卷）》，北京：中國人民大學出版社。

11. 費正清（1999），《偉大的中國革命 1800～1895》（劉尊棋譯），北京：世界知識出版社。

12. 傅崇碧（1999），《傅崇碧回憶錄》，北京：中共黨史出版社。

13. 高皋，嚴家其（1986），《文化大革命十年史》，天津：天津人民出版社。

14. 韓德宏，王海光，韓鋼（2004），《中華人民共和國專題史稿（卷三）——十年風雨（1966～1976）》，成都：四川人民出版社。

15. 胡傳章，哈經雄（2006），《董必武傳記》，武漢：湖北人民出版社。

16. 黃崢（1996），《劉少奇的最後歲月》，北京：中央文獻出版社。

17. 江沛（1994），《紅衛兵狂飆》，鄭州：河南人民出版社。

18. 林青山（1998），《康生外傳》，北京：中國青年出版社。

19. 林蘊輝，劉勇，史伯年（1992），《人民共和國春秋實錄》，北京：中國人民大學出版社。

20. 劉愛琴（1980），《女兒的懷念——回憶父親劉少奇》，石家莊：河北人民出版社。

21. 魯迅全集編輯委員會（1987），《魯迅全集》，北京：人民文學出版社。

22. 麥克法誇爾（2012），《文化大革命的起源（第3卷）》（王笑歌譯），香港：新世紀出版及傳媒有限公司。

23. 麥克法誇爾，費正清（1992），《劍橋中國史中國革命內部的革命（1966～1982）》（俞金戈譯），北京：中國社會科學出版社。

24. 麥克法誇爾，沈邁克（2009），《毛澤東最後的革命》（關心譯），臺北：左岸文化事業有限公司。

25. 聶榮臻（1984），《聶榮臻回憶錄（上，中，下）》，北京：解放軍出版社。

26. 聶元梓（2005），《聶元梓回憶錄》，香港：時代國際出版有限公司。

27. 裴堅章（1989），《研究周恩來——外交思想與實踐》，北京：世界知識出版社。

28. 首都《史學革命》編輯部（1969），《毛主席的革命路線勝利萬歲——黨內兩條路線鬥爭大事記（1921～1967）》，北京：內部資料。

29. 首都紅代會部分大中學校毛澤東思想學習班（1967），《天翻地覆慨而慷——無產階級文化大革命大事記（1962.9～1967.10）》，北京：內部資料。

30. 宋永毅（2006），《中國文化大革命文庫（光盤版）》，香港：香港中文大學中國研究服務中心。

31. 粟裕（1979），《激流歸大海：回憶朱德同志和陳毅同志》，上海：上海人民出版社。

32. 王宏志（1998），《吳晗傳》，上海：上海人民出版社。

33. 王年一（2009），《大動亂年代》，北京：人民出版社。

34. 王焰（1993），《彭德懷傳》，北京：當代中國出版社。

35. 吳冷西（1995），《憶毛主席》，北京：新華出版社。

36. 徐景賢（2005），《十年一夢——前上海市委書記徐景賢文革回憶錄》，香港：時代國際出版有限公司。

37. 徐俊德（2003），《檔案與北京史》，北京：中國檔案出版社。

38. 徐曉，丁冬，徐友漁（1999），《遇羅克遺作與回憶》，北京：中國文聯出版社。

39. 徐友漁（1999），《驀然回首》，鄭州：河南人民出版社。

40. 徐友漁（1999），《形形色色的造反》，香港：中文大學出版社。

41. 徐友漁（2000），《直面歷史——老三屆反思錄》，北京：中國文聯出版社。

42. 徐中遠（2012），《毛澤東晚年讀書紀實》，北京：中央文獻出版社。

43. 閏長貴、王廣宇（2009），《問史求信集》，北京：紅旗出版社。

44. 燕帆（1993），《大串連——一場史無前例的政治旅遊》，北京：警官教育出版社。

45. 葉永烈（1995），《文革名人風雲錄》，西寧：青海人民出版社。

46. 于輝（1993），《紅衛兵秘錄》，北京：團結出版社。

47. 張化，蘇採青（2003），《回首文革（上，下）》，北京：中共黨史出版社。

48. 張晉藩，海威，初尊賢（1992），《中華人民共和國國史大辭典》，哈爾濱：黑龍江人民出版社。

49. 章含之等（1994），《我與喬冠華》，北京：中國青年出版社。

50. 中共中央黨史研究室（1991），《中國共產黨七十年》，北京：中共黨史出版社。

51. 中共中央黨校黨史教研室資料組，《中國共產黨歷次重要會議集（下冊）》，上海：上海人民出版社。

52. 中共中央毛澤東主席著作編輯出版委員會編（1977），《毛澤東選集（第五卷）》，北京：人民出版社。

53. 中共中央文獻研究室（1990），《建國以來毛澤東文稿》，北京：中央文獻出版社。

54. 中共中央文獻研究室（1993），《建國以來重要文獻選編》，北京：中央文獻出版社。

55. 中共中央文獻研究室（1996），《劉少奇年譜（上，下）》，北京：中央文獻出版社。

56. 中共中央文獻研究室（1997），《周恩來年譜（1949～1976）》，北京：中央文獻出版社。

57. 中共中央文獻研究室（2009），《毛澤東文集（第 7 卷）》，北京：人民出版社。

58. 中共中央文獻研究室（2013），《毛澤東年譜》，北京：中央文獻出版社。

59. 中共中央文獻研究室，中央檔案館（2011），《建黨以來重要文獻選編》，北京：中央文獻出版社。

60. 中國出版工作者協會（1980），《中國出版年鑒（1980）》，上海：商務印

書館。

61. 中國人民解放軍國防大學黨史黨建政工研究室（1988），《文化大革命研究資料（上，中，下）》，北京：內部資料。

62. 仲侃（1984），《康生評傳》，北京：紅旗出版社。

63. 周良霄，顧菊英（2008），《十年文革大事記》，香港：新大陸出版公司。

64. 周良霄，顧菊英（2014），《十年文革前期（65.11～69.4 繫年錄）》（光盤），香港：香港新大陸出版有限公司。

65. 周明（1986），《歷史在這裡沉思（第二冊）》，北京：華夏出版社。

66. 周彥瑜，吳美潮（1993），《毛澤東與周世釗》，長春：吉林人民出版社。

67. 周孜仁（2006），《紅衛兵小報主編自述》，美國：溪流出版社。

68. 竹內實（2005），《竹內實文集（第六卷）》（賀和風譯），北京：中國文聯出版公司。

〔中文期刊〕

1. 陳再道（1984），武漢「七二〇」事件始末，《湖北文史資料》，（02），13～35。

2. 龔小京（1992），江西省「文化大革命」派報述略，《新聞與傳播研究》，（04），138～145。

3. 古陽木（1994），紅衛兵小報興亡錄──中國報刊史上的亂世奇觀，《炎黃春秋》，（03），40～49。

4. 郭若平（2007），「文化大革命」期間的「小報文獻及其研究價值」，《黨史研究與教學》，（05），9～13。

5. 韓鳳琴（1988），日本學者對中國「文化大革命」的研究述評，《中共黨史研究》，（05），73～75。

6. 賀吉元（2005），文革初期的紅衛兵報紙，《文史博覽》，（07），38～41。

7. 賀吉元（2009），「文革」小報──運動初期的亂世奇觀，《黨史博採》，（04），49～52。

8. 金大陸（2005），上海文革運動中的群眾報刊，《史林》，（06），101～112+124。

9. 李長山（2007），德國的中國文化大革命研究，《國外理論動態》，（03），38～41。

10. 王家平（2001），紅衛兵「小報」及其詩歌的基本形態，《文藝爭鳴》，（09），4～9。

11. 閻志峰（2005），《中學文革報》名揚全國始末，《黨史文苑》，（15），40～43。

12. 印紅標（1992），「文革」中的群眾組織小報，《新聞與傳播研究》，（01），146～162。

13. 周彥瑜、吳美潮（1994），毛澤東也看紅衛兵小報，《毛澤東思想研究》，（04），63。

〔學位論文〕

1. 陳建坡（2009），《「文化大革命」史研究30年述評》，中共中央黨校博士學位論文，北京。

2. 王朝暉（2005），《美國對中國「文化大革命」的研究（1966～1969）》，東北師範大學博士學位論文，長春。

〔外文文獻〕

1. Byung-jioon Ahn, *Chinese Politics and the Cultural Revolution:* Dynamics of Policy Processes, Seattle: University of Washington Press, 1976.

2. Daniel tretiak, *The Chinese Cultural Revolution and Foreign Policy,* Current Scene, Vol.VIII, No.7, April, 1970, pp.1-26.

3. John BryanStarr, *Continuing the Revolution: the Political Thought of Mao,* Princeton, N.J.: Princeton University Press, 1979.

4. Lowell Dittmoer, *Liu Shao-chi and the Chinese Cultural Revolution:* the Politics of Mass Criticism. Berkeley: University of California Press, 1974.

5. Roderick Macfarquhar, *The Origins of the Cultural Revolution,* New York: Published for the Royal institute of International Affairs, the East Asian Institute of Columbia University, and the Research Institute on Communist Affairs of Columbia University by Columbia University Press, 1974-1997, 3v.

6. Thomas‧W‧Robinson, *The Cultural Revolution in China,* Berkeley: University of Califomia Press, 1971.

7. William‧W‧Whitson, *Military and Political Power in China in the 1970s,* New York: Praeger Publishers, 1972.

附錄　部分文革小報目錄[註1]

北京

序號	名稱	時間	期號	組織
1	一月革命	67.1.22	1	北京市教育局革命造反委員會
2	一二五戰報	66	2	首都大會專院紅衛兵革命造反總司令部 北京外國語學院紅旗革命造反團主辦
3	6.16 挺進報	67.6	6	北京電錶廠
4	八一戰報	67.7.18	15	紅代會北京建築工業學院八一戰鬥團
5	八一風暴	67.12.11		批陶聯委八一中學紅衛兵紅色造反團
6	八八戰報	67.3.29	15	中央民族歌舞團八八革命造反者等主辦
7	八八戰報	67.3.13	17	統戰民委系統紅色聯絡站中央民歌舞團 毛思想紅衛兵八八戰報編輯部
8	八二六 炮聲	67	7	四川大學東方紅八二六戰鬥團紅代會中 國科技大學東方紅等處
9	二輕戰報	67	3	首都二輕系統紅色革命造反派聯絡總站 主辦
10	七一戰報			《前進報》社「七一」兵團
11	七‧二九戰報	67.4.12	創刊	北京輕工業學院七‧二九兵團
12	7.25 事件專刊	68.7.29	1 號	中國農業科學院革命大聯合委員會籌
13	《人民大學》新校刊	66	16	人民大學主辦

[註1] 本目錄是根據杜永平、周連成編的《文革小報目錄》加以補充修訂完成。杜永平、周連成:《文革小報目錄》,中國報業協會集報分會(內部交流),2004。

14	人大三紅	67.12.12	57	首都紅代表中國人民大學紅衛兵、紅衛隊、東方紅公社主辦
15	人民公社	67	8	密雲縣無產階級革命派《人民公社》編輯部
16	大會特刊	67.8.15		首都及全國在京無產階級革命派聲援紅二司兵農造反等新疆革命造反派
17	大喊大叫	67.2.10	1	首都中等學校紅衛兵革命造反總勤務部
18	大慶公社	67.1.26	創刊	紅代會北石院大慶公社宣傳組主辦
19	大慶公	66.12.26	創刊	紅代表北京石油學院大慶公社
20	大風大浪	67	9	中國科學院一○九革命造反團主辦
21	大會專刊	67	3	《工人造反報》、《財貿戰士》、《新北大》、《反到底》、《東方紅》、《體育戰報》聯辦
22	工交戰報	67.6.7	2	鬥爭反革命修正主義分子薄一波籌備處
23	工交文藝	67	2	首都工交文藝工作者革命造反派《工交文藝》主辦
24	工學戰報	67	6	新師大紅革命革命造反隊主辦
25	工農民畫報	67.6	3	北總布胡同 32 號
26	工農民電影	67.4.1	創刊	工農兵批判毒草影片聯絡站主辦
27	工農民文藝報	67	2	首都毛澤東思想宣傳團《工農兵文藝報》主辦
28	工人東方紅	67.6.15	9	東方紅工人革命造反公社主辦
29	工人戰鬥報	67.1.6	創刊	毛澤東思想哲學社會科學部工人戰鬥報主辦
30	工程兵工程學院戰報	67.1.15	創刊	工程兵工院《東方紅》造反兵團主辦
31	八一八戰報	67.1.14	9	北京醫學院八一八紅衛兵戰鬥兵團主辦
32	千鈞棒	67.1.6	創刊	民族研究所《千鈞棒》自輯部主辦
33	千鈞棒	67	3	首都革命造反派《千鈞棒》刊編輯部主辦
34	衛生戰報	67.8.28	42	衛生部井岡山聯合戰鬥兵團《衛生戰報》編輯部
35	衛東戰報	67.1.28	創刊	中國人民航空運動學校捍衛毛澤東思想戰鬥隊主辦
36	衛東戰報	66.11.12	2	捍衛毛思想聯合戰鬥總部主辦
37	中學鬥批報	67.7.5	2	中學紅代會海淀委員會革命聯絡站(中學鬥批改)

38	中學風暴	67.5.27	1	北京建築工程學校紅衛兵飛虎隊
39	中學論壇	67.2.27	創刊	北京工業學院附中《中學論壇》編輯部主辦
40	中學文革報	67.1.18	創刊	首都中學生革命造反司令部宣傳部主辦
41	中學風雪	67.1.23	創刊	首都中學校紅衛兵革命造反聯絡總站主辦
42	中學戰線	67.9.9	5	中學紅代會《中學戰線》編輯部
43	中學紅衛兵	67.4.30	創刊	紅代會清華附中井岡山京工附中紅旗聯合主辦
44	中學紅衛兵	67.8.10	10	首都中等學校紅衛兵代表大會
45	飛鳴鏑	67.2.17	創刊	七機部新九一五革命造反總部宣傳組主辦
46	萬山紅遍	67.5.22	5	密雲革命造反派奪權指揮部《萬山紅遍》編輯組
47	風展紅旗	67.8.11	9	工代會北內東方紅公社風展紅旗兵團主辦
48	風雷激	67.10.1	26	建工部革命造反總部《風雷激》編輯部
49	風雷	67.2.10	創刊	第一機械部革命造反者紅色聯絡站主辦
50	風雷	67	3	工程兵革命造反者紅色聯絡站主辦
51	風雷	67.7.18	12	工代會人民文學出版社革命造反團編
52	風雷	67.8.14	1	首都出版界革命造反總部主辦
53	風雷報	67	14	北京二輕局革命造反總部《風報》編輯部主辦
54	風雷戰報	66.12.18	創刊	中國科學院近代史所《風嘗戰報》主辦
55	鬥陶戰報	67.2.20	創刊	鬥爭陶鑄大會籌備處主辦
56	鬥私批報	67.12.8	4	《前進報》無產階級革命造反總部編
57	鬥譚大會專刊	67.8.25	1	農口革命造反聯絡站農大革委會批譚聯絡站紅代會農大東方紅公社
58	鬥羅戰報	67.6.28	4	解放軍院校造反派鬥羅大會籌備處編
59	文藝革命	67.8.2	4	首都批資聯委會文藝分會主辦
60	文藝革命	67.6.14	5	文聯革命造反總部《文藝革命》
61	文藝批判	67.4.20	創刊	北京人民藝術劇院毛澤東思想紅衛兵《文藝批判》編輯部主辦
62	文藝批判	67.5.3	創刊	首都文藝鬥批改聯絡站
63	文藝戰鼓	67.5.13	創刊	人民文學出版社革命聯合總部

64	文藝戰報	67.10.3	特刊	首都批資聯絡總部文藝分站
65	文藝紅旗	67.4.1	創刊	北京工農兵文藝公社主辦
66	文藝造反報	66.12.15	創刊	全國文藝界紅衛兵革命造反聯合總部政宣組主辦《文革評論》主辦
67	文革評論	67.5.1		《文革評論》主辦
68	文學戰報	67.3.23	創刊	中國作協革命造反團《文學戰報》主辦
69	文化風雪	67.4.19	5	革命造反派砸爛文化部聯合委員會主辦
70	東城風暴	67.8.15	創刊	北京市革命職工代表大會常設委員會東城分會
71	文藝宣傳材料	67.4.20		中國歌劇院紅旗造反公社集體創作
72	火車頭	66.12.27	創刊	全國鐵路系統革命造反聯絡站主辦
73	火車頭	67	6	中國人民大學《火車頭》主辦
74	火車頭	67	8	平印一〇五戰鬥隊主辦
75	火炬報	67.2.15	2	全國小學革命教師紅色造反團北京兵團東城縱隊主辦
76	火炬報	66.10.13	5	《火炬報》編輯部黨校2號樓
77	火海戰報	66	3	新師大中五《32111》戰鬥組主辦
78	井岡山	66.12.1	創刊	清華大學《井岡山》報編輯部主辦
79	井岡山	67.4.11	特刊	中學紅代會清華附中井岡山兵團
80	井岡山	66.12.9	創刊	北師大毛思想紅衛兵井岡山戰鬥隊主辦
81	井岡山	67.8.10	專刊	紅代會清華大學井岡山兵團《井岡山》雜誌社編輯
82	井岡山報	67.9.14	新13號	《井岡山報》編輯部紅代會清華井岡山414總部
83	井岡山之聲	66	30	北京師範大學井岡山公社主辦
84	井岡山戰報	67.1.15	創刊	首都中等學校井岡山戰鬥團《井岡山戰報》編輯部主辦
85	井岡山戰報	67.1.10	創刊	北京醫學院井岡山紅衛兵聯合戰鬥團主辦
86	井岡山戰報	67.12.9	12	中央工藝美院革命聯合委員會
87	井岡山戰報	67	5	中共中央馬恩列斯著作翻譯局井岡山戰鬥聯隊主辦
88	井岡紅旗			《井岡紅旗》
89	水電戰報	67.2.12	創刊	水電部革命造反委員會宣傳組主辦
90	水電紅衛兵	67.4.15	1	紅代會北京水電學院紅衛兵宣傳組主辦

91	毛澤東主義戰鬥報	66.12.23	創刊	中央戲劇學院毛澤東主義團主辦
92	毛澤東主義戰鬥報	67.2.15	創刊	革命造反派砸爛文化部聯合委員會主辦
93	毛澤東思想戰報	67.6.10	6	中央戲劇學院毛澤東思想戰鬥團
94	反修報	66	5	動物所《反修》大隊主辦
95	公安公社	67.2.18	創刊	北京市公安局公安公社主辦
96	主沉浮	67	3	紅代會北京對外貿易學院東方紅公社
97	平印週報	66.12.13	創刊	無產階級紅心聯合戰鬥隊主辦
98	無產者	66.9.16	創刊	人民大學赤衛隊工人大隊
99	石景山戰報	67.7.22	2	石景山地區無產階級革命派大聯合籌備處主辦
100	長城	67.11.14	創刊	毛思想哲學社科部紅衛兵總隊六一公社、718聯總紅色造反者《長城》編輯部
101	長征	67.6.30	創刊	紅代會北醫長征總部
102	《打倒劉少奇》專刊	67.4.30	第1期	打倒劉少奇大會籌備處主辦
103	長江風雷	67	4	毛思想紅教工武師總部
104	長征	66	2	北京機械學院毛澤東紅旗、紅聯聯絡站主辦
105	長纓	67.2.10	創刊	總後勤部機關革命造反總部主辦
106	北京院校紅衛兵	67.3.4	5	北京院校紅衛兵聯絡總站
107	北京評論	66	2	《北京評論》
108	北京評論—副刊	67.2.23	3	《北京評論》社主辦
109	北京工人	67.4.20	創刊	北京市革命職工代表會議常設委員會主辦
110	北工東方紅	67.8.31	63	首都紅代會北京工業學院東方紅
111	北京新文藝	67.6.8	新3號	北京市文聯無產階級革命造反派聯絡站主辦
112	北京礦院	66		北京礦業學院政治部主辦
113	北京鋼院	66		《北京鋼院》
114	北京公社	66.11.20	創刊	紅代會中央財政金融學院北京公社八八戰鬥隊主辦
115	北林東方紅	67.4.22	13	紅代會北京林學院《北林東方紅》編輯部
116	北大新校刊	66.8.15	創刊	北京大學

117	北京新財貿	67.9.26	創刊	首都財貿系統職工聯合委員會主辦
118	北工紅旗	68.6.5	97	北京工學院革命造反委員會《北工紅旗》編輯部
119	北影戰報	67.2.4	創刊	首都職工紅色造反者北京電影製片廠紅色大隊主辦
120	北京新文藝	67.5.12	創刊	北京市徹底摧毀反革命修正主義文藝黑線聯絡站市文聯革命造反派聯絡站
121	北郵東方紅	67.1.1	創刊	首都第三司令部北京郵電學院東方紅公社主辦
122	北京文藝戰報	67.7.1	創刊	北京直屬文化系統聯合鬥批改大會籌備處主辦
123	北京消息	67.9.14		物資部大聯委
124	四三戰報	67.6.11	1	東方紅抗大電校（原北京良鄉電校）《四三戰報》編輯部主辦
125	只把春來報	67.2.26	創刊	首都中學生革命造反統一戰線宣傳組主辦
126	外事風雷	67.8.3	6	首都紅代會北外紅旗革命造反團・首都紅代會歸國生遵義兵團主辦
127	外事紅旗	67.6.30	7	外事系統無產階級革命派聯絡委員會主辦
128	外貿戰報	67.6.23	新2號	外貿部井岡山公社等4家辦
129	外貿戰線	67.12.5	批劉專號	外貿部原井岡山公社吉林省東方紅公社天津大學「八一三」北京外貿學院原新東方紅聯合工作小組
130	外貿戰線	67.2.11	4	外貿革命造反總部主辦
131	外貿紅旗	67.6.21	3	北京市外貿局毛澤東思想險峰戰鬥隊主辦
132	外事戰報	67.9.26	2	首都紅代會北京第二外語學院紅衛兵主辦
133	對外文化戰報	67.8.5	5	批判對外黑文化聯絡站
134	伏虎	66	16	北航「紅旗」伏虎游擊隊主辦
135	電車工人報	69.4.25	快報	北京電車公司革委會
136	向太陽	67	30	人大東方紅公社財貿系《向太陽》戰鬥隊主辦
137	全無敵	67.1.31	創刊	（衛生系統）全無敵主辦
138	全無敵	67.6.16	13	首都醫革會健康報延安公社

139	光明烈火	67.8.30		《光明日報》無產階級革命派聯合委員會
140	光明戰報	68.9.5	終刊	《光明日報》革命造反聯合總部
141	民院東方紅	67.12.14	37	首都紅代會中央民族學院東方紅公社《民院東方紅》編輯部
142	東方紅	67.1.20	創刊	中國科技大學東方紅公社主辦
143	東方紅	66.12.26	創刊	首都大專院校紅衛兵革命造反聯絡站主辦
144	東方紅	67.4.19	創刊	首都大專院校紅代會北京師範《東方紅》編輯部主辦
145	東方紅	67.3.3	創刊	北京工業大學東方紅公社主辦
146	東方紅	67.1.21	創刊	北京工業學院革命造反委員會主辦
147	東力紅	66.12.26	創刊	北京礦業學院東方紅公社主辦
148	東方紅	68.1.3	無期號	國家經委
149	東方紅	67	18	革命歷史所文革革命辦公室宣傳組主辦
150	東方紅	67.10.8		北京機械學院東方紅公社主辦
151	東方紅	67.12.10	52	北京鋼鐵學院《延安公社》東方紅編輯部
152	東方紅	67	2	北京鋼鐵學院919東方紅宣傳組主辦
153	東方紅	67	12	中央工藝美院東方紅公社主辦
154	東方紅	66.10.13	3號	首都大專院校紅衛兵總部主辦
155	東方紅	67.9.8	29號	紅代會北京第二醫學院《東方紅》編輯部
156	東方紅	67	8	中國科學院科學儀器廠東方紅戰鬥隊主辦
157	東方紅	67.9.3	11	煤炭科學院革反聯合總隊《東方紅》編輯部
158	東方紅	67	22	中科院綜合考察委員會東方紅戰鬥團主辦
159	東方紅	67.3.30	創刊	京醫《東方紅》主辦
160	東方紅	66.12.28	創刊	《師院東方紅》編輯部主辦
161	東方紅	67.9.13	18	反復辟聯絡站紅革會醫專《東方紅》編輯部主辦
162	東方紅快報	67.1.29	創刊	北京機械學院東方紅公社《東方紅快報》主辦
163	東方紅報	67.9.15	8	紅代會北京農機學院《太陽升東方紅》編輯部
164	東方紅報	66.12.20	5	北京地質學院《東方紅》編輯部主辦

165	東方紅戰報	67.8.4	特一號	紅代會北京農業機械化學院東方紅公社太陽升縱隊《挖修根》編輯部
166	東方紅戰報	67	23	紅代會北京工業學院東方紅公社編輯部主辦
167	東方戰報	66	9	北京外貿學院東方紅公社主辦
168	東方紅戰報	67.5.1	42	北京農業機械化學院《東方紅戰報》主辦
169	東方紅大家報	67.3.1	1	北京機械學院東方紅公社《東方紅快報》編輯部主辦
170	東風	67	14	北京天文臺主辦
171	東風報	66.12.26	創刊	首都紅衛兵中學司令部主辦
172	東風戰報	66.10.30	創刊	首都東風戰鬥兵團
173	電建戰報	67.2.17	創刊	電力建設總局紅色革命造反團主辦
174	電影革命	67.5.16	創刊	電影革命聯絡委員會「八一」電影製片廠革命造反總部主辦
175	電影戰報	67.4.27	創刊	首都電影界革命派聯合委員會主辦
176	電影批判	67.5.20	3號	工代會農代會大專院校紅代會砸三舊批判毒草影片戰鬥組主辦
177	電影風雷	67.6.28	3	首都批判毒草電影聯絡站
178	電子紅旗	67.7.1	創刊	工代會北京電子管廠紅旗革命造反總部《電子紅旗》
179	電影造反報	67.1.30	創刊	電影革命造反串連會主辦
180	農民運動	67.2.21	創刊	首都四清革命造反團《農民運動》主辦
181	農村戰報	67.2.18	創刊	北京農業勞動大學《東方紅公社》主辦
182	農林戰報	67.2.22	試刊	首都農林系統革命造反總部主辦
183	農機東方紅	67.1.26	創刊	中國農機院東方紅公社主辦
184	農奴戟	67.5.13	3	徹底批判劉鄧在民族工作展覽中反革命修正主義路線聯絡委員會
185	批譚戰報	67.8.5	7	首都農口革命造反聯絡站批判譚震林聯絡站主辦
186	批判陳雲專刊	67.2.14	創刊	紅代會北師東方紅紅大隊主辦
187	批陶戰報	67.2.23	創刊	批判劉鄧路線新代表陶鑄聯絡委員會主辦
188	批陳戰報	67.6.5	2	首都紅代會《批判陳毅聯絡站》主辦
189	批呂戰報	67.2.20	3	西南鐵路打倒呂正操及其一小撮同夥聯絡站主辦

190	批判「二流堂」戰報	67.10	1	中央直屬文藝系統「二流堂」戰報
191	批陳毅專刊	67.6.15		對外文委造反隊、紅代會北京農機學院
192	余秋里問題	67.7.30	1	國家計委《紅委會》五家主辦
193	討瞿戰報	67.8.27	創刊	首都紅代會政法學院《政法公社》等
194	討瞿戰報	67.5.6	創刊	北京市法院紅色革反總部《討瞿戰報》編輯部
195	批廖戰報	67.6.18	4	批判廖承志方方聯絡站籌備組主辦
196	兵團戰報	66.10.27	創刊	毛思想紅衛兵首都兵團主辦
197	兵團戰報	67.6.10	21	首都中等學校紅代會主辦
198	兵團紅旗	67.9.24	創刊	北師大井岡山造反兵團主辦
199	兵團戰士	67.9.19	1	《兵團戰士》編輯部
200	京西風雷	67.2.28	創刊	首都大專院校紅衛兵革命造反總司令部中學中專部門頭溝分部
201	京劇革命	68.8	創刊	北京京劇二團革命委員會主辦
202	京郵戰報	67	4	首都郵電工人紅色造反團主辦
203	赤遍全球	67.9.1	2	首都中等學校紅衛兵代表大會崇文區委員會
204	地圖戰報	68.1	13	《地圖戰報》編輯部
205	戲劇戰報	67.5.13	創刊	中國劇協革命造反團《戲劇戰報》編輯部主辦
206	戲劇批判	67.5		北京京劇二團紅旗革命造反隊
207	旭日戰報	67.4.8	24	北京輕工業學院紅旗革命造反隊
208	勞動戰線	67.5.13	創刊	徹底粉碎劉鄧反革命修正主義勞動工資路線聯絡站主辦
209	吶喊	67.8.15	創刊	《吶喊》編輯部
210	抗大	67.11.14	19	首都紅代會中央民族學院抗大公社《抗大》編輯部
211	抗大通訊			煤炭工業部幹部學校《抗大通訊》編輯部
212	體育戰線	66.12.30	創刊	北京工農兵體育學院毛澤東主義兵團星火社主辦
213	體育前哨	67.5.5	創刊	國家體委革命造反聯絡總部
214	體育批判	68.5	8	北京師院運動系革委會《體育批判》編輯部
215	紅旗	66.12.19	創刊	北航紅旗戰鬥隊

216	紅旗	67	14	北京電力學院紅旗主辦
217	紅旗	67.1.25	專刊	北京機械學院《紅旗》主辦
218	紅旗	66	19	北京水電學院《獨立大隊)》主辦
219	紅旗	66.9.13	創刊	北京航空學院紅旗戰鬥團宣傳組主辦
220	紅旗	67.1.1	創刊	北京航空學院《紅旗》駐滬聯絡站
221	紅旗報	66.11.11	創刊	首都保衛毛主席紅旗戰鬥團
222	紅旗報	67.1.22	創刊	首都紅旗報社主辦
223	紅旗報	67.1.1	創刊	北京二七機車車輛工廠紅旗協會主辦
224	紅旗報	67.3.10	創刊	第三機械工業部紅旗總部主辦
225	紅旗報	67	9	動物所紅旗公社主辦
226	紅北影	67.5.23	1	北京電影製片廠《紅北影》編輯部
227	紅色電影	67.7	1	中央直屬電影系統聯合批鬥革命修正主義分子大會
228	紅色銀幕	67.6.24	創刊	北京電影發行放映公司
229	紅色新聞電影	67.5	創刊	中央新聞電影製片廠批判毒草影片籌備處
230	紅藝戰報	67.2.15	創刊	北京京劇一團東方紅革命造反兵團
231	紅藝戰報	67	2	首都職工革命造反總部文化藝術系統聯絡站主辦
232	紅軍戰報	67.3.8	2	首都紅軍兵團宣傳部
233	紅旗戰報	66	7	廣安門醫院紅旗戰鬥兵團主辦
234	紅旗戰報	67.2.15	創刊	北京工業學院《紅旗公社》主辦
235	紅旗戰報	66	30	西苑醫院紅旗戰鬥兵團主辦
236	紅旗戰報	67.12.19	45	北京政法學院革委會《政法紅旗》主辦
237	紅旗戰報	66.10.25	創刊	北京大學毛澤東思想紅旗兵團主辦
238	紅旗戰報	66.9.17	創刊	中共中央黨校紅旗戰鬥隊主辦
239	紅旗戰報	67.4.26	創刊	中共中央黨校無產階級革命派聯合指揮部《紅旗戰報》編委會主辦
240	紅旗戰報	66	3	中國醫學科學院勞衛所紅旗戰鬥團主辦
241	紅旗戰報	66.9.10	創刊	首都紅旗聯合總部主辦
242	紅旗戰報	67	13	中醫研究院東直門紅旗戰鬥兵團主辦
243	紅旗戰報	67	3	中國科學院紅旗革命造反總部主辦
244	紅旗戰報	67	2	中國科學院紅旗全國總部《紅旗戰報》編輯組主辦

245	紅旗戰報	67.3.5	2	北京九中紅旗公社主辦
246	紅旗戰報	67.2.7	增刊	中國人民大學東方紅公社法律系紅旗戰鬥隊主辦
247	紅旗戰報	66.12.31	創刊	第二輕工業部毛澤東思想戰鬥大隊主辦
248	紅旗戰報	67.2.20	14	京列段《紅旗公杜》
249	紅旗戰報	67	9	毛澤東思想紅旗公社「故宮」主辦
250	紅旗戰鬥報	66.11.20	2	《紅旗戰鬥報》編輯部
251	紅幹報	67.7.20	6	首都大專院校革命造反派批判劉鄧在幹部問題上資產階級反動路線聯絡站
252	紅鷹	67.6.28	23	北京輕工業學院毛澤東思想紅衛兵《紅鷹》兵團主辦
253	紅燈報	67.4.27	創刊	紅代會北京電影學院東方紅毛澤東共產主義公社聯合委員會主辦
254	紅二七	67.5.1	創刊	首都紅代會鐵路系統大聯合籌備小組宣傳主辦
255	紅炮兵	67.2.4	22	《紅炮兵》
256	紅五月	67.5.22	創刊	紅五一反修軍團，紅色實用美術兵合編
257	紅教兵	67.5.15	創刊	北京市小學革命教師聯絡總部崇文分部紅教兵團主辦
258	紅教工	67.1.20	6	首都大專院校紅教工革命造反聯絡委員會主辦
259	紅聯	67	20	中國科學院京外單位北京聯絡站主辦
260	紅聯	67	4	總後工廠管理部紅色革命造反聯隊主辦
261	紅梅	67.7.16	3	首都紅代會中國人民大學三紅第七兵團破私立公紅梅戰鬥組主辦
262	紅醫戰報	67	13	北京醫藥衛生界大聯合革命委員會主辦
263	紅戰報	67.3.16	無期號	首都大專院校紅代會等主辦
264	紅戰報	67	2	北京郵電學院東方紅公社林學院東方紅等主辦
265	紅戰友	66	6	北京電影學院紅衛兵紅戰友主辦
266	紅色美術		2	中央美院革聯紅旗
267	紅色文藝	67.4.30	1	首都文藝界造反總部
268	紅暴	67	2	國營華安機械廠革命群眾團體接管委員會主辦
269	紅岩戰報	67.4.15	創刊	《紅岩戰報》社主辦

270	紅色青年	67	2	第一輕工業部革命青年紅色造反團《紅色青年》編輯部主辦
271	紅色公交	67.4.11	創刊	鬥爭薄一波批判余秋里批判谷牧聯絡委員會主辦
272	紅色公交	67.8.18		首都工交口革命造反聯絡委員會主辦
273	紅色職工	67.1.29	3	北京職工紅色造反團首都陣法兵團聯合主辦
274	紅色宣傳兵	67.3.6	創刊	首都出版系統革命造反委員會主辦
275	紅色批判者	67.4.20	創刊	首都批判資產階級反動學術「權威」聯絡委員會主辦
276	紅色聯絡報	67.2.10	4	全國革命造反紅衛兵聯絡總部主辦
277	紅戰筆		創刊	一商儲運唐口紅聯第五聯合中學高一小組辦
278	紅戰筆畫刊	67.7		首都紅代會、中央戲劇學院毛思想戰鬥團
279	紅色鐵四局	69.4.27	第28號	鐵道部第四鐵路工程局革委會機關報
280	紅色林業報	67.4.22	49	《紅色林業報》革命造反委員會主辦
281	紅色戰報	66	2	北京二七機車車輛工廠紅色造反團主辦
282	紅色造反報	67	4	海軍高級專科學校「紅色造反總部"宣傳團主辦
283	紅色造反報	66.12.26	創刊	首都聯工紅色造反總聯絡站宣傳部主辦
284	紅色造反報	66.12.27	創刊	北京石油學院大慶公社宣傳組主辦
285	紅色造反報	67.1.15	創刊	中央戲劇學院紅色造反團主辦
286	紅色造反報	66	3	中國科學院紅色革命造反司令部主辦
287	紅色造反報	67	9	中國人民解放軍第二軍醫大學生辦
288	紅色造反者	67.1.16	創刊	中國人大紅旗戰鬥團
289	紅反軍	67.5.20	13	首都紅代會北京商學院紅色造反軍《紅反軍》
290	紅軍戰報	67.3.8	2	首都紅軍兵團宣傳部
291	紅尖兵	67.1	創刊	中學紅代會二十六中《紅尖兵》編輯部
292	紅旗漫捲	67.6.24		第四機械工業部一‧二一革命造反兵團主辦
293	紅衛報	67	14	中國科學院半導體所紅衛兵革命造反聯絡站主辦
294	紅衛報	67.3.24	特刊	北京第二外國語學院紅衛報編輯部主辦
295	紅衛報	67.4.5	19	北京外國語學院紅旗戰鬥隊等主辦

296	紅衛報	67.1 .12	增刊	紅衛兵革命造反聯絡站宣傳組主辦
297	紅衛戰報	67.4.1	11	首都紅代會中國人民大學紅衛兵紅衛隊東方紅公社主辦
298	紅衛戰報	67.3.13	11 號	紅代會外交學院革命造反兵團
299	紅反戰報	67.3 .29	特刊	北京輕工業學院紅色造反委員會井岡山戰鬥兵團聯合總部主辦
300	紅戰報	67	6	新北大公社歷史系戰鬥團
301	紅小兵	67.1	聯合版	人民美術出版社《紅小兵》編輯部
302	紅畫兵	67.9	4	北京畫院毛思想戰鬥團編輯
303	紅色二輕	67.9.22	6	第二輕工部革委會籌
304	紅衛戰報	66	4	中國科學院圖書館文革籌委會主辦
305	紅衛戰報	67.3.13	11 號	北京外交學院革命造反紅衛兵主辦
306	紅衛兵	66.12.13	13 號	首都大專院校紅衛兵第一司令部宣傳部主辦
307	紅衛兵	66.9.28	4 號	首都大專院校紅衛兵司令部政治部主辦
308	紅衛兵	67.1.28	特刊	北京大專院校紅衛兵聯絡總站主辦
309	紅衛兵	67.3.28	創刊	首都紅代會工商專科革聯《紅衛兵報》編輯部主辦
310	紅衛兵	67.10.18	37	首都紅代會北外學院紅旗戰鬥隊主辦
311	紅衛兵	66	5	北京第二外國語學院紅衛兵主辦
312	紅衛兵	67.4	創刊	北京《紅衛兵雜誌》編輯部主辦
313	紅衛兵報	66.9.1	創刊	北京六中紅衛兵主辦
314	紅衛兵報	68.6.5	19	首都中學紅代會機關報
315	紅衛兵報	66.1L4	創刊	北京四清紅衛兵革命造反總部主辦
316	紅衛兵報	66.12.4	創刊	中國科學院紅衛兵革命造反司令部主辦
317	紅衛兵報	66.9.1	創刊	《紅衛兵》報編輯部
318	紅衛兵報	66.9.8	創刊	中國人民大學"八一八" 毛澤東思想紅衛兵主辦
319	紅衛兵快報	67.1.14	創刊	中國科學院紅衛兵革命造反司令部《紅衛兵報》主辦
320	紅衛兵戰報	66.9.10	創刊	首都紅衛兵糾察隊（東城分隊）主辦
321	紅衛兵戰報	76.10.21	4	北京九十四中紅衛兵團宣傳組
322	紅衛兵戰報	66.9.5	創刊	北京礦業學院首都紅衛兵指揮部主辦

323	紅衛兵戰報	66.11.2	6	北京市農村四清工作團幹部會議《紅衛兵戰報》編委會
324	紅衛兵戰歌	67.7.17	創刊	中學紅代會北京教育戰線紅旗《紅衛兵戰歌》
325	紅戰報	67.5		中國人民大學語文系紅旗公社《紅戰報》編輯部
326	利劍戰報	67	1	中國人民大學《利劍》戰鬥隊主辦
327	狂飆	67.1.4	號外	毛澤東思想哲學研究所狂飆險峰戰鬥小組主辦
328	勁松報	67	4	北京郵電局46支局勁松戰鬥組編
329	奔騰急	67	17	北京教育局革命委員會籌委宣傳組主辦
330	美術戰報	67.4.20	創刊	人民美術出版社《美術戰報》編輯部主辦
331	美術兵	67.5.23	3	北京師範學院井岡山公社無名戰團毛澤東思想美術兵主辦
332	貧下中農報	67.6.25	創刊	首都貧下中農紅色造反者抓革命促生產聯絡總站
333	宣交戰報	67.3.1	創刊	宣交系統革命造反者聯絡部主辦
334	宣武戰報	67.8.23	新一號	京宣武區無產階級革命派大聯合鬥批改聯絡站
335	物資報	68.2.16	5	物資隊大聯繫
336	重上井岡山		6	工代會北京第一機床廠重山井岡山
337	物資戰報	67.6.24	創刊	物資部三家主辦
338	經濟批判	67.6.5	6	首都徹底批判資產階級反動「權威」聯絡站
339	延安紅旗	68.8.10	特刊	科技大學五一九野戰軍
340	首都風雷	67.4	特刊	北京三中《首都風雷報》編輯部主辦
341	首都風雷	67.2.7	2	中學紅衛兵首都風雷宣傳部主辦
342	首都財貿	67.8.5	創刊	《首都財貿》編輯部
343	首都井岡山	67.2.25	特一號	北京十三中井岡山兵團宣傳部
344	首都紅教工	66.12.8	創刊	首都大專院校紅教工革命造反聯絡委員會主辦
345	首都紅衛兵	66.9.13	創刊	首都大專院校紅衛兵革命造反總司令部（三司）
346	首都紅衛兵	67.3.3	1	首都大專院校紅衛兵代表大會主辦
347	首都紅衛兵	67.1.31	創刊	首都大專院校紅衛兵革命造反司令部

348	首都紅衛兵	67.2.7	6	首都紅三司中學中專部革命造反委員會主辦
349	首都紅衛兵	67.3.6	上海版	首都大專院校紅衛兵革命造反司令部主辦
350	首都紅衛兵戰報	67.2.13	9	首都紅衛兵戰報
351	新四中	67.5.17	創刊	首都中學紅代會新四中公社主辦
352	春雷	67.3.12	創刊	首都八一學校毛澤東思想革命造反聯合總部主辦
353	政法戰報	67.4.22	創刊	首都政法界鬥批改聯絡站主辦
354	政法新聲	67.11.18	2	北京政法學院革委會首都紅代會政法公社《保衛無產階級司令部聯絡站》
355	政法公社	67.1.10	創刊	首都紅衛兵第三司令部北京政法學院主辦
356	政法公社	67.3.8	12	首都紅代會北京政法學院《政法公杜》報編輯部
357	政法兵團	67.2.3	2	首都第三司令部首都政法兵團主辦
358	政法兵團	67.4.19	4	北京政法學院《政法兵團》主辦
359	革聯報	67	32	新華社革命聯合委員會主辦
360	革命串聯	67.4.7	3	北京建工學院《革命串聯》編輯部
361	革聯戰報	67.2.7	創刊	首都紅衛兵革命造反委員會（紅革會）主辦
362	革中師院	76.4.1	88	臨時黨委
363	革命串聯報	66.12.20	9	北京大學《革命串聯報》編輯部
364	革命工人報	67.1.1	創刊	首都職工革命造反總部主辦
365	革命造反報	67.1.30	創刊	中國科學院革命造反派聯合奪權委員會主辦
366	革命造反報	67	5	首都職工革命造反總部西城分部，新華印刷廠職工革命造反團主辦
367	革命造反報	67.1.1	創刊	北京農業大學東方紅公社紅旗聯合會主辦
368	革命造反報	67.1.23	創刊	北京第二機床廠革命造反總部《革命造反報》主辦
369	革命造反報	66	5	中國科學院革命造反報編委會主辦
370	革命造反報	67.1.21	創刊	解放軍鐵道兵學院革命造反團主辦
371	革命造反報	67	15	國家計委革命造反公社宣傳組主辦

372	革命造反者	67	13	首都職工革命造反總部鐵路分部第四革命造反隊主辦
373	革命造反戰報	66	9	中國科學院動物所革命造反大隊支部戰鬥小組編輯部
374	革命造反兵團	67.1.26		《革命造反兵團》編輯部
375	革命烈火報	67.11.1	7	革命烈火編輯部
376	革命華僑	67.3.14	創刊	中僑委革命造反總指揮部主辦
377	革命風暴	67.2.10	3	北京密雲三中《紅旗公社》主辦
378	革命文藝專刊	67.4.3	2	首都革命文藝造反總部
379	指點江山	67	3	北京鋼鐵學院革命造反公社《指點江山》編輯部主辦
380	指點江山	67.8.2	13 期特刊	工代會北內東方紅公社指點江山縱隊主辦
381	星火燎原	67.2.22	創刊	北京林學院東方紅公社東方紅紅衛兵主編
382	星火燎原	67.1.6	創刊	解放軍藝術學院主辦
383	星火燎原	67.7.14	創刊	首都中學紅代會紅四月聯絡站主辦
384	科技戰報	67.1.22	創刊	國家科委全國科協革命造反派《科技戰報》編輯部主辦
385	科技紅旗	67.2.18	6	首都科研設計單位革命造反聯合委員會主辦
386	科圖戰報	67.4.5	創刊	批劉鄧資產階級反動路線籌備組主辦
387	科大紅衛兵	67.11.9	6	紅代會中國科技大學《科大紅衛兵》編輯部
388	科學報	66.12.24	增刊	《科學報》編輯部
389	郵電風雷	67.1.1	創刊	全國郵電系統革命造反聯絡總部主辦
390	郵電戰報	67.8.4	7	工代會北郵系統革命職工聯合委員會宣傳組
391	青年戰報	67.6.1		紅代會徹底摧毀劉鄧在青年工作中反革命修正主義路線聯絡站
392	怒火	67	4	中國科學院造反團生物實驗中心井岡山戰鬥大隊主辦
393	換新天	67.5.21	創刊	北京市小學革命教師聯絡總部主辦
394	萊恩報			首都紅衛兵《萊菌報》編輯部
395	城建戰報	67.3.15	3	北京城建系統革命造反聯絡總部主辦

396	城建戰報	67.10.13	12	北京市工代會城建組城建戰報編輯部
397	險峰	66.12.13	創刊	第一機械工業部革命造反聯合委員會險峰
398	評論	67.3.8	創刊	北京機械學院《紅旗》共產主義小組主辦
399	捍衛報	66	17	北京政法學院政法公社毛澤東主義紅衛兵毛思想捍衛隊主辦
400	捉鱉	66	2	軍工學院紅色造反團赴石造反縱隊主辦
401	挺進報	67.1.1	創刊	北京 39 中「毛澤東思想 815」紅衛兵主辦
402	挺進報	66	4	中科院科學出版社捍衛毛澤東思想戰鬥大隊主辦
403	挺進戰報	66	3	新師大化學系「七一」「挺進」「紅衛」戰鬥組主辦
404	財貿戰報	67.9.10	創刊	北京市工代會財貿組鬥批改聯絡委員會主辦
405	財貿尖兵	67.2.8	創刊	北京財貿職工革命造反尖兵總部主辦
406	財貿紅旗	67.2.1	創刊	全國財貿系統革命造反聯絡委員會主辦
407	烈火	67	9	廣播事業局毛澤東思想紅衛兵毛澤東思想戰鬥團主辦
408	烈火報	66	9	《革命造反》紅衛兵總部主辦
409	烈火報	67	17	人民大學紅衛隊經濟系中隊東方紅公社（烈火）戰鬥隊主辦
410	烈火戰報	66	4	全國醫藥衛生系統火線老衛生聯絡總站主辦
411	追窮寇	67.3.27	創刊	徹底粉碎劉少奇反革命修正主義路線大會籌備處主辦
412	追窮寇	67	8	紅代會北鐵紅旗批判劉鄧陶聯絡站
413	鐵道兵	67.6.9	1473	鐵道兵政治部
414	鐵道紅旗	67.1.20	創刊	北京鐵道學院紅旗公社《鐵道紅旗》編輯部主辦
415	破私立公	67.7.17	4	首鋼《破私立公》編輯部
416	換新天	67.5.21	創刊	北京市小學革命教師聯絡總部主辦
417	鐵道紅旗	67.10.28	32	首都紅代會北京鐵道學院紅旗公社《懲腐惡》
418	教育革命	67.4.10	創刊	北京市教育革命聯絡委員會主辦
419	教育要革命	67.7.22	2	中學紅代會作戰部鬥批改辦公室

420	教育戰報	67.4.12	創刊	徹底批判修正主義教育戰報主辦
421	教育風暴	67.5.4	創刊	首都中等學校紅衛兵代表大會教育革命組主辦
422	教工戰報	67.2.11	創刊	北京中等學校革命職工紅色造反團宣傳部主辦
423	教育批判畫刊	67.1	3	教育部革命造反派鬥批改聯絡站編委會
424	造反報	67.2.6	創刊	北京化工研究院紅色造反公社
425	造反報	67	3	北京化工學院按十六條革命的造反隊編輯部主辦
426	造反報	67.1.3		中國科學技術大學革命造反隊主辦
427	造反軍報	67.1.17	創刊	國棉三廠紅色造反者聯絡總部宣傳組
428	造反之聲	67.5.27	創刊	首都中學紅代會朝陽區委員會主辦
429	造反之聲	67.1.10	創刊	北京第一機床電器廠造反之聲編委會主辦
430	造反有理	69.7.5	83	房山縣造反有理總部宣傳組編
431	造反有理	67.11.22	12	七機部 916 革命造反兵團宣傳勤務部主辦
432	造反有理報	67	48	首都四清革命造反聯合會主辦
433	造反有理報	67	8	五〇一廠工人革命造反聯合會主辦
434	造反有理報	67.1.28	42	首都四清革命造反隊主辦
435	造反戰報	67	4	首鋼革命造反總司令部大中院校革命造反首鋼聯絡站
436	造反戰報	67.1.12	特刊	「前進報」社無產階級革命造反總部「前進報」社地方記者造反縱隊主辦
437	造反戰報	67	7	一機部革命造反總部主辦
438	造反戰報	67.1.22	創刊	機械工業革命造反總部主辦
439	造反戰報	67.2.23	增刊	中科院地理所革命《造反戰報》編輯部主辦
440	造反戰報	67.2.14	創刊	解放軍第二坦克學校紅色造反者革命委員會主辦
441	進軍報	67.1.4	創刊	毛思想哲學社會科學部向資產階級反動路線猛烈開火聯絡委員會主辦
442	進軍號	66.12.19	26	《新建設》編輯部主辦
443	通縣工人	68.11.5	創刊	北京通縣工代會主辦
444	通縣風暴	67.2.17	創刊	北京革命造反公社通縣聯絡站主辦

445	通縣風暴	67.4.22	1	砸爛舊縣委反革命修正主義集團籌備處主辦
446	湘江評論	67.5.20	2	清華附中北航附中紅衛兵北大附中紅旗北師大女附中毛思想紅衛兵
447	解放全人類	67.5.24	創刊	《解放全人類》編輯部
448	滿江紅	67.5.17	創刊	紅代會中央工藝美術學院東方紅公社主辦
449	揪賀戰報	67.8.15	創刊	首都無產階級革命派揪鬥賀龍聯絡站
450	揪劉戰報	67.8.17	5	首都各界無產階級革命派揪鬥劉少奇聯絡站宣傳組
451	朝暉報	68.9.27	53	北京東方紅汽車製造廠革委會《朝暉報》編輯部
452	摧資戰報	67.1	2	首部工代會無產階級革命派批鬥劉王炎美聯絡站，首都紅代會政法公社紅旗兵紅濤看今朝聯合反修縱隊主辦
453	摧舊戰報	67.5.17	創刊	徹底摧毀舊北京市戰鬥兵團
454	環球赤	67.5.22	1	首都紅旗《環球赤》報編輯部
455	簡報	67.3.10	3	北師大北樓 107 徹底摧毀劉鄧反革命修正主義路線聯委會
456	煤炭戰報	67.2.1	創刊	煤炭系統革命造反聯絡部站主辦
457	觸靈魂	67.2.13	3	首都第三司令部北京戲專東方紅公社主辦
458	觸靈魂戰報	66	3	東風公杜觸靈魂部分戰工等
459	戰報	69.5.1	3	北京鐵路局北列車段
460	戰報	66.12.29	創刊	鬥爭彭、陸、羅、揚反革命修正主義集團籌備處主辦
461	戰報	67.3		北京京劇一團沙家濱革命戰鬥兵團
462	戰報	67.1.8		北京中醫學院附院紅色造反戰鬥團主辦
463	戰報	67	16	中國科學院大氣所聯合行動小組和遵義大隊核心組主辦
464	戰報	66.12.23	創刊	中央戲劇學院毛澤東主義戰鬥團主辦
465	戰報	67.1.18		中央音樂學院中央戲劇學院中央樂團東方紅等鬥爭大會籌備處主辦
466	戰報	67.2.21	9	二機部機關革命造反總部宣傳組編
467	戰鬥報	67.2.15	創刊	革命造反派砸爛文化部聯合委員會主
468	戰鬥報	67	35	北京廣操學院臨時文革主辦

469	戰鬥報	66.11.13	創刊	中央音樂學院毛澤東思想戰鬥團宣傳部主辦
470	燎原	66.12.10	創刊	首都職工紅色造反總聯絡西城分站燎原主辦
471	燎原	67	16	首都紅代會中央美術學院燎原戰鬥團主辦
472	燎原	67	13	首都紅衛兵革命造反大隊主辦
473	燎原	67	5	解放軍後勤學院星火燎原革命造反團主辦
474	燎原報	67	18	中央財經學院北京公社抗大普教分隊主辦
475	燎原戰報	67.2.28	4	首都紅衛兵革命造反總部
476	驚雷	67.3.14	創刊	北京機械學院（紅旗）紅一方面軍主辦
477	驚雷	67.8.3		首都紅代會在京日本紅衛兵主辦
478	驚雷	67	2	毛思想哲學所驚雷戰鬥隊主辦
479	遵義戰報	67.1.24		人民農村讀物出版社遵義戰鬥兵團主辦
480	遵義戰報	67	6	北京建校遵義紅衛兵宣傳部主辦
481	遵義紅旗	67	4	人民日報遵義紅旗戰鬥團主辦
482	硬骨頭戰報	66.11.10	創刊	科圖紅旗革命造反聯隊等聯合主辦
483	雄師報	66	3	雄師戰鬥連主辦
484	新通縣	67.6.1	創刊	新通縣編輯委員會主辦
485	新八一	67.7.15	13	紅代會北京建築工業學院
486	新人大	67.3.2	創刊	新人大公社毛思想紅衛兵主辦
487	新化工	67.4.18	9	化工部無產階級革命造反司令部主辦
488	新公安	67.1.21	創刊	北京市公安局革命委員會主辦
489	新礦院	68.11.13	2	北京礦業學院革委會
490	新鋼院	67.10.28	53	北京鋼鐵學院革命造反公社《新鋼院》主辦
491	新文革	67.9.9	2	對外文委革委會籌備小組，革命造反聯隊
492	新三工	67.3.16	試刊	第三工程兵學校革命委員會
493	新四中	67.5.17	創刊	首都中學紅代會新四中公社主辦
494	新農大	67.3.15	7	紅代會北農大東方紅公社主辦
495	新愚公	67.2.1	創刊	下鄉上山知青紅一線戰鬥隊主辦
496	新北毛	67	4	下鄉毛紡織廠新北毛主辦

497	新北影	67.4	4	新北影革命造反聯絡總部主辦
498	新北大	66.8.22	創刊	北京大學文化革命委員會籌備委員會《新北大》編輯部主辦
499	新北起	67.6.28	10	北京起重機廠紅色造反者《新北起》編輯部主辦
500	新冶金	67.6.1	創刊	冶金部在京各單位革命造反聯合委員會
501	新北大	67.5.19	創刊	首都紅代會新北大公社赴蓉調查組編
502	新北大報	68.1.15	26	紅代會新北大井岡山兵團《新北大報》編輯部
503	新北大報	67.7.12	創刊	新北大紅旗飄北京公社革命總部
504	新北大公社	67.1.24	特刊	《新北大公社》
505	新北大評論	67.1.11	創刊	北京大學《新北大評論》編輯部
506	新華戰報	67.5.12	創刊	新華社.新華公社.新華社為人民服務紅衛兵.12.26 紅旗革命造反團.宇宙紅衛兵聯合主辦
507	新聞戰報	67.4.28	創刊	首都新聞批判聯絡站主辦
508	新聞戰報	67.4.22	創刊	新華社革命聯合委員會.新華社新聞戰線紅衛兵主辦
509	紅旗	67.9.18	10	紅代會北京經濟學院紅旗公社
510	紅旗	67.2.27	專刊	北京鋼院《紅旗》
511	長征	67.9.13	2	國防科研戰線無派 1021 批鬥劉賀羅薄聯絡站
512	長征	67.10.24	創刊	北京石油學院 525 紅衛兵總部北京公社
513	紅醫	67.7.5	2	首都醫務界紅色造反派聯合總部
514	北斗星	67.9.5	創刊	《北斗星》編輯部
515	井岡山	67.6.19	30	中央樂團井岡山革命造反團
516	滿天紅	67.6.7	3	紅代會中央工藝美術學院東方紅公社
517	五洲風雷	67.5.31	2	紅代會國際關係學院
518	美術戰報	67.5.24	4	工代會首都美術紅色造反兵
519	赤遍全球	67.10.3	3	中學紅代會崇文區委員會
520	工交戰報	67.6.1	2	鬥爭反革命修正主義分子薄一波籌備處
521	揪劉火線	67.9.4	創刊	首都紅代會北京建築工業學院八一戰鬥兵團
522	劍與火	67.1.26		井岡山毛主義聯合縱隊
523	新航校	67.6.26	41	北京航校革委會

524	雄一師	67.2.25	2	首都紅衛兵師工農革命軍第一師
525	魯迅報	67.5.24	2	工業出版社魯迅戰鬥隊
526	三七戰報	67.8.8	3	中學紅代會西城區委員會
527	首都通訊	67.9.20		首都通訊
528	財貿尖兵	67.3.4	4	北京財貿職工革反尖兵總部
529	林業站報	67.9.23	37	林業部革命造反團
530	指點江山	67.3.9	3	北京鋼院革命造反公社
531	湘江風雷	67.8	北京版	湖南《湘江風雷》
532	鬥批改通訊	68.2.14	49	北師大革委會鬥批改辦公室
533	革命聾人報	67.1	創刊	首都聾人革命造反總部
534	革命文藝戰報	67.4.3	2	首都革命文藝造反總部
535	新北大戰報	68.11.21	11	首都工人解放軍駐北大毛思想宣傳隊
536	揪劉火線專輯	67.9	2	首都紅代會北京建工學院八一戰鬥團
537	批判陳雲專刊	67.3.26	3	紅代會北師院東方紅大隊
538	1021 通訊	67.9.17	1	國防科研系統無派 1021 聯絡站
539	學大寨	68.4.6	專刊	北京市貧下中農代表會議常設委員會
540	革命風火	67.1.23	2	全國鐵路新聞工作者革命造反派聯絡站
541	揪彭瓷產階沒	67.8	專刊	教工縱隊
542	反動路線的鐘敲響了	66.10.3		北工大東方紅公社
543	北纖紅旗	67.9.8		首都紅代會北纖紅旗
544	毛思想戰鬥戲劇	67.9.16	8	紅代會中央戲劇學院毛思想戰鬥團
545	電影紅兵	67.5.29	3	首都工農兵砸三舊批判毒草影片聯絡部

上海

序號	名稱	時間	期號	組織
1	八‧一八戰報	67.2.15	無	北京醫學院八‧一八紅衛兵戰鬥團駐滬聯絡站
2	八‧一三紅衛兵	67.2.8	創刊	天津大學八‧一三紅衛兵駐滬聯絡站
3	八‧二三戰報	67.1.13	增刊	《八‧二三》戰報
4	二醫戰報	67.4.19	6	上海第二醫學革命造反派聯合指揮部
5	人大紅衛兵	67.1.29	創刊	人大紅衛兵駐滬聯絡站
6	工人造反報	66.12.28	創刊	上海工人革命造反總司令部

7	工運戰線	67.9.1		上海市工會工作革命大批判聯絡站
8	工總司盧灣簡報	68.2.19	12	工總司盧灣區各系統革命造反派聯合宣傳組
9	工司衛通訊	67.9.10	1	工總司衛生系統聯總
10	工農學	67.6.25	10	嘉定縣《工農學》
11	工人文藝	67.11.7	增刊	上海工人革命文藝創作隊
12	大江南北	67.9.21	2	江蘇省駐滬辦事處革命造反聯絡站
13	大喊大叫	67	2	大喊大叫公社
14	大批判通訊	67.9.10	3	工總司嘉定地區總指揮部科大革命造反司令部
15	大批判	67.12.6	35	上海革命大批判聯絡站
16	大批判	67.9.29		新交大斗批改盧灣區各系統革反聯合宣傳組
17	大會專刊	67.10.26	增刊	大會專刊
18	大批判通訊	67.9.6	17	上海革命大批判聯絡站
19	大會專刊	67.3.23	2	工人造反報財貿戰士體育戰報反到底東方紅
20	大會專刊	67.5.4	6	毛思想偉大紅旗徹底清算陳丕顯，曹狄秋反革命罪行鬥爭會
21	大會專刊	67.9.5		上海市中學革命師生員工迎頭痛擊劉鄧陳曹楊假查真反撲電視鬥爭大會
22	大會特刊	67.1.19		徹底砸爛以張浩為首的修正主義團市委機關革命造反聯絡站
23	大會特刊	67.1.17		華東局機關革命造反聯絡站紅革會紅三司
24	大會特刊	67.2.20		徹底砸爛資產階級反動路線代表人物陶鑄大會籌備處
25	大會特刊	67.2.14		高舉毛思想偉大紅旗打倒以張國榮為首的寶山縣委大會
26	大會特刊	67.1.26		寶山縣無派聯合辦公室政法系統鬥批改聯絡站
27	上海學徒	67.1.8	創刊	上海市學徒造反革命委員會
28	上海紅衛兵	68.2.29	31	上海大專院校紅代會
29	上海紅革會	67.9.18	創刊	紅衛兵上海大專院校大批判聯合聯絡站
30	上海晚報事件	67.2.20	2	上海工人革命造反司令部

31	上海科技戰報	67.7.29	4	上海科技戰線革命造反聯絡總站
32	上海紅衛戰報	68.5.1	2	上海大專院校紅代會中等學校紅會
33	上海師院	68.5.13	21	上海師院革委會
34	上海科大	69.3.7	59	駐科大工宣隊科大革委會
35	上海鐵院	68.6.10	4	鐵道學院革委會
36	上航事件	67.2.5	創刊	上航校革命造反兵團、教工革命造反兵團、上航紅革隊
37	上海公安	67.8.27	8	上海市公安局
38	上海文革	67.8.25	2	紅衛兵上海革命造反委員會市西中學總部，滬西中學總隊
39	小教造反報	67.1.20	創刊	上海市小教革命造反總司令部
40	文藝戰士	67.12.17	創刊	上海市藝術院校文藝界革命造反司令部
41	文藝戰報	67.5.2	10	上海市藝術院校文藝界革命造反司令部
42	文藝造反報	67.2.5	創刊	上海市文藝兵革命造反委員會
43	文革風雲	67.9.13	4	工學院紅革會《重上井岡山》青工總部機修總廠造反兵團
44	文化革命通訊	67.9.20	14	工總司徐匯區聯絡組紅西南徐匯區指揮部
45	文革快訊	67.9.18	3	工總司工交聯一汽造反大隊
46	文革動態	67.9.8	12	紅衛兵上海市半工半讀革命造反第三司令部
47	文革簡介	67.9.11	2	工總司崇明聯絡站農墾聯絡組
48	文革資料	67.9.18	2	紅衛兵新醫兵團上海中醫學院鬥批改聯絡站
49	文革通訊	67.2.22	44	紅衛兵上海革命造反委員會北大紅衛兵戰士
50	文藝簡報	67.9.23	34	上海市文化局機關革命造反兵團
51	文藝傳單		3	上海市紅代會籌文藝界批判文藝黑線聯絡站
52	文革消息	67.9.18	3	上海教革會直屬聯絡站
53	文革消息	67.9.15	1	文革消息
54	文革消息	67.5.31	10	紅三司浦東聯絡站
55	文革消息	67.9.16	5	各省駐滬辦毛思想紅色造反兵團
56	文革簡訊	67.6.17	2	上海財貿系統革命造反委員會

57	文革簡訊	67.9.17	8	紅西南第一動態組工總司奉賢聯絡站星火農場縱隊司令部
58	文革簡訊	67.9	17	上海工學院《文革簡訊》市印刷六廠革命造反大隊
59	文革風雷	67.9.19	3	上海科大紅色造反團上海新華印刷廠造反大隊
60	文革動態	67.8.10	1	交大紅衛兵通訊社上海市紅醫兵團
61	文革通訊報	67.4.4	12	紅衛兵上海東風造反兵團
62	井岡山戰報	67.1.5	創刊	紅衛兵上海中專技校革命造反委員
63	井岡紅旗	67.9.19	29	鐵道學院井岡山兵團
64	井岡山	67.9.19	38	上海師範學院《井崗山》
65	井岡山	67.9.15	無	上海電業系統革命造反派《電業戰士》
66	火線報	67.5.19	28	上海印刷一廠工人革命造反隊
67	火線戰報	67.9.13	17	上海青浦縣反復辟火線指揮部
68	火炬報	67.2.1	創刊	上海工人革命造反司令部南市司總指揮部第二兵團第四聯絡站
69	火旗	67.2.1	創刊	上海市「一・二三」革命造反委員會
70	千鈞棒	67.8.29	無	工總司《上海晚報》毛思想革命造反指揮部
71	衛東快報	67.9.20	專刊	華東紡織工學院東方紅兵團紅革會司令部《衛東》赴滬戰鬥兵團
72	中學運動	67.3.15	創刊	紅衛兵上海中專技校革命造反委員會
73	中學通訊	67.5.18	2	上海公社
74	中教造反報	67.7.	7	上海市中教革命造反總司令部
75	中學文革通訊	67.7.10	10	《中學文革通訊》編輯部
76	毛澤東主文報	66.12.13	創刊	毛主義紅衛兵上海東北地區指揮部
77	毛思想宣傳隊	67.9.11	8	上海市群藝館
78	風雷激	67.1.4	創刊	上海工人革命造反第三司令部
79	風雷激	66.12.28	創刊	上海藝術院校文藝界紅衛兵革命造反司令部
80	風雷	67.1.5		上海市教育局
81	反修	67.8.21	2	上海市反修戰線聯絡總部
82	反到底	67.1.8	創刊	交大反到底兵團東風公社五七公社工總司
83	反到底簡訊	67.9.11	2	上海交大反到底兵團動態組

84	反到底簡訊	67.4.17	6	《反到底簡訊》
85	反逆流	67.4.6	3	紅三司上海財貿系統革命造反委員會華工紅衛兵師
86	反逆流戰報	67.8.18	3	新復旦紅革會造反聯絡站
87	反逆流特刊	67.2.20		
88	反到底朝陽通訊	67.9.1	3	交大反到底朝陽公社公交造反總隊八一兵團
89	反到庭大批判	67.9.19	55	交大反到底紅衛兵團總部第一動態組各部
90	反修戰線	67.9.16	7	上海外國語學院《反修戰士》
91	雲水怒	67.8.15	9	上海人民公社紅衛兵半工半讀紅造會
92	雲水怒通訊	67.9.3	11	上海人民公社紅衛兵半工半讀紅造會
93	反修赤衛隊	67.1.19	3	寶山縣革命職工反修赤衛隊
94	無產者報	67.3.21	5	工總司盧灣區聯絡站
95	從頭越	67.2.28	創刊	上海在職65年高中畢業生產革命委員會六五造反兵團
96	從頭越	67.7.30	3	半工半讀中華分校
97	鬥批改	67.8.9	3	上海體育戰線革命造反司令部陸海空軍團鬥批改聯絡站
98	鬥批改看今朝	67.9.9	25	工總司教工市聯絡站（工司教）
99	支部生活	68.3.15	13	上海支部生活
100	化工戰報	68.4.10	4	華東化工學院革委會紅衛兵師
101	公安戰報	67.9.7	21	上海市公安局革命造反委員會
102	公安戰報特刊			
103	東方紅	66.12.26	創刊	毛思想紅衛兵上海市東方紅總部同濟大學東方紅兵團
104	東方紅	67	4	紅衛兵上海市第一司令部
105	東方紅戰訊	67.9.8		華東紡院東方紅兵團
106	東風	67.2.16	2	紅衛兵華東政法學院第三司令部
107	東方紅報	67.1.22	1	北京地質學院東方紅駐滬聯絡站
108	東方紅	67.2.16	2	上海東方紅印刷廠革命造反隊
109	東方紅戰報	67.5.15	1	上海柴油機廠東方紅
110	東方紅通訊	67.9.7	2	工總司一機部直聯
111	東方紅通訊	67.9.15	8	華東紡院東方紅兵團

112	東方紅通訊	67.4.13	270	同濟大學東方紅兵團總部
113	打倒楊永直大會	66.12.19	特刊	上海藝術館校文藝界革命造反司令部
114	四川通訊	67.9.17		重慶大中院校麼到底派赴滬兵團上海交大紅衛兵師
115	電影風雷	67.6.8	2	工總司
116	打倒聯動	67.5.24	增刊	上海人民公社紅衛兵半工半讀紅反會
117	打劉專刊	67.8.21		上海市無派痛打落水狗劉少奇聯絡站工總屬上海晚報指揮部
118	外貿通訊	67.8.12	10	工總司外貿指揮部
119	外貿戰報	67.8.5	2	上海《外貿戰報》編輯部
120	外貿戰報	67.10.27	2	全國外貿系統革命造反聯絡總部北京外貿學院財貿紅色造反團駐上海華東聯絡總站
121	電影東方紅通訊	67.9.16	2	上海無派東方紅電影廠聯合戰鬥隊
122	執勤戰報	67.1.27	創刊	上海市執勤紅衛兵革命造反委員會
123	華工戰報	67.4.10	4	華東化工革委會紅衛兵師
124	農民造反報	67.2.4	創刊	上海市青浦縣農民革命造反司令部
125	農業戰報	68.7.17	47	上海農口革命造反總部
126	農奴戟	67	19	上海版南京大學紅色造反司令部
127	電影批判	67.8.20		東方紅電影製片廠
128	華東聾人戰報	67.3.24	2	華東聾人協會文革聯合委員會
129	半工半讀消息	67.1.10	7	半工半讀學校
130	長纓簡訊	67.9.5	8	上海市出版印刷公司接替委員會臨時籌備
131	北斗星	67.1.13	增刊	首都紅代會北大井岡山兵團華東通訊組
132	機電戰報	67.2.19	創刊	一機部上海市革命造反聯合委員會
133	交大紅衛兵	67.1.10	19	交大紅衛兵師（籌）
134	交通戰報	67.7.22	12	工總司交通局系統聯絡站上海市紅旗汽車學校八一八紅衛兵
135	交大造反報	67	4	上海交大革命造反指揮部
136	動態	67.9.21	4	上海輕院火線指揮部
137	江南造反報	67.1.5	創刊	上海工人革命造反總司令部江南造船廠大隊部
138	交大通訊	67.6.22	3	上海交通大學紅衛兵師籌

139	動態	67.8.27	2	上海市炮打司令部聯合兵團第二動態組
140	動態	67.6.16	專刊	工總司盧灣區牧工大隊
141	動態通訊	67.8.35	32	毛主義紅衛兵上海總革委會
142	出版戰線	67.1.7	6	上海出版系統紅衛兵赤衛隊聯合總部
143	爭朝夕	67.9.5	30	上海市中專中技半工半讀學校教工革命造反聯合總隊
144	動態報	67.9.15	2	市西《動態報》編輯部
145	再見吧新上海	67.3.9		部分外地駐滬聯絡站
146	滬農造反	67	2	上海市農業機關革命造反聯絡站
147	滬農戰線	67.12.11	12	上海農口革命造反總部
148	狂飆	67.2.2	創刊	上海工人北上返滬第三兵團
149	冶金通訊	67.9.2	24	工總司冶金系統聯絡站
150	赤衛軍	67.6.24	14	上海市大專院校赤衛軍革委會
151	觀察者	67.9.15	1	上海外院《文革簡訊》編輯部
152	財貿戰報	67.6.30	9	上海財貿系統革命造反委員會
153	財貿戰士	67.2.16	專刊	首都三司中大財政金融學院紅衛兵北京公社八八戰鬥隊駐滬聯上海財聯
154	財貿造反報	67.2.28	創刊	工總司直屬財貿總部
155	財貿鬥批改通訊	67.9.6		
156	體育戰線	67.7.9	8	北京工農兵體育學院毛主義兵團駐滬聯絡站
157	體育戰報	67.9.14	25	上海體育戰線革命造反司令部
158	郵電造反報	67.2.28	3	上海工人革命造反總司令部郵電工人總指揮部
159	郵電大批判簡訊	67.9.28	7	工總司郵電系統總聯絡站
160	紡織戰訊	67.9.30	48	上海紡織工業機關革命造反委員會
161	蘇州戰訊	67.9.5	創刊	蘇州市工人革命造反司令部駐滬辦事處
162	蘇南火線	67.8.25	2	江蘇無派駐滬聯絡站
163	紡織工人報	69.1.23	23	《紡織工人報》編輯部
164	前衛	67.2.11	創刊	轉業公安戰士革會造反委員會靜安黃埔區《前衛》指揮部
165	前鋒通訊	67.9.8	3	上海《前鋒通訊》編輯部
166	音舞簡訊	67.9.17	8	上海文藝界音樂舞蹈批鬥聯絡站
167	建工戰報	67.7.17	創刊	工總司建工系統革命造反派

168	看今朝	67.5.4	3	工總司教工市聯絡站
169	戰蘇南	67.9.2	2	上海科總《上海科技戰報》
170	戰上海	67.1.11	創刊	新上海公社
171	戰鬥報	67	25	上海水產學院革命造反總部
172	戰到底	67.2.9	創刊	上海革命歸僑造反聯合委員會
173	戰報	67.1.13	無	《上海晚報》井岡山聯合造反司令部
174	戰猶西甘	67.2.18	創刊	紅衛兵上海獨立兵團
175	戰南昌	67.2.1	創刊	同濟東方紅
176	戰武漢	67.8.11		上海師院附中
177	戰地小報	67.2.4	14	工總司楊浦區分部新師大公社紅三司
178	革命造反報	66.12.15	創刊	上海市紅衛兵革命造反總司令部
179	革命造反報	67.6.15	3	紅衛兵上海第三司令部
180	革命造反通訊	67.8.16	16	工總司獸院區分部
181	革命造反通訊	67.9.14	17	上海革命造反通訊
182	革命戰鬥快報	66.12.9	創刊	上海捍衛毛思想工人赤衛總隊總部
183	革命風火	67.1.23	2	全國鐵路新聞工作者革命造反派聯絡總部
184	革命報	67.2.23	創刊	上海文藝體育紅衛兵聯合戰線軍部
185	革命樓	67.3.10	3	上海戲劇學院《革命樓》
186	革命樓通訊	67.6.26	90	紅代會籌上海戲劇學院《革命樓》
187	革命造反通訊	67.2.14	2	上海紅六五普陀區教育系統革命造反司令部
188	革命造反畫刊		選刊	上海藝術院校文藝界革命造反司令部
189	紅旗文革資料	67.9.23	5	上海財院東方紅兵團工總司高橋化工廠造反縱隊
190	紅工戰報	67.2.6	創刊	上海市紅色工人革命造反司令部
191	紅衛軍	67.1.16	創刊	上海革命造反聯合委員會紅衛軍指揮部
192	紅衛兵	66.11.5	6	上海市紅衛兵總部上海市紅衛兵大專院校總部
193	紅復旦	67.9.12	3	紅衛兵紅復旦八一八總部紅復旦八一八兵團
194	紅衛戰刊	67.9.4	2	紅衛兵上海司令部
195	紅衛戰報	68.3.25	71	上海中等學校紅代會機關報
196	紅衛戰報	67.10.17	創刊	紅衛兵上海市大專院校革委會

197	紅衛戰報	67.5.23	38	紅衛兵上海司令部
198	紅交大	66.12.20	增刊	上海交大文革籌委會宣傳組
199	紅全球戰報	67.2.10	創刊	上海紅全球革命造反委員會
200	紅色工人	67.1.24	創刊	上海紅全球革命造反委員會
201	紅色風暴	67.2.24	2	《工總司》奉賢聯絡站
202	紅色公安	67.9.8	1	上海市各區縣公安警員革命造反兵團
203	紅色造反報	67	5	上音《紅色造反報》編輯部
204	紅色造反報	67	11	上海鐵道醫學院《紅色造反報》
205	紅色造反報	67.1.6	創刊	軍工學院紅色造反兵團毛思想紅衛兵駐滬聯絡站
206	紅色造反報	66	9	復旦大學《紅色造反報》
207	紅醫兵團	67.9.4	8	上海市衛生系統紅色造反總部
208	紅醫戰報	66.12.28	創刊	上海醫務界革命造反總司令部
209	紅峰	67.3.25	創刊	上海工人革命造反總司令部虹口區指揮部
210	紅一月通訊	67.8.19	1	上海《紅一月通訊》
211	紅衛兵快訊	67.9.10	1	紅革會《紅衛兵快訊》《中學文革通訊》
212	紅革命通訊	67.9.16	1	紅革會大批判聯絡站動態組
213	紅鋼戰報	67.2.4	14	上海工人革命造反總司令部、南市區總聯絡部上鋼三廠直屬兵團
214	紅旗	67.1.1	創刊	北航《紅旗》戰鬥隊駐滬聯絡站
215	紅旗	67.2.20	專刊	北京礦院革命到底公社駐滬聯絡站
216	紅旗	67.3.14	創刊	松江一中紅旗兵團
217	紅旗	67.8.9	16	紅衛兵華東化工紅旗總部赤衛軍華東化工委員會
218	紅旗通訊	67.3.15	創刊	上海工農兵電影製片廠《紅旗公社》宣傳組
219	紅旗戰報	66.12.15	2	上海市大專院校紅衛兵紅旗造反司令部
220	紅旗	67.9.9	6	華東化工學院紅旗總部戰上海縱隊上海市印刷七廠造反隊
221	紅畫筆	67.3.6	1	上海戲劇學院革命樓《紅畫筆》戰鬥團
222	紅衛戰報	66.10.5	4	紅衛兵上海市大中院校革委會紅衛兵上海司令部
223	紅醫簡訊	67.9.10	37	上海醫務界革命造反司令部

224	紅旗漫捲	67.8.20	創刊	工總司楊浦區聯絡總站
225	紅峰通訊	67.7.2	21	紅衛兵華東化工學院籌紅旗總部工總司虹口區總聯絡站
226	紅旗戰報	67.8.22	9	上海電影製片廠紅旗革命造反兵團
227	紅色電波	67.9.19	6	工總司郵電系統總聯絡站
228	紅衛兵通訊	67.7.21	2	《紅衛兵通訊》
229	紅衛兵通訊	67.8.19	57	上海第一醫學院《紅衛兵通訊》
230	紅代會戰報	67.7.17	6	中學紅代會中專中技半工半讀
231	紅色造反者	67.2.1	3	紅三司上海科大紅色造反團
232	紅造會通訊	67.8.27	8	上海人民公社半工紅造會
233	紅衛兵通訊	67.8.7	4	紅西南第一動態組
234	紅衛兵戰地	67.8.6	1	紅西南斗批改小組
235	紅色無產者	67.2.16	創刊	上海紅色工人革命造反總司令部教育衛生系統總隊
236	紅旗文革資料	67.9.23	5	上海財院東方紅兵團
237	教工造反報	67.3.22	2	工總司教工市聯絡站
238	教衛戰報	67.7.1	創刊	上海《教衛戰報》編輯部
239	黃浦造反報	67.3.20	特刊	上海市黃浦區革委會籌備處
240	紅色政權	67.3.6	6	革命造反派接管嘉定縣委人委
241	教育戰線	67.3.8	3	工總司教工市聯絡站
242	武漢烽火	67.8.5	2	鋼工總赴滬聯絡站
243	南匯專刊	67.6.7		上海163革命造反派組織赴南匯調查組
244	勁松	67.2.7	特刊	毛思想紅衛兵武漢地區革命造反司令部駐滬聯絡站
245	起宏圖	67.2.1	創刊	上海工人革命造反司令部靜安區分部
246	驅虎豹	67.6.30	4	工總司楊浦區文化革命經驗交流站
247	黃浦江	67.1.4	創刊	市財革會糧食局委員會上海炮司
248	閔行簡訊	67.9.2	9	工總司南市區總指揮部
249	挺進報	67.3.10	2	上海工人革命造反挺進司令部
250	挺進報	67.2.3	7	上海新華印刷廠紅色闖到底兵團
251	挺進軍報	67.2.2	創刊	上海市滅資興無鏟修促進革命委員會
252	挺進戰報	66	6	上海科技大學挺進兵團
253	星火燎原報	67.1.17	創刊	上海市北郊中學《星火燎原報》鬥批改兵團總政治部

254	星火燎原	67.3.1	創刊	華東水利學院革命造反聯合指揮部
255	海員造反報	67	6	上海工人革命造反總司令部上海海運局工人革命造反大隊
256	海港造反報	67.10.6	30	工總司海港聯合指揮部
257	海運戰報	67.9.4	16	工總司海運局聯絡站
258	復課鬧革命	67.1.17	無	上海市中等學校教工革命造反委員會教革會
259	復旦工人	67.1.20	創刊	復旦大學
260	復旦戰報	67.12.20	專刊	復旦八一八紅衛兵師
261	海兵造反報	67.2.8	專刊	工總司海運局
262	追窮寇	67	3	上海市教革會盧灣分部
263	科技電影戰報	67.9.29	5	上海市科技界無產階級革命派大批判聯合委員會工農兵電影廠
264	黃浦造反簡報	67.9.18	11	工總司黃浦區聯絡站，黃浦區財貿系統聯絡站
265	職教戰報	67.8.31	13	上海市職業學校教師革命委員會
266	科技鬥批改專刊	67.6.20	2	上海市科技界無產階級革命派鬥批改聯合委員會
267	教育革命	67.1.6	9	上海市中等學校教工革命造反委員會
268	教衛通訊	67.9.4	2	上海市衛生系統革命造反派聯絡站
269	造反	66.12.20	3	上海出版系統革命造反司令部
270	造反有理	66.12.26	5	紅衛兵上海革命造反委員會（紅反會）
271	造反快報	67.2.8	3	上海工人革命造反總司令部南市區總指揮部
272	造反報	67.1.1	創刊	上海 7029 技校革命造反縱隊主辦
273	造反戰報	67	5	上海工人革命造反總司令部禽蛋公司縱隊
274	造反戰報	67	14	上海無線電一廠工人革命造反縱隊
275	造反戰報	67.7.28	5	印刷五廠工人革命造反隊
276	野戰報	67.2.6	創刊	上海市工人革命造反野戰兵團
277	雷達哨通訊	67.8.26	1	新師院紅革會第一動態組新師院紅革會
278	特刊	67.1.18		上海市接待 41 名華僑革命青少年英雄工作委員會
279	特刊	67.12.3		上海市文藝界無產階級革命造反委員會

280	聯合戰報	67.8.14	專刊	上海交大反到底兵團、武漢鋼工總赴滬浙江革反聯總駐滬記者組
281	鐵道戰報	67.1.1	創刊	上海鐵道學院紅革會革委會革聯會
282	鐵路工人造反報	67.6.12	32	上海工人革命造反司令部鐵路聯合指揮部
283	最新消息	67.9.12		上海《紅衛兵通訊》
284	聯司專刊	67.8.15		交大反到底兵團交大機關革命造反聯絡站
285	政治戰線	68.3.15	26	上海政法界鬥批改聯絡站
286	《辭海》批判	67.11.10	5	上海《〈辭海〉批判》無產階級聯絡站
287	情況交流	67.9.11	19	紅上司寶山縣指揮部
288	輕工造反報	67.2.28	創刊	工總司教工市聯絡站
289	版代會通訊	67.8.30	無	上海出版系統革命造反派代表大會籌
290	松江造反報	67.3.30	8	松江造反報
291	軍內文革通訊	67.9.4	1	駐滬三軍院校科研單位文體單位無產階級革命派
292	驚雷	67.8.17	8	上海工人革命造反總司令部半工半讀聯絡站
293	快訊	67.6.25	4	紅衛兵新華東化工學院籌
294	簡報	67.9.11	無	同濟大學東方紅兵團材料組
295	簡報	67.6.20	57	上海市科技單位革命造反總司令部（科司）
296	激揚報	66.12.20	創刊	上海文藝界無產階級革命造反總部
297	批陳專輯	67.9.16	1	紅三司上海市勞動局第三技校總部
298	房地工人	67.8.9	9	上海市房地產工人革命造反總司令部
299	房地戰報	67.8.1	3	上海房地系統革命造反派大聯合委員會籌
300	險峰簡訊	67.5.11	18	工總司華東物資局指揮部
301	消息彙編	67.9.18	9	紅衛兵上海半工半讀紅色造反委員會
302	湖南通訊	67.9.3	22	上海高校支湘聯絡站
303	通訊簡報	67.2.28	19	上海戲劇學院105信箱革命樓《學毛選》造反兵團
304	首都紅衛兵	67.3.6	5	首都三司駐滬聯絡站上海版
305	滿天紅通訊	67.8.7	4	上海市半工半讀紅造會
306	新上海	67.2.13	創刊	首都南下革命縱隊《新上海》編輯部

307	新上海	67.9.9	2	上海中醫學院新紅革命編輯部
308	新上醫	67	4	紅革會上海第一醫學院革命造反兵團
309	新化工	67.3.1	創刊	華東化工學院紅聯會
310	新師大	67.1.17	創刊	新師大公社
311	新師大戰報	67.11.4	9	華東師大革委會紅衛兵上海新師大
312	新財經	67.9.5	22	上海財經學院接管臨時委員會
313	新交大	68.5.18	12	交大革委會
314	新上音	67.5.23	19	上海音樂學院
315	新師院	67.6.13	21	新師院紅革會
316	新復旦	67.1.10	創刊	紅衛兵復旦大學革委會
317	新航校	67.3.31	創刊	上海航空工業學校毛主義紅衛兵革命造反兵團總部
318	新中醫戰報	67	2	上海中醫學院新紅革會編輯部
319	新聞戰士	66.12.26	創刊	上海新聞界革命造反委員會
320	新雜校	67.7	專刊	上海市雜技鬥批改聯絡站
321	新軍電	67.2.1	創刊	上海版西安軍事電訊工程學院文革臨委會駐滬聯絡站
322	新電訊	67.8.24	2	新紅二司赴滬調查團上海航務東方紅新問題聯絡站
323	新簡訊	67.9.21	無	新軍兵團職工總司駐滬宣傳組
324	新師大通訊	67.9.15	86	紅代會籌新師大聯絡組
325	新上醫戰報	67.1.1	16	第一醫學院
326	新北大評論	67.1.11	創刊	上海版北京大學《新北大評論》
327	新師院附中	67		上海師院附中炮打司令部聯絡站
328	新上海通訊	67.7.5	19	化工總站紅上司化工紅代會籌工總司化工總站
329	新復旦文選	67.9.4	1	紅衛兵新復旦師
330	新聞批判傳單	67.7.19	無	上海新聞批判聯絡站
331	新交大通訊	67.9.13	1	交大教聯站動態組聯反會動態組
332	新科大	67.2.16	4	紅衛兵上海科技大學革委會
333	新印校	67	特刊	印刷學校八‧二二造反兵團
334	浙滬造反報	67.8.4	2	浙聯指武漢三司駐滬聯絡站
335	浙江通訊	67.9.23	8	浙江省聯總駐滬記者組工總司浙江滬辦聯合大隊

| 336 | 遵義戰報 | 66 | 3 | 上海第一醫學院 |
| 337 | 新工大 | 67.8.29 | 45 | 上海半工半讀工業大學《新工大》 |

遼寧省

序號	名稱	時間	期號	組織
1	一目了然	68.1.7	23	旅大革聯總部尖刀兵團
2	1.28戰報	67.11.30	6	八三一營口總都
3	10.30	68.1.1	4	東方紅公社大連機電學校毛思想紅衛兵野戰造反軍
4	八三一	67.12.9	19	毛思想紅衛兵八三一瀋陽革反總司
5	八三一戰報	66	4	遼寧大學八三一紅衛兵紅色造反總部
6	七一報	67.11.28	4	遼陽市無派七一公社七一報社編輯部
7	三七戰報	67.8.19	4	遼革站三七聯委《三七戰報》編輯部
8	三二七戰報	67.9.27	26	遼革站沈冶革命工人三二七戰鬥團主編
9	三建紅旗	67.12.5	18	八三一總司市建三公司無派大聯委
10	工人戰報	68.8.24	創刊	瀋陽工代會
11	工學戰報	67.1.9	創刊	毛思想工人革命造反軍瀋陽總部毛思想紅衛兵瀋陽機電學院總部
12	工人戰報	67.11.6	5	八三一瀋陽工人總部
13	千鈞棒	67.10.23	72	瀋陽農科院毛思想紅衛兵革命造反派
14	大批判	67.10.14	12	遼革站遼寧大學紅衛兵《飛虎團》《日夜奮戰》主辦
15	千鈞棒	68.1.4	40	遼革站沈體井岡山千鈞棒
16	大方向	67.12.28	3	旅大革聯總都大連鋼廠聯總
17	八三一烈火	68.4.1	8	八三一沈總司煤礦設計研究院總部
18	萬山紅遍	67.10.28	8	遼革站省委機關紅色造反報
19	六七戰報	67.8.15	3	瀋陽市六七工人革反派聯絡站
20	毛澤東主義	67.2.10	創刊	阜新煤礦學院毛澤東主義紅衛兵
21	文藝戰報	67.11.10	創刊	毛思想八三一瀋陽革命造反總司令部
22	鬥批改戰報	67.10.30	2	遼革站基交總都清河水庫分團鬥批改指揮部
23	鬥私批修	68.1.3	4	遼革站瀋陽市委機關無派聯合造反總部
24	飛鳴鏑	67.11.4	14	遼革站沈藥飛鳴鏑

25	化工戰報	67.10.15	11	瀋陽化工學院無產階級革命派聯合指揮部
26	五一六戰報	67.7.15	5	瀋陽化工學院聯合指揮部
27	長纓	67.6.10	14	東北局機關紅色革命造反團《長纓》編輯部
28	長征戰報	72.5.30	14	瀋陽市野訓十六團一營一五八中學
29	長征紅旗	67.9.30	29	東工紅旗《長征紅旗》編輯部
30	長城	67.12.15	4	遼革站東工紅旗《還我長城》
31	長征通訊	67.12	96	毛澤東主義高校聯合會大連海運學院長征紅衛隊
32	長征報	67.1.1	10	大連海運學院長征紅衛隊
33	鬥私批修	67.12.30	8	彰武縣無派大聯籌
34	鬥私批修	67.12.21	2	遼商業廳革聯
35	五一戰報	67.12.5	號外	毛思想旅大無派太陽升公社
36	無產者	67.12.25	19	毛主義旅大市革命職工革命造反團總指揮部
37	文藝風雷	67.10.27		瀋陽工農兵文藝
38	文藝革命	67.11.20	3	旅大文藝界
39	反修戰報	67.11.29	5	沈體院井岡山反修兵團戰報編輯部
40	反到底戰報	68.2.19	18	連雲港無派反到底總指揮部隊
41	井岡山	67.7.17	2	瀋陽音樂學院井岡山紅衛兵
42	井岡山紅旗	67.12.1	109	東工紅旗井岡山紅旗編輯部
43	風雷	67.7.20	14	瀋陽輕工業學院毛主義紅衛兵駐東北局戰地兵團《波湧》戰鬥隊
44	風雷激	67.8.24	7	遼革站遼寧中醫學院聯合指揮部
45	風暴	67.5.26	20	大連工學院毛主義紅衛兵831獨立兵團
46	公安戰線	67.12.26	5	毛思想公安戰線革命造反瀋陽總部
47	東方紅	67.10.23	72	中國農科學院遼寧分院紅色革命造反團
48	東方紅	67.10.6	無	東工紅旗東方紅編輯部
49	東工紅旗	68.9.6	48	東北工學院紅旗紅衛兵紅旗造反團
50	東方欲曉	67.10.10	24	遼革站東工紅旗《東方欲曉》編輯部
51	東方紅報	68.3.28	17	革聯總部公社大中等學校紅衛兵東方紅公社
52	反修報	67.6.12	4	瀋陽機電學院毛思想紅衛兵革命造反團

53	公安紅旗	67.11.25	3	八三一總司瀋陽《公安紅旗》
54	東方欲曉	67.8.1	7	新金二中紅衛兵指揮部
55	太陽升	68.1.25		桓仁縣革命人聯合委員會
56	山城戰報	67.12.13	7	鳳城大聯委
57	飛雪迎春	67.11.24	創刊	旅大革聯總部遼寧師範無派聯總
58	北宣戰報	66.12.26	創刊	遼寧財經學院《北京宣言》毛主義紅衛兵宣傳部
59	北京宣言	68.5.27		毛主義紅衛兵旅大大中總指遼財院
60	中鋒報	67.7.20	13	省黨校革反聯合總部
61	火車頭	66.12.3	3	毛主義紅衛兵遼寧指揮部
62	火星報	67.12	創刊	東方紅公社大連二十中總部
63	主沉浮	67.12.10	40	阜新革聯總部
64	閃電	67.12.7	3	工總司房產公司聯合造反總部紅旗戰鬥兵團
65	決戰風雷	67.12.20	7	遼革站七一縱隊《決戰風雷》編輯部
66	決戰風雷	67.12.17	6	遼革站東工紅旗 1124 戰鬥隊
67	遼寧電影	67.12.24	4	遼革站文化藝術戰線電影系統無派聯絡站
68	遼聯戰報	67.7.10	14	遼寧革命造反激大聯合委員會
69	遼瀋紅旗	67.10.18	93	東工紅旗《遼瀋紅旗》
70	遼寧工人	67.11.28	12	遼寧瀋陽工人總部
71	遼大紅衛兵	67.12.13	42	遼革聯遼大紅衛兵
72	衝鋒號	68.6.1	12	旅大大專院校
73	問北京	67.1.10	4	紅衛兵大連二十五中鐵拳戰鬥隊
74	眾志成城	67.11.25	14	復縣無派聯合委員會
75	眾志成城	67.10.9		營口無派大聯籌
76	機車紅旗	67.12.8	7	旅大革聯總部機車造反大軍
77	全無敵	68.3.4	14	省團委革命造反委員會
78	兵團戰報	68.1.23	46	瀋陽變壓器廠
79	紅衛兵	67.10.30	8	撫順市紅衛兵聯絡委員會《紅衛兵》報編輯部
80	紅衛兵	66.12.12	2	煤都紅衛兵總部
81	紅衛兵	66.11.30	10	瀋陽大專院校紅衛兵總部
82	紅衛兵	67	17	錦鐵地區中等學校紅衛兵總部主辦

83	紅衛兵	67.4.12	18	大連船校紅聯委毛主義紅衛兵團
84	紅衛報	67.11.3	73	毛思想紅衛兵瀋陽總部
85	紅衛兵報	67.10.1	27	旅大大中毛主義紅衛兵總部大連海運學院總部
86	紅衛兵快報	67.2.1		瀋陽紅衛兵總部
87	紅衛兵戰報	69.8.19	94	瀋陽市中等學校紅代會大專院校紅衛兵
88	紅旗報	67.10.15	35	遼聯毛思想紅衛兵戰鬥團東北工學院紅旗報編輯部
89	紅旗戰報	67.12.26	5	旅大革聯總部造反聯軍
90	紅旗飄飄	67.12.16	22	丹東無革派大聯合委員會
91	紅旗	67.1.12	創刊	瀋陽鐵路局警衛毛主席紅旗造反兵團總部
92	紅峰報	67.12.25	3	遼革站機校革造《紅峰》
93	紅五星	68.1.3	34	遼革站魯迅美術學院《紅五星》編輯部
94	紅六月	67.12.2	20	遼革站遼寧中醫《紅六月》戰團宣傳組
95	紅教公報	67.12.11	16	遼革站紅衛兵瀋陽教工總部《紅教工報》
96	紅色風暴	68.1.11	27	遼革站化院無派聯合指揮部《紅色風暴》
97	紅戰報	68.3.3	17	毛思想紅衛兵瀋陽醫學紅戰團
98	紅色風暴	67.1.5	創刊	紅衛兵大連工學院化工系指揮部
99	紅焰	68.2.26	8	撫順市工農兵作者聯委會
100	紅衛兵報	67	12	紅衛兵錦州市大學總部
101	紅衛兵戰報	67	15	營口市高中毛主義紅衛兵總部
102	紅色造反報	67.3.24	特刊	大連工學院毛主義紅衛兵總部
103	紅軍報	67.1.10	創刊	北票礦工報紅色造反軍
104	紅軍報	67.1.27	創刊	北票《紅軍報》社編輯部
105	紅戰報	67	4	毛思想紅衛兵沈航八一八戰團
106	紅魯藝	67.9.16	創刊	革命大批判畫刊遼聯沈總毛思想紅衛兵
107	紅鐵道	67.1.31	創刊	大連鐵道學院紅色造反團
108	紅紅紅	67.7.1	19	旅大大中院校紅衛兵總指揮部
109	紅育兵	67.1.11	1	紅色體育兵團大連工礦車輛廠指揮部
110	紅鐵筆	67.9.30	8	毛主義旅大工農兵業餘作者革命造反總部
111	紅色戰鬥報	67.2.13	8	旅大中山區豆製品社紅色戰鬥隊
112	紅色教育報	67.10.27	2	瀋陽紅色教工革命造反委員會

113	紅色公運戰報	67.10.7	創刊	八三一總司省總工會紅總市總工會系統革總
114	紅色造反報	67.2.13	7	旅大海工紅色造反者聯合會
115	紅色造反報	67.1.24	5	紅衛兵大連海運學院紅色造反團
116	紅色工人造反報	67.2.3	3	毛主義紅色工人造反團旅大總指揮
117	紅衛造反報	67.1.28	2	大連鋼廠
118	紅畫兵畫刊	67.2.20	創刊	毛主義紅畫兵旅大美術戰線革命造反聯合指揮部
119	衝鋒報	67.9.16	20	遼革站省委黨校毛思想革命造反總部
120	機關戰報	67.9.19	25	遼寧無派聯絡站瀋陽機電學院
121	機關八三一	67.12.25		省委省人委市委
122	工礦革命造反報	67.2.14	3	毛主義大連工礦車輛廠工人造反團聯合指揮部
123	工農兵文藝	67.3.3		毛思想工農兵文藝革命造反軍瀋陽兵團
124	工代籌通訊	68.9.7	3	旅大工代會籌
125	五一革命報	67.4.11	4	毛思想旅大紅色革命聯工五一兵團革命造反委員會
126	機電戰報	67.12.17	34	遼革站省委黨校毛思想革命造反總部
127	大鋼紅色新聞	67.3.14	11	大連《大鋼紅色新聞》
128	一二八戰報	67.12.7	17	毛思想八三一營口市革命造反總司令部
129	翻復辟戰報		大連	復縣革命派聯合總部指揮部
130	中學紅衛兵	68.5.26	32	旅大
131	號角戰報	67.12.1	100	遼革站瀋陽毛織廠革派聯合委員會
132	農奴戟	67.10.6	5	遼革站瀋總聯總東工紅旗《火炬》紅星縱隊
133	時代紅輪	68.1.15	2	遼革站大西北聯合縱隊《時代紅輪》
134	快報	67.12.12	6	八三一瀋陽革反總司紅旗宣傳站
135	撫挖戰報	67.11.23	3	《撫聯》撫挖革命造反總指揮部
136	撫順紅衛兵	67.11.25	11	遼省撫順市紅衛兵聯絡委員會
137	迎曙光	67.10.20	9	遼寧大學紅衛兵附中分隊
138	所向披靡	67.11.7	42	東工紅旗造反團《所向披靡》編輯部
139	撫聯戰報	68.7.5	90	遼寧撫順市無派大聯合委員會
140	追窮寇	67.11.3	8	瀋陽機校毛思想紅衛兵革命造反團追窮寇戰鬥隊
141	指點江山	67.11.16	7	沈醫紅戰團

142	礦工造反報	68	8	阜新礦區捍衛毛思想革反聯合總會
143	礦院紅衛兵	67.3.11	創刊	阜新煤礦學院礦院紅衛兵紅色造反團
144	炮聲隆	66.12.30	創刊	瀋陽農學院毛思想紅衛兵革命造反兵團
145	戰火正紅	68.10.31	7	錦州市三代會
146	戰報	67.12.16	28	沈機校革命造反團《紅刀尖》
147	戰猶酣	67.9.4	6	東北工學院《紅旗》奔騰急戰鬥隊
148	沈鐵戰報	67.9.11	29	遼革站《沈鐵戰報》編部
149	哨兵	67.9.22	58	東北工學院紅旗造反團前沿編輯部
150	輕工戰報	67.12.13	138	遼革站瀋陽輕工業學院毛主義紅衛兵革命造反軍
151	冶金風暴	67.12.27	27	遼革站瀋陽冶金機械學校《革聯》宣傳部
152	輕騎兵	68.1.27		遼革站工農兵文藝《輕騎兵》編輯部
153	春雷	67.6.16	4	省委直屬機關革命造反派聯合委員會
154	批劉戰報	67.9.1	5	遼寧大學紅衛兵《飛虎團》《日夜奮戰》主辦
155	起宏圖	68.1.14	3	遼革站沈體井岡山
156	奔騰急	68.4.30	32	遼革站基安部鋁鎂造反團《奔騰急》
157	前線紅旗	67.10.5	8	東北工學院紅旗造反團編輯部
158	莽莽崑崙	67.12.18	6	遼革站東工紅旗莽莽崑崙編輯部
159	戰報	69.4.28	55	錦州市三代會
160	梭鏢	67.7.20	9	東工《通遼游擊隊》主編
161	橫空出世	67.11.28	5	東工紅旗大無畏編輯部
162	挺進戰報	37.9.17	147	東工紅旗紅衛兵造反團《無所畏懼》編輯部
163	前線烽火	67.9.23	34	東工紅旗風展紅旗編輯部
164	抓革命促生產簡報	68.1.26	2	撫順市革命群眾制止武鬥抓革命促生產奪煤礦臨時指揮部
165	造反有理報	67.2.16	22	造反到底瀋陽聯合委員會
166	造船革命報	67.1.21	創刊	紅旗造船廠革命造反派
167	撥迷霧迎曙光	68.1.11	8	旅大無派旅順指揮部
168	錦州紅衛兵	67.8.14	18	錦州市大中學校革命司令部
169	星火燎原	67.8.1	12	遼革站東北局機關革命造反兵團
170	挺進報	67.2.26	創刊	毛思想革命造反挺進兵團沈礦總指揮部
171	銅牆鐵壁	67.7.22	22	遼寧無派聯絡站《銅牆鐵壁》

199	疆場紅旗	67.12.3	3	遼革站紅聯東工紅旗在險峰戰鬥隊
200	曙光在前	67.7.1	5	遼寧大學紅衛兵《曙光在前》編輯部
201	新華社消息	67.1.24	4	錦州鐵路局革命造反委員會
202	新旅大日報	67.9.27	43	旅大大總指
203	新東工	67.12.7	56	東北工學院
204	新瀋變	68.9.7	15	瀋陽變壓器廠
205	新曙光	67.10.27	29	瀋陽重型機器廠
206	新曙光	68.10.25	30	遼寧人委機關
207	新曙光	67.11.10	4	旅大旅師紅革司
208	新大工	68.2.27	40	毛主義紅衛兵旅大中學院校總指揮部新大連工學院紅衛兵師
209	新海醫	68.10.25	5	大連海運學院革命領導小組
210	新風暴	67.12.23	16	大中院校水專總部紅教工
211	追窮寇	67.9.21		批劉鄧修正主義路線聯絡站
212	追窮寇	67.1.16	1	營口市直機關無派聯合總部
213	革命造反報	67.2.4	4	大連化工廠
214	漫天雪	67.1.1		紅紅紅
215	春來報	67.7.14	18	毛思想紅衛兵大連海運學校紅色造反大軍
216	險峰報	67.10.26	8	毛主義遼寧外貿
217	鍔未殘	67.12.20	23	旅大高校聯合總部大連工學院總部化工分部
218	鼓角報	67.11.15	2	軍工革聯總部
219	縛蒼龍	67.11.29	9	遼寧財貿戰線
220	動態報	67.11.29	1	毛主義旅大工人革命造反司令部商業系統司令部蔬菜公司革命職工紅色造反團指揮部
221	紅海港	67.11.28	19	旅大工總司海港紅工總司
222	紅匕首	68.2.4	117	旅大革聯總部大連鋼廠聯總
223	海燕	67.6.6	1	毛主義革命職工造反團房產總部
224	國際歌	67.10.2	19	旅大工總司印刷一二三廠司令部郵電局指揮部
225	戰險峰	67.9.15	1	毛主義紅衛兵船校指揮部

226	紅尖兵	68.6.15	16	旅大革聯總部印刷三廠造反聯軍東方紅公社
227	沈鐵工人	69.2.28	38	瀋陽鐵路分局
228	錦鐵消息	67.1.1	19	錦州鐵路局
229	渤海前哨	68.1.26	9	旅大革聯總部
230	鋼鐵洪流	68.5.11	25	旅大革聯總部大連鋼廠聯總東方紅公社鋼校聯總
231	銀屏風雷	67.10.1		旅大電影系統毛思想戰鬥總部
232	旅大工人	68.12.11	11	旅大工代會
233	青年軍報	67.9.25	1	毛主義紅色職工青年旅大市總指揮部房產公司縱隊
234	鋼鐵聯軍	67.12.2	7	革聯總部大連工礦車輛廠八九司令部
235	鷹擊長空	68.1.25	3	旅大革聯總部毛思想大連染料廠二二四戰鬥團遼寧師範革聯毛思想紅衛兵東方紅兵團
236	利劍		27	毛主義紅衛兵大連海運學院總部99兵團
237	霹靂	68.1.25	3	大連工學院總部霹靂戰團

吉林

序號	名稱	時間	期號	組織
1	七一八戰報	67.1.18	創刊	吉林農大紅衛兵革命造反大軍總部
2	上山下鄉戰報	69.5.9	5	四平上山下鄉辦公室
3	文革簡報	66.12.6	專刊	長春市大專院校革命師生員工聯合會
4	中國紅藝兵	67	2	《中國紅藝兵》吉林省革反大軍
5	反修報	67.11.7	57	東北人民大學紅色造反大軍毛思想紅衛兵總部
6	長春紅衛兵	67.10.13	49	紅色造反者長春市紅衛兵總部
7	長春公社	67.9.2	46	長春市《長春公社》編輯部
8	長春人民公社	67.2.26	創刊	長春人民公社籌委會
9	吉林造反報	67.2.1	創刊	吉林省革命造反派聯合主辦
10	吉林造反報	67.2.26	專刊	紅色造反者長春紅衛兵總部
11	電影批判	67.10.20	3	省工農兵批判毒草電影聯絡站
12	公安聯總	67.12.4	16	省政法公社長春市公安系統革反聯合總部
13	地院戰報	67.2.16	創刊	長春地質學院毛澤東思想戰鬥兵團

14	東方紅	67	27	吉林省歌舞劇院東方紅戰鬥團
15	紅旗	67.1.4	創刊	東北人民大學紅旗總部
16	紅長影	68.1.28	3	長春電影製片廠聯委會
17	紅工大	67.3.7	創刊	紅色造反者吉林工業大學聯絡站《紅工大》
18	紅衛兵	66.9.6	3	毛主義紅衛兵吉林師大縱隊
19	紅衛兵	67	14	吉林省大專院校紅衛兵總部
20	紅衛兵	67.10.18	33	懷德《紅衛兵》編輯部
21	紅衛兵報	66.10.24		吉林省大中院校紅衛兵總部
22	紅衛兵報	66.11.5	2	無產階級革反大軍紅衛兵長春市委員會
23	紅軍戰報	67	12	白求恩醫科大學《紅色造反軍》編輯部
24	紅戰報	67	24	第一汽車製造廠革命造反總指揮
25	紅野戰報	66.12.5	創刊	吉林大學紅旗野戰軍
26	紅野戰報	67.10.10	17	長春公社東北人民大學紅旗野戰軍
27	紅銳兵報	67.2.26	創刊	渾江市二中無產階級革命造反派《紅銳兵報》
28	紅色造反者	67.6.13	55	紅革會紅色造反大聯辦
29	紅醫大	68.12.21	8	吉林醫大革委會
30	紅色風暴	68.5.14	9	四平《紅色風暴》
31	紅色造反報	67.6.8	5	撫松革命造反委員會
32	長征	67.6.30	創刊	紅代會北醫長征總部
33	紅色造反報	67.11.25	15	紅造會四平聯合委員會
34	長影造反報	67.9.8	13	長影廠革命造反聯合總部
35	遼源紅衛兵	69.1.14	33	遼源紅代會
36	春城紅衛兵	69.2.26	20	長春市大專院校紅代會
37	春城戰報	67.7.21	2	長春工代會農代會紅代會
38	春城工人	69.1.10	32	長春工代會
39	星火燎原	67	9	吉林師大毛思想紅衛兵無產階級革反大軍
40	教育革命	67.7.10	3	省教革聯
41	英雄城工人	69.3.18	56	四平工代會
42	革命造反軍	67.12.10	52	長春二總部吉師大革命造反大軍八一八紅衛兵
43	革命造反軍報	67.1.30	號外	吉林師大革反大軍八一八紅衛兵

44	革命造反報	67	11	紅色造反者吉林省革委會
45	革命造反報	67	5	四平師專革命造反大軍毛思想紅衛兵
46	造反報	67.1.25	號外	吉林工大造反大軍紅衛兵
47	新工大	67.2.3	創刊	吉林革反大軍《新工大》編輯部
48	新長影	67.7.1	創刊	長春公社長影製片廠革命造反委員會
49	新地院	67.3.17	創刊	長春地質學院《不聽邪》支隊
50	新師大	68.11.8		吉林師大工宣隊解放軍毛思想宣傳總站
51	新農大	67.12.1	22	吉林農大
52	野戰炮聲	68.6.15	21	東北人民大學

黑龍江

序號	名稱	時間	期號	組織
1	二九戰報	68.2.18	9	齊齊哈爾市二九公社二九戰報編輯部
2	二臺河戰報	71.1.1	創刊	七臺河市革委會
3	幹！報	67	5	哈爾濱市《幹！報》籌備編輯部
4	大慶公社	67	2	石油系統革命造反聯合委員會《籌委會》
5	大慶風雷	67.12.9	專刊	大慶紅聯總
6	大慶紅旗	67.8.2	創刊	大慶紅衛兵第三司令部大慶工人革命造反總司令部
7	大慶紅衛兵	67.3.11	14	大慶紅衛兵編委會
8	大慶風暴	69.1.22	30	大慶工代會
9	工總司戰報	67.10.8	創刊	哈工人紅色造反者總司令部
10	工學	68.11.2	156	哈軍工革委會
11	衛東戰報	66.11.3	創刊	黑龍江工學院衛東大軍
12	山下紅旗	67.12	2	哈軍工紅反團六〇九小組
13	鬥私批修	67.11.30	15	雞東供銷商業社
14	電工曙光	67.5.2	13	哈爾濱電工學院紅色造反兵團
15	日出韶山滿天紅	68.3		穆陵三代會
16	井岡烽火報	67.8.28	29	哈建工學院紅色造反團《井岡山烽火報》編輯部
17	東方紅	68.9.20	終	吉林東方紅公社
18	東風戰報	67.9.20	17	哈捍衛革命「三結合」聯合總指揮部
19	東北風暴	67.9.2	創刊	黑龍江炮轟派吉林長春公社遼寧八三一派

20	會刊	67.1.22	創刊	黑龍江省紅色造反者活學活用毛主席著作講用大會
21	紅衛兵	66.10.5	5	東北重型機械學院紅衛兵團
22	紅衛兵	67.4.8	創刊	牡丹江市毛澤東思想紅衛兵代表大會
23	紅衛兵	67	5	毛思想紅衛兵紅色造反司令部
24	紅衛報	66.10.14	6	紅衛兵齊齊哈爾市大中院校指揮部
25	紅衛兵文藝	67.1.21	創刊	哈爾濱市毛思想紅衛兵紅色造反團總部
26	紅衛兵戰報	66.10.13	特刊	哈爾濱軍事工程學院紅衛兵八八紅族戰鬥團
27	紅色工人戰報	67	140	哈爾濱軸承廠紅色工人造反團編輯部
28	紅藝戰報	67.1.24	10	黑龍江省文化藝術界毛澤東思想紅衛兵紅色造反團總部
29	紅先鋒報	67.10.14	65	黑龍江工學院革委會紅色造反團
30	紅先鋒	67	23	毛思想紅衛兵哈爾濱市公安局革委會
31	紅色工安	67	2	紅色造反團哈爾濱市公安革委會
32	紅色尖兵	67	5	黑龍江省教育學院毛思想
33	紅色勞動者	67.2.3	創刊	省輕工業系統毛思想紅色勞動者造反總部
34	紅色林業報	67.1.28		紅色林業報革命造反委員會
35	紅色挺進報	67	38	哈爾濱軍工紅色造反團《紅色挺進報》編輯部
36	紅色戰報	66.12.28	創刊	鐵道部齊齊哈爾車輛工讀學校毛思想紅色造反團
37	紅色戰報	66.4.1	創刊	鶴崗市紅色造反者聯合指揮部籌備處
38	紅色恐怖報	67.3.18	專刊	東北重機學院
39	紅色造反報	67.9.6	29	毛思想紅衛兵紅色造反團大興安嶺總部
40	紅色造反報	67	6	毛思想紅衛兵伊春特區紅色造反團聯合總部
41	紅色造反報	67.1.15	3	毛思想紅衛兵紅色造反團總部大慶石油鑽井學校
42	紅色造反報	67.3.15	22	牡丹江市毛思想紅衛兵紅色造反團
43	紅色造反報	67.1.30	4	哈軍工
44	紅色造反報	67	12	哈汽輪機廠紅色造反派聯合委員會
45	紅色造反者	67.6.26	39	哈軍工學院紅色造反團
46	紅色造反者	66	3	黑龍江商學院紅色造反團

47	紅色暴動	66.11.20	7	齊齊哈爾市《紅色暴動》編輯部
48	紅軍工	67.7.27	9	哈軍事工程學院紅色造反團
49	紅色造反者	67.6.1	35	勃利縣革委會
50	紅炮兵	67.2.12	創刊	牡丹江市炮打市委司令部聯合戰鬥總部
51	紅哨兵	67	8	紅旗中學紅色造反團毛思想紅衛兵總部
52	紅旗報	67.3.8	創刊	衛東大學毛思想紅衛兵紅旗兵團《紅旗報》編輯部
53	紅旗報	67	6	雙鴨山市第一中學紅衛兵紅旗聯絡站
54	紅旗戰報	66	18	哈爾濱紅衛兵總部
55	紅色火車頭	67.11.27	142	哈爾濱鐵路局
56	紅色伊春報	68.5.16	390	伊春市革委會
57	紅旗報	67.1.15	5	哈軍工
58	快報	67.11.7		黑龍江日報接管委員會
59	兵團戰士報	69.12.23	154	黑龍江生產建設兵團
60	松江怒濤	67.9.5		哈軍工紅色造反團
61	哈爾濱戰報	67.5.18	112	《哈爾濱戰報》編輯委員會
62	哈爾濱風雷	67.11.5	創刊	哈汽輪機廠
63	哈爾濱烈火	67.11.5		哈工大
64	換新天	67.2.5	4	大慶財校
65	黑龍江大學	67.2.2	2	毛思想紅衛兵黑龍江大學紅色造反團
66	黑龍江炮聲	67.8.10		哈市工人紅反者總司哈市大中學紅反團造反到底總部
67	造反到底	67.12.7	9	哈工大紅色造反團
68	造反有理	67.3.7	41	哈市毛思想紅衛兵總部
69	造反戰報	67.9.13	79	東北農學院革委會紅反團
70	造反戰報	67.2.25	創刊	毛思想紅衛兵樺川一中聯合造反總司令部
71	造反戰報	66.12.30	創刊	毛思想紅色造反兵樺川總部樺川一中紅色造團聯合主辦
72	造反者	67	63	毛思想紅衛兵黑龍江中醫學院紅色造反團
73	造反有理	67.8.5	83	哈市大專院校紅代會籌委會
74	造反有理報	67	17	綏化縣紅色造反團總部
75	師院戰報	67.10.19	24	捍聯總《師院戰報》編輯部

76	星火	67.28	29	齊齊哈爾市紅衛兵炮打司令部兵團
77	鐵路工程報	70.8.11	198	三鐵二局
78	怒吼揮拳	67.2.7	創刊	牡丹江林區造反總部
79	烽火列車	67.11.4	23	哈鐵路紅色造反團總部
80	煤城紅衛兵	68.3.14	48	雞西市《煤城紅衛兵》
81	新曙光	67.2.28	創刊	哈工大新曙光紅反團
82	新林院	67.2.17	4	東北林學院紅反團
83	新齊鐵報	68.9.19	49	齊鐵革委會
84	新哈工大	69.7.3	112	哈工大革委會
85	新東北人大	68.12.26	41	東北人大革委會
86	新家醫	68.6.8	35	佳木斯醫學晚
87	新曙光	67.4.13	56	哈軸承廠新曙光紅色造反團
88	新曙光	67.2.25	創刊	黑龍江省商學院紅色造反者革命委員會
89	新雞西	67.2.23	3	雞西《新雞西》
90	新華社電訊稿	67	5	雙鴨山市毛思想紅衛兵紅色造反團總部
91	嫩江紅流	67	4	東北重機學院滿江紅縱隊
92	嫩江紅浪	67	10	齊齊哈爾市紅衛兵炮打司令部兵團
93	鏖戰急	67	4	齊齊哈爾市紅衛兵炮打司令部兵團紅色造反團

內蒙古

序號	名稱	時間	期號	組織
1	一二六戰報	67.8.5	18	錫盟一二六無產階級革命派長聯站
2	8.18	67.5.15	創刊	河西公司818
3	八八戰報	67.8.9	25	呼革反聯絡總部揪鬥烏蘭夫大會籌備處
4	八一八星火	67.6.10	2	紅革會九中八一八星火
5	工人戰報	67.5.4	10	內蒙古東方紅工人革命造反司令部
6	工人風雷	68.11.18	46	呼和浩特工代會
7	工人東方紅	67.6.15	9	東方紅工人革命造反公社（呼市）
8	工人戰報	67.7.26	8	哲里木《工人戰報》
9	工人紅旗	67.6.16	4	包頭地區工人總部
10	衛東戰報	67.6.21	13	內蒙計劃口東方紅總部
11	小人物戰報	68.1.26	3	內蒙古京劇團小人物革反縱隊

12	風雷	67.6.1	4	呼和浩特機關東方紅革命造反總部
13	井岡山	67.2.5	創刊	內蒙古輕化工系統《井岡山》報編輯部
14	井岡山	67.5.22	11	內蒙工業交通工人革命造反司令部
15	井岡山	67.7.19	23	呼三司
16	井岡山	67.6.14	14	文化廳
17	井岡山	67.7.3	15	市黨校
18	東方紅	67.5.17	6	財校
19	東方紅	67.1.15	創刊	內蒙古師範學院東方紅戰鬥縱隊總部
20	東方紅	67.9.13	18	反復辟聯絡站紅革會醫專東方紅編輯部
21	東方紅	67.5.13	8	財貿學校《東方紅》編輯部
22	東方紅	68.6.19	55	哲里木紅衛兵第三司令部
23	東方紅	67.7.27	10	紅革會包頭一中東方紅兵團
24	東方紅戰報	67.5.10	4	自治區總工會東方紅革命造反總部
25	電影風雷	67.7.21	創刊	包頭批判毒草電影聯絡站
26	鬥批改戰報	69.3.6	3	文藝界
27	文革評論	67.6.6		《文革評論》編輯部
28	火車頭	67.6.8	10	呼鐵火車頭革反總部
29	包頭工人	67.9.24	3	反復辟聯絡站包頭工人革反總司
30	農民運動	67.5.27	5	呼和浩特東方紅農民革命造反總司令部
31	紅旗	67.5.15	3	內蒙黨委機關紅旗聯合總部
32	紅旗	67.5.27	12	呼三司內蒙古林學院《紅旗》總部
33	紅旗戰報	67.5.15	4	內蒙古農牧學院《紅旗兵團》
34	紅色林業報	67.4.22	49	內蒙古林區批判黨內頭號走資本主義道路走資派
35	紅色風暴	67.5.14	23	呼和浩特市紅教兵
36	紅野戰報	67.2.15	創刊	包頭市紅色造反野戰兵團
37	紅色造反者	67.3.23	8	自治區無產階級革命派聯合總部紅色造反者委員會
38	紅尖兵	67.7.23	6	紅衛兵海拉爾紅反總部三中紅尖兵總團
39	紅旗內參	68.8.6	238	原自治區黨委紅旗聯合總部
40	紅衛戰報	67.7.19	57	集三司毛主義紅衛兵
41	紅林戰報	68.12.29	397	林業局革委會

42	紅色風暴	68.4.29	增刊	內蒙二機廠革命大聯合總部
43	紅總戰報	67.9.4	3	紅革會二機校紅旗縱隊
44	紅衛兵戰報	69.6.30	2	呼三司
45	紅衛報	67.2.20	2	包頭《紅衛報》
46	紅電訊	67.8.8	51	包頭日報紅旗總部
47	向太陽	67.6.9	4	包頭東方紅公社
48	體育戰線	67.6.8	7	內蒙古體育戰線革司
49	呼三司	67.12.16	50	呼市紅三司
50	吶喊	68.1.27	2	哲里木文藝界
51	革命造反報	66.11.14	創刊	呼市大中院校紅衛兵革命造反司令部
52	革命造反報	67.2.1	創刊	呼市鐵路局革命造反聯合總部
53	革命造反報	67	2	集寧市紅衛兵革命造反司令部
54	革命風暴	67.6.7	6	第二毛紡廠紅衛兵革命造反司令部
55	革命造反文藝	67.7.19	5	呼三司
56	教育戰鼓	68.1.20		呼市革命教職工代表大會
57	教育革命	67.7.19	3	呼市教革站
58	財貿東方紅	67.6.13	3	內蒙財貿東方紅革命造反兵團
59	群眾戰報	68.9.13	7	赤峰地區群眾專政總指揮部
60	批田戰報	67.7.8		自治區郵電革反總部呼市郵電局紅訊兵革反團
61	鐵錘	67.6.1	創刊	呼市職工革反總部
62	集寧紅衛兵	67.9.17	11	集寧市紅衛兵革反司
63	政法戰報	67.5.14	創刊	自治區直屬政法機關東方紅總部
64	鋼城風雷	67.2.22	創刊	包頭市「八一八」造反司令部
65	挺進報	67.6.11	29	呼三司內蒙古工學院井岡山革反會
66	聯合戰報	68.3.29	11	呼市革反聯絡總部
67	揪黑手戰報	68.4.1	5	呼革反派專揪黑手聯絡站
68	魯迅	67.6.10	6	自治區機關宣教魯迅兵團
69	新電訊	67.8.6	49	《包頭日報》
70	新文化	67.1.8	14	自治區宣教口
71	新包鋼	67	4	東方紅包鋼革命造反總部
72	鄂爾多斯戰報	69.3.20	54	東勝地區工代會鄂爾多斯紅代會

河北省（天津）

序號	名稱	時間	期號	組織
1	八一八戰報	67.1.25	36	河北大學毛思想「八一八」紅衛兵《八一八戰報》編輯部
2	八一八戰報	67	2	白求恩醫院八一八宣傳部主辦
3	八一三紅衛兵	66.9.18	創刊	河北紡織工學院八一八紅衛兵總部主辦
4	大隊戰報	67.3.8	專刊	河北大學井岡山兵團《獨立大隊》
5	千鈞棒	67.9.21	14	保定地區革反派批鬥聯絡站
6	千鈞棒	68.6.15	6	保定工總
7	千鈞棒	67.4.12	3	保定紅色新聞兵
8	衛東戰報	67.1.28	號外	河北滄師衛東紅衛兵革命造反大隊
9	太行電波	68.7.10		石家莊紅二司
10	文化戰報	67.7.15	3	保定革反派徹底批判修正主義文藝理論教育路線
11	井岡山	67.4.30	17	河北大學井岡山兵團
12	風雷激	67.1.22	創刊	唐山市大中院校紅衛兵總部
13	風雷激	67.2.9	4	石家莊工人聯合革反司
14	反覆辟	67.8.9	6	保定地區反復辟聯絡站
15	五一戰報	68.1.1	32	石家莊工代會
16	長纓	67.8.9		河北電臺保定一中
17	長纓戰報	67.9.2	23	石家莊日報
18	主沉浮	67.8.15	增刊	石家莊聯指
19	東方紅	67.1.15	創刊	河北師範大學東方紅公社
20	東方紅	67	10	華北局東方紅革命
21	東方紅	67.4.22	37	大專院校紅代會河北財院東方紅公社6705第一號赴保調查組
22	只爭朝夕	67	5	邢臺市新華路《只爭朝夕》編輯部
23	農大紅衛兵	68.3.20	5	保定大專學校紅代會河北農大紅衛兵團
24	伏虎戰報	67.8.10		河北日報險峰飛躍聯合戰鬥兵團
25	全無敵	68.5	20	省文聯紅色造反團
26	百萬工農	67.9.1	8	河北保定工代會貧代會省地市宣教系統指揮部聯辦
27	紅衛兵	66	6	唐山礦冶學院毛思想紅衛兵政治宣傳部

28	紅衛兵	67	5	秦皇島市紅衛兵革命造反總司令部政治部
29	紅衛兵報	67	9	河北邢臺紅衛兵革命造反司令部
30	紅衛兵報	66	3	承德市紅衛兵革命造反總部
31	紅衛兵報	66.10.18	創刊	紅衛兵石家莊革命造反司令部
32	紅衛兵報	66.12.4	創刊	張家口革命造反紅衛兵總部
33	紅衛兵戰報	67	18	嶽城水庫無產階級革命造反大聯合總指揮部
34	紅戰報	67.11.20		中共河北省委機關紅色造反兵團
35	紅總司	67.11.12	10	秦皇島市紅衛兵革命造反總司令部
36	紅總司	67.5.23	2	河北大學毛思想八一八紅衛兵
37	紅河大	68.5.15	13	河北大學革反總部
38	紅色工人	67.4.28	2	保定工人革反總部
39	紅旗	67.8.25	2	唐山鐵道學院《紅旗》戰鬥隊
40	紅戰報	67.12.5	5	省直機關紅色造反兵團
41	紅旗報	67.1.21	創刊	宣化區工農兵學商革命造反總部
42	紅聯軍	67.12.23	13	河北省直總部宣教系統紅聯軍
43	紅色消息	67.10	5	河北工建公司革委會
44	紅色造反團	67.6.13	10	保定紅代會河北農大
45	紡院紅旗	67.3.20	18	河北紡織工學院八一八紅旗總部
46	礦總戰報	67.10.23	20	革反紅代會唐山礦冶學院毛思想紅衛兵總部
47	追窮寇	67.6.12	16	河北日報革命造反總部
48	保定工人	68.5.3		保定工人總部
49	保定紅衛兵	67.11.20		保定市大中學校紅衛兵代表大會
50	革命造反	67.2.18	創刊	鐵道部第三設計院革命造反聯合會
51	革命造反報	67	1	河北師範學院
52	革命造反報	67.7.5	161	保定革命造反報
53	革命造反報	67	8	革命造反報臨時編輯組
54	紡院紅旗	67.7.14	38	八一八紅旗《紡院紅旗》編輯部
55	革命大批判	69.11.24	6	唐山地區革委會
56	造反戰報	67.3.1	創刊	河北懷安革命造反兵團柴師分團
57	消息	67.8	2	三建無產階級革命造反派革委會
58	唐山勞動日報	69.10.2	808	唐山地區革委會機關報

59	新聞電訊	67.2.21	17	河北日報紅色新聞辦報臨時領導小組
60	新礦院	67.4.7	創刊	唐山礦冶學院紅色造反聯合兵團政宣部
61	冀南風雷	68.6.15	42	河北邯郵紅代會
62	冀中烈火	68.5.6		石家莊
63	八一三紅衛兵	67.2.8	創刊	天津大學八一三紅衛兵
64	八二五戰報	66.12.18	創刊	天津工學院紅衛兵紅戰友八二五赴邢造反團
65	十一八	67.9.22	12	天津人民出版社十一八革命造反團
66	大批判	67.10.1	1	市文化系統批判修正主義黑線聯絡站
67	工農兵文藝公社	67.10	9	天津市工農兵毛思想文藝革命造反軍總部
68	工農戰報	67.10.12	10	天津市工農毛思想宣傳隊駐南開大學指揮部
69	衛東	67.2.13	創刊	南開大學衛東紅衛兵《衛東》編輯部
70	工交戰報	67.3	創刊	市工業交通系統革反聯合委員會
71	工礦戰報	67.10	2	工礦企業造反部
72	工農兵戰報	68.9.29	3	市工農毛思想宣傳隊社師院指揮部
73	山鷹通訊	67.9.1	1	天津市革命文藝聯絡戰
74	六二一戰報	67.3.10	2	天津十六中《六二一》革命的行動委員會
75	工農戰報	68.10.12	10	市工農毛思想宣傳隊駐南開大學指揮部
76	文藝革命	67.9.5	3	天津市工農兵文藝革命聯絡站
77	文化戰報	67.3.15	2	天津文藝界革命造反聯絡委員會
78	文化尖兵	67.9	2	市工會文化宮俱樂部革反總部市群眾文化革反聯合總部
79	工農兵文藝公社	67.2.2	1	市工農學毛思想文藝革命反軍
80	井岡山	67.5.20		市京津中學井岡山
81	井岡山報	67.2.2	創刊	天津市越劇團井岡山聯合造反兵團
82	反復辟報	67.7.27	3	市批判劉鄧砸萬張
83	反到底	67.12.5	專刊	無派批鬥反革命兩面派李樹夫大會籌備處
84	鬥批改戰報	68.10.23	5	天津大學
85	天津紅衛兵	66.9.25	創刊	天津大專院校紅衛兵革命造反總部
86	天津紅衛兵	67.3.20	創刊	天津大院校紅衛兵代表大會
87	天津紅衛兵	66.10.27	創刊	天津高等院校紅衛兵總部

88	天津戰報	67.4.27	4	天津市工農學幹代表大會徹底批判劉鄧陶聯絡站
89	天津公交批判	67.7.17	創刊	天津市徹底粉碎劉鄧薄反革命修正主義路線聯絡總站
90	天津新文藝	68.1	2	市文藝系統常務委員會
91	天津工人	70.6.6	2	工代會
92	天工八二五	68.4.2	71	紅代會天津工學院八二五紅衛兵
93	天津紅衛兵	66.10.27	創刊	市高等院校紅衛兵總部
94	毛主義紅衛兵戰報	67.3.24	4	天津紅衛兵批判萬張反革命修正主義兵團聯絡站
95	五中紅野	67.9.15	77	天津大聯籌紅革會五中紅野紅衛兵
96	從頭越	67.5.1	創刊	市衛東區工程處八二七革命造反紅衛兵
97	中學風雷	67.7.27	2	房琯局市中等學校紅衛兵革命造反會
98	中學挺進	67.9.15	1	天津一中《中學挺進》
99	中學紅衛兵	67.5.20	9	市中等學校紅代會
100	長征	67.9.17	25	天津機車車輛機械工廠毛主義紅衛兵總部
101	長征戰報	67.6.17	2	市小百花劇團革命造反聯合總部
102	長纓畫刊	67.9	創刊	天津大學
103	天鋼造反報	67.2.15	1	天鋼紅色造反大隊
104	電影批判	67.10	8	天津市工農兵《砸三舊》批判毒草影片聯絡站
105	東方紅	67.2.20	6	天津東方紅歌舞團《東方紅公社》
106	東方紅	67.9	專刊	天律大專院校紅代會民航機關紅色革命造反總部
107	東風	68.7.30	6	東風大學革委會天津大專紅代會東風大學紅衛兵總部
108	只爭朝夕	67.11.1	3	天津幹代會東方紅畫店革命造反委員會
109	民航風雷	67.12.30	16	天津大專院校紅代會民航專機紅總《民航風雷》
110	紅衛兵	67.6.28	23	天津東風大學革命造反紅衛兵總部
111	紅畫兵	67.9	7	天津人民紙製品廠革命造反者聯合會
112	紅衛兵	67.5.17	33	天津工學院紅衛兵八二五
113	紅旗報	67.2	6	首都紅旗報天津分社
114	紅鋒	67.11.15	1	《紅鋒報》

115	紅鷹	67.8.30	創刊	紅鷹報
116	紅旗	67.5.12	1	天津輕工學院
117	紅旗公社	67.8.8		紅旗文工團
118	紅色消息	67.10	5	三建公司革委會
119	紅旗	67.2.9	1	北航紅旗戰鬥隊天津版
120	紅旗戰報	67.12	22	幹代會天津文聯紅旗
121	紅色宣傳	67.8	5	市宣傳系統無派聯合委員會
122	紅哨兵報	67.4.20	無	市委機關革反聯合委員會
123	紅警十一八	67.8.27	11	市公安系統革反團天津人民出版社十八革反團
124	多思	67.11.4	1	津甀反修兵團
125	體院戰報	67.6.24	25	紅代會天津體院毛思想紅衛兵
126	中學戰報	67.8.31		市中學捍衛毛革命路線聯絡站南開大學
127	出版戰報	68.6.17	11	天津人民出版社百花文藝出版社
128	抗癌專刊	67.9.30		首都抗癌聯絡站天津調查組南開醫院革命造反公社
129	冶金風雷	67.10.9	創刊	天津市冶金系統革命委員會
130	勞二半戰報	67.6	創刊	市勞動局第二半工半讀八一八紅衛兵
131	抓叛徒專刊	67.6.10		南開大學八一八紅色造反團
132	紡織戰報	67.6.30	4	紡織系統
133	戰報	66.12.12	4	天津染化4廠
134	戰鼓	67.7.5	2	天津人美東方紅
135	革命工人	67.9.23	7	工代會二機系統革命職業委員會
136	革命文藝	69.9.28	4	市文化系統革委會
137	革命造反報	67.1.7	創刊	天津工礦企業無產階級革反總部天津衛生系統無產階級革反總部
138	革命職工報	67.7.15	26	市革命職工代表會議常務委員會
139	革命醫務人員面向工農兵	68.2.11	5	天津衛生系統防病鬥批改委員會
140	美術革命	67.10	4	天津人美革命造反委員會《美術革命》編輯部
141	美術戰報	67.10.15	1	天津市批判舊美術界文藝黑線聯絡站
142	造反有理	67.6.30	2	天津日報無產階級革命造反總部
143	造反戰報	67.2.7	1	天津市《造反戰報》

144	造反戰報	67.1.20	3	市毛思想紅衛兵第一聯合指揮部
145	革命電訊	67.1.9	2	《天津日報》
146	音樂戰線	67.12.20	6	《音樂戰報》
147	革命造反派	67.4.16		天津染化4廠毛思想革命派
148	革命大批判畫刊	69.9		人美革命大批判組
149	海河評論	67.10.23	5	天津市一機籌委《海河評論》編輯部
150	海河風雷	67.11	創刊	市工學幹革命大批判聯絡站
151	鐵道造反派	67	4	天津鐵路局無產階級革命造反總部
152	鐵革委戰報	67.11.1	6	天津鐵路系統無派大聯合委員會
153	起宏圖	67.12.20	68	工代會鐵三院革命大聯合委員會
154	消息	67.9	4	天津三建革委會
155	驚雷	67.6.30	6	市業餘作者革命造反總部工農兵戰旗文學社
156	驚雷	67.3.20	創刊	天津公社革反會天津人民汽車公司驚雷
157	指點江山	67.5.23	6	東風大學八一八紅衛兵團最高指示宣傳組
158	教育戰報	67.7.20	2	市小學教職工革反會
159	教學批判	67.10.5	3	中學革命教師工人革命造反團
160	津醫八一八	67.12.17	6	天津醫學院八一八毛主義紅衛兵
161	野戰軍報	66.12.17	創刊	天津五中紅色造反野戰軍
162	揭開天津日報黑幕	66.12.25	5	日報無產階級革命造反總部
163	新天工	67.9.6	12	紅代會天津工學院毛思想紅衛兵《新天工》
164	新天工報	67.1.24	創刊	鐵道部天津機車車輛機械工廠新天工報
165	新曙光	67.4.20	創刊	天津紅衛兵衛生系統司令部
166	新天津	67.9.20	3	《新天津》編輯部
167	新津醫	67	4	天津學院八一八紅衛兵
168	新南開	67.3.5	創刊	南開大學八三一、八一八紅色造反團新南開
169	新黨校	67.8.30	4	天津黨校革委會毛思想革命職工學幹聯合總部
170	新津音	67.5.6	11	音樂學院革委會
171	激進	67	8	天津東方紅中學激進戰鬥隊

172	塘沽衛東船廠聯合指揮部	67.9.8	專刊	
173	紅色造反報	67.5.20	7	塘沽紅色造反報

山西

序號	名稱	時間	期號	組織
1	1.18 戰報	67.11.1	特	紅衛紡織廠革委會
2	1.26 炮聲	67.9.1	5	臨汾地區紅二司革命職工造反兵團
3	1.28 戰報	69.4.17	96	汾陽縣革命反總指揮部
4	一一五師戰報	67.10.23	19	兵團太原七中
5	1128 戰報	67.10.23	創刊	省歌舞團 1128 戰鬥團
6	一二五	67.10.20	1	晉中西山報縱隊
7	32111 戰報	68.1.1	28	革命造反兵團六中 32111 公社
8	八一八戰報	67	12	山西輕工業學院八一八革命造反兵團
9	八八戰報	67.1.5	10	山西大學八八紅旗戰鬥隊
10	八九風暴	69.6.30	35	平遙縣工農紅代會
11	七一風暴	67.9.30	創刊	汾陽運輸公司
12	三一四	68.5.18		
13	九五紅旗	68.9.5	11	紅聯站
14	大寨烈火	68.11.2	號外	晉陽縣革委會
15	大批判報	67.11.10	創刊	省工代會籌
16	大批判快報	68	創刊	省《大批判快報》
17	大批判通訊	69	2	省《大批判通訊》
18	工人通訊	69.3.14	7	長冶工代會
19	工農民	69.4.29	38	長冶工代會
20	工人報	68.7.30	創刊	山西革命造反兵團職工總司
21	工總司	68.2.29	創刊	山西革命造反兵團職工總司
22	土木戰報	70.5.4		太原工學院
23	衛生戰線	68.7.13	5	衛生界鬥批改總站衛生防疫系統革聯總站
24	衛紅戰報	67.10.14	創刊	山西革命造反派捍衛紅色政權指揮部
25	衛東站報	68.7.15	創刊	山西省剷除資產階級反革命修正主義路線聯絡站
26	萬山紅湖	67.11.3	7	山西革命造反團晉東南總團

27	鬥批改	68 10.25	3	駐山西大學工人毛澤東思想宣傳隊
28	鬥私批修	67.11.17	3	野火兵團
29	鬥批改戰報	68.11.25	創刊	駐太原工學院工宣隊軍宣隊
30	井岡山	67.9.1		忻縣地區紅衛兵總部忻縣中學井岡山公社
31	井岡山	67.7.1	17	
32	山西日報的鬥爭	66.12.13	創刊	革命造反軍紅衛兵三分隊東方紅公社
33	山西紅面報	67.11	6	山西大學八八紅旗戰鬥隊人民出版社
34	山西革命造反報	67.1	創刊	太原機械學院革命造反團
35	山西紅二輕	68.4.7	5	山西手工業革命造反派聯合總站手工業系統鬥私批修聯合總部
36	山西文藝戰報	67.7.1	創刊	省文聯紅色造反隊遵義革命戰鬥隊
37	山西教育革命	69.6.1		省教革紅聯總站
38	山西科技戰報	67.11.28	4	山西革命造反兵團科技總團
39	山西輕化紡報	67.10.11	2	山西輕化紡革命造反總指揮部
40	山西革命工人報	68.5.30		山西革命造反兵團總指
41	山西工人	68.1.4	21	山西革命造反團獨立縱隊
42	鬥私批修	68.12.5	創刊	駐黨校工人毛思想宣傳隊軍宣隊
43	工人戰報	69.10.13	20	山西機床廠革委會
44	太原面報	67.1	創刊	太原革命造反司令部
45	太郊風雷	68.8.5	2	太原郊區革命造反司令部
46	大行紅衛兵	67.5.13	2	太行紅衛兵
47	大行文藝戰報	68.5.12	2	晉東南聯總延安文藝兵團
48	太原戰報	67.8.17	2	太原革命造反司令部
49	大重紅旗	67.11.14	12	山西重機廠革委會太重工總紅旗總指
50	山西風雲	67.11.25		山西鬥私批修聯絡站
51	文藝戰鼓	68.6.18	專刊	紅總站文藝界總指
52	大行紅旗	68.4.30	9	晉東南地區貧代會籌聯總工總司
53	文藝風暴	67.8.25	創刊	山西革命造反兵團文藝總團
54	六二六戰報	67.12.5	創刊	山西衛生界六二六大聯合總部
55	反修戰報	67.11.15	3	反修兵團總部
56	平反專刊	67.11.17		紅總站五中齊向東紅衛兵冶校赤峰重院紅旗地勘公司
57	五一戰報	67.12.20	88	山西革命造反兵團教院五一縱隊

58	左聯戰報	68.3.2	創刊	山西革命造反兵團左翼聯盟
59	民政風雷	67.9.17	8	太原民政系統革命造反聯合指揮部
60	月河濤	67.10.15	8	新高平報毛思想宣傳隊
61	頭批判	69.12.2	38	晉城工代會
62	代縣新報	67.1.1	23	代縣
63	東方紅戰報	67.2.26	9	大同市革命造反總司令部
64	東風野戰軍	68.7.8	3	太原重型機器廠東風野戰軍
65	東方紅報	67.8.25	6	忻縣地區紅革會農機模校紅色造反團
66	東方紅	68.2.2		紅總站中學紅總司三十中東方紅
67	東方紅	68.1.8	34	省設計院東方紅
68	東方紅報	67.1.31	7	中共山西黨校東萬紅公社
69	兵團戰報	67.3.3	5	山西革命造反兵團烈火縱隊
70	電影革命	67.6.25	創刊	山西電影發行公司革命造反委員會
71	農口戰報	67.6.9	2	山西農口革命造反派批劉鄧聯絡站
72	伏虎	68.6.10	創刊	省革命大批判聯絡總站太原市財貿聯絡總部
73	永紅	67.7.5	2	太原工學院永紅戰鬥隊
74	全無敵	68.5.29		紅總站職工部
75	兵團通訊	67.6.17	16	裝甲兵學院革命造反兵團
76	在險峰	67.11.15		定城革造
77	先鋒報	66.12.10	4	山西大學八一四毛思想先鋒隊
78	爭朝夕	67.10.12	4	山西工農商學革命造反總部太行儀表廠革命造反聯合總部
79	盡朝暉	68.1		山西砸爛文藝黑線聯絡總部盡朝暉畫刊
80	向陽報	69.7.1	創刊	孝義縣革委會
81	迎春到	68.12.25	22	晉陽工農紅代會
82	華北野戰軍	67.10.25	133	紅總站太原機械學院華北野戰軍
83	風雷徹	67.6.22	4	省批判劉鄧紅色聯絡站
84	火炬戰報	67	4	農學院火炬總部宣傳隊
85	東方紅戰報	67	14	大同一中毛主義紅衛兵東方紅戰報編輯部
86	長纓	67.11.15	67	運城批判劉鄧聯絡站

87	紅衛兵	66	8	臨汾地區大中學校紅衛兵總部
88	紅衛兵報	67	3	臨汾地區大中學校革命紅衛兵總司令部政治部
89	紅衛兵戰報	66.10.1	創刊	太原市學生紅衛兵聯絡總站
90	紅尖兵	67.1.6	創刊	太原工學院紅衛兵戰鬥隊
91	紅小兵	67.6.1		兵團 32111 公社瑞金縱隊
92	紅衛兵	67.6.23	6	沂縣地區大中紅衛兵聯合委員會
93	紅流	67.3.12	特刊	山西醫學院紅衛兵革命造反聯合指揮部
94	紅旗	67.2.24	6	太原重型機器廠革命造反總指揮部
95	紅旗	67.6.12	24	省紅色造反聯絡站太原工學院紅旗
96	紅旗報	67.2.7	創刊	山西革命造反派聯絡總站
97	紅太原	67.3.13	2	紅太原
98	紅聯戰報	37	4	省紅色造反聯盟
99	紅戰鼓	67.2.8	創刊	大同市延安文藝戰鬥隊
100	紅色造反報	67	4	太原機械學院
101	紅總戰報	67.12.6	18	省批判劉鄧紅色聯絡總站
102	紅心戰報	67.10.1	25	省紅總站紅心革命造反軍團
103	紅聯盟	67.9.6	復刊	紅聯總部
104	紅太工	67.4.23	創刊	紅總站太原工學院指揮部
105	紅山機	69.8.4	41	紅山機 118 聯指
106	紅西山	67.6.8	22	西山礦區革命造反統一指揮部
107	紅色造反報	67.1.17	創刊	紅聯站太原市機關紅旗戰鬥隊
108	紅總部戰報	67.6.30	1	十三冶捍衛毛思想紅總部
109	紅礦工戰報	68.11.8	4	西山礦務局革委會
110	紅色政權報	67.4.21	22	中共高平縣核心小組
111	紅色造反戰報	67.2.14	試刊	晉東南革命造反總指揮部
112	紅晉中	67.9.27		晉中地區學大寨現場會議專刊
113	紅心戰報	67.9.10		紅總站紅心革命造反軍區太原工學院紅心兵團
114	紅色戰報	67.1.1	創刊	太原紅色業餘文藝兵戰鬥團
115	紅色戰報	67.4.3	6	長冶縣革命造反指揮部
116	紅色醫衛	68.6.19	15	山西醫藥衛生革命造反總部
117	紅旗縱隊	67.6.30	1	山西革命造反兵團紅旗縱隊

118	紅旗評論	68.1.13	創刊	山西革命造反兵團決死縱隊電業總部
119	紅心戰報	67.8.14	18	紅總站太原工學院紅心戰鬥隊
120	紅色礦工		10	西山礦務局軍管會毛思想學習班
121	紅色戰報	67.5.18	17	左玉縣
122	紅色戰報	67.6.9	號外	大同機車車輛廠革委會
123	紅色交城	67.10.1	2	交城紅色革命造反總司令部
124	紅孝義報	68.9.9	48	孝義縣革委會籌
125	紅色造反	67.3.5	3	陽泉革命造反總指揮部
126	紅旗兵團	67.6.3	2	忻縣中學紅旗革命造反委員會
127	紅革戰報		2	忻縣地區大中紅衛兵革命造反委員會
128	紅代會	67.11.7	創刊	忻縣地區大中紅代會籌
129	紅工院	67.11.6	2	紅總站山西工學院野戰軍
130	紅工交	67.10.31	2	山西革命造反兵團太原工交兵團
131	紅祁縣	67.4.8	1	祁縣
132	紅晉中	67.8.11	4	晉中批劉鄧聯絡總站工會革委會
133	紅平遙	68.2.2 1	54	平遙縣革委會籌
134	紅壽陽	68.3.16	31	壽陽革委會報
135	紅前哨	67.8.25	創刊	忻縣地區紅總部
136	紅忻報	67.8.2	65	忻縣地區革委會
137	紅陽泉	67.4.26	10	陽泉
138	紅曲沃	69.4.20	76	曲沃
139	紅襄汾	68.4.12	54	襄汾
140	紅旗戰報	67.2.14	2	太原革命造反司令部中藝太廈市機關紅旗戰鬥隊
141	東風	67.11.23	13	山西東風革命造反兵團
142	前哨	67.10.10	2	陽泉紅總站六二八風暴
143	瑞金	67.6.4	創刊	革命造反兵團太廈工學院瑞金縱隊
144	勁松	67.8.18	2	祁縣批劉鄧紅色聯絡站
145	戰報	67.5.7	23	雁北革命造反組聯合總部
146	武工報	68.1.5	15	山西紅衛造反聯絡站九月武工隊
147	縛蒼龍	67.9.1	創刊	省揪鬥彭蔣安陶籌備處
148	浪滔天	67.9.12	2	太原印刷廠革命造反聯合委員會紅總站太原工學院

149	炮聲隆	67.9.17	4	兵團省教育辦井岡山
150	教育革命	68.4.15	復1	晉東南地區教革聯絡站
151	批劉鄧戰報	67.5.18	2	太原地區教革聯絡站
152	星火燎原	67.2.4		曲沃
153	礦山烈火	67.9.1	5	紅總站山西礦山烈火戰鬥指揮部
154	晉陽烈火	67.9.20	2	紅總站新山醫工學幹革委會工人兵團新十七分團
155	勞動戰線	68.10	10	省勞動工資戰線鬥批改聯絡站
156	解放戰報	67.3.18	創刊	省紅色批判資產階級修正主義路線聯絡站
157	遵義戰報	67.10.25	3	紅總站山西師範遵義公社
158	清徐戰報	67.3.15	9	清徐縣革命造反總指揮部
159	烈火戰報	67.2.17	5	山西礦山烈火戰鬥指揮部
160	鋼刀戰報	67.5.20	創刊	山西革命造反兵團鋼刀縱隊
161	雄鷹戰報	67.1.24	創刊	太原工學院雄鷹造反兵團
162	礦院紅旗	67.8.21	2	紅總站紅色風暴礦院紅旗
163	鐵路紅旗	67.12.25	4	山西鐵路局鐵路紅旗總指揮部
164	抗大風雲	67.7.1	3	山西革命造反兵團財院抗大縱隊
165	科技革命	67.10.15	創刊	山西科技界無派聯合總部
166	學習資料	67.3.1	創刊	大眾機械廠革側造反總指揮部
167	鷹擊長空	67.8.22	創刊	山西體育界毛思想紅衛兵團
168	郊區小報	67.1.18	75	大原市郊區
169	激流副刊	68.8.28	190	太原市機關紅總部
170	戰地黃花	68.3.1	3	山西紅色造反聯合會鐵機東方紅山西大學附中八一八紅旗
171	延安文藝	67.12.10	30	祁縣抓革命促生產毛思想宣傳隊
172	消息報導	68.7.24	創刊	大同市工代會
173	雁北工人	68.11.25	8	雁北地區工代會
174	煤海戰報	69.4.25		大間煤礦革委會
175	指點江山	67.10.15	10	臨縣紅總司紅色革命造反總部
176	宣傳資料	67.6.15	21	祁縣抓革命促生產毛澤東思想宣傳隊
177	批資戰報	68.4.16	創刊	省批資反革命修正主義路線晉中聯絡站
178	定襄戰報	67.7.1		定襄縣
179	淮海戰報	67.10.12	10	大聯合總部

180	進軍報	67.6.17	3	革命造反派批判劉鄧聯絡站山西大學紅旗八一八
181	力挽狂瀾	67.12.8	5	忻縣地區革命大批判辦公室
182	探索者	67.11.23	3	忻縣中學革委會教改組
183	看勁松	69.6.11	2	平定縣三代會
184	解放	68.2.20	創刊	山西太原批資反修聯絡站
185	革命造反	67.1.11	復4	山西革命造反兵團太原機械學院革命造反團
186	革命大眾	67.3.1	創刊	大眾機械廠革命造反總指揮部
187	革命造反	67.10.16		太原機械廠革反會
188	革命文藝報	67.10.22	創刊	山西革命造反文藝軍團
189	革命大批判	68.10.3	創刊	山西青年鬥批改小組
190	紀念1.18奪權兩週年	69.1.18	專刊	省人行大聯籌
191	新黨校	67.11.12	11	中共山西省新黨校革命造反指揮部
192	新山大	67.3.3	創刊	城西大學紅革籌委會主辦
193	新太鐵	67.8.21	2	山西革命造反團鐵路司令部
194	新機車工人	67	8	鐵道部大同機車廠《新機車工人》編輯部
195	新晉南的鬥爭	67.10.1	5	晉東南地區
196	新晉中	69.4.8	2	晉中地區紅代會籌
197	新鄉寧	67.4.29	8	鄉寧縣核心小組
198	新范中	67.11.3	58	范亭中學革命大批判辦公室
199	新浦縣	67.6.9	18	蒲縣
200	新晉南	67.5.12	16	晉南
201	新河津	67.8.1	2	河津
202	新絳城報	67.8.16	35	新絳縣核小組
203	新財院	67.6.21	9	紅聯站新財院東方紅公社
204	831	67.10.18	10	山西革反兵團山西礦院831公社
205	風景	67.10.23	32	陽泉市批判劉鄧紅色造反聯絡總站
206	古田	67.6.26	2	古田決死兵團太原大中古田公社
207	兵團	68.1.12	17	山西革命造反團
208	四野	67.9.17	11	第四野戰軍
209	三一九戰報	67.11.5	20	曲沃紅總司
210	鬥私批修戰報	68.2.29	9	陽泉

211	山大紅旗	67.6.11	2	山大紅旗公社
212	工交戰報	67.8.13	4	太原革命造反工交軍團
213	左權小報	67.4.18	22	左權革反總指
214	平定風雷	67.11.10	13	平定縣批判劉鄧紅總站
215	火車頭戰報	69.4.23	4	北京鐵路局太原分局工代會
216	盡朝暉	69.3.5	46	陽泉市工資紅代會
217	紅旗報	67.9.14	8	大同市聯合無派總部
218	紅太鋼	67.4.28	6	紅太鋼
219	紅革聯	67.6.23	15	山西紅色造反聯絡站山西紅革聯
220	紅介休	67.11.18	26	介休縣革委會籌
221	換新天	68.1.7	專刊	陽泉紅總站
222	政治戰線	67.9.15	3	紅總站永紅總司山西政法總部
223	教育革命	68.4.1	6	山西教育革聯絡站
224	決死戰報	67.10.28	15	山西革命工人造反決死縱隊
225	晉機戰報	69.12.1	111	晉西機械廠
226	晉京烽火	67.9.13	4	山西革反兵團特工隊
227	砸爛「516」	68.1.4	2	山西砸爛5.16聯絡站
228	青年戰報	67.10.10	5	省革命青年摧舊團總部
229	鋼鐵工人	69.2.28	18	太原鋼鐵公司工代會
230	輕工院	67.0.19	40	晉中總站山西輕工學院兵團八一八縱隊

山東

序號	名稱	時間	期號	組織
1	7.21戰報	68.10.9	4	工學院
2	衛東戰報	67.6.3		臨沂地區機關衛東戰鬥隊
3	大會戰	67.3.26	426	萊蕪鋼廠
4	工人戰報	66.12.17	創刊	山東工人革命造反聯合會
5	山東革命工人	67.9.8	21	山東革命工人造反總指揮部
6	山東紅衛兵	67.8.10	14	省大中學校紅代會
7	山東紅衛兵	66	12	紅衛兵濟南指揮部
8	火車頭	67	3	濟南鐵路局革命職工造反聯合會
9	火旗報	67	4	省昌濰地區紅色造反者總部
10	文本動態	67.6.7		臨沂專區直屬機關革命造反指揮部

11	文革消息	67.9.12		臨沂地區機關總部專屬工業局革命到底戰鬥隊
12	井崗紅旗	67.6.23		臨沂直司忠於毛澤東井岡山戰鬥隊
13	井崗紅旗	67.6 12		臨沂縣機關革命造反串連組井岡山戰鬥團
14	反修戰報	67.5.27		臨沂縣手工藝聯合革命造反委員會
15	五洲震盪	67.6.23		臨沂縣委捍衛毛主席指揮部
16	五洲震盪	67.5.20		臨沂縣革命造反兵團
17	長纓戰報	67.6.12		臨沂縣造反指揮部
18	雲水愨	67.1.25	創刊	青島醫學院東方紅公社《雲水怒》編輯部
19	長纓戰報	67	5	山東東營縣革命委員會
20	長征風雪	67	8	山東師院《文革串聯》紅衛兵辦
21	反修戰報	67.7 13	4	紅衛兵山東指揮部批判劉鄧聯絡站
22	東方紅	67.3.25	增刊	山東大學東方紅公社
23	東方紅	66.12.24	16	山東師院文革串聯紅衛兵主辦
24	東方紅	68.2.3	70	山東醫學院《東方紅》主辦
25	東方紅	66.12.26	專刊	山東海洋學院毛主義紅衛兵總部
26	東方紅戰報	37	10	音島醫學院東方紅公社毛主席紅衛兵
27	長纓	69.8.11		臨沂地區八大革命組織臨沂聯合指揮部
28	東方紅	67.5.27		臨沂十中東方紅公社
29	東方紅	67.9.9		六大地區專區總部建行燎原隊
30	向陽	66.6.16		臨沂師範向陽紅衛兵
31	主沉浮	68.4.30	8	青島市革命造反聯合總司令部
32	伏虎戰報	67.6.18		臨沂縣革命造反指揮部財政科捍衛毛澤東
33	半島風雷	67.9.18	12	紅衛兵山東指揮部煙台地區分部（煙中指揮部）
34	奪權戰報	67	8	益都縣革委會
35	紅衛兵	67	35	山東中醫學院紅衛兵
36	紅衛兵	67.10.8	64	青島大中學校紅衛兵聯絡總部
37	紅衛報	67.11.30	14	省衛生界革命造反總指揮部濟南指揮部
38	紅衛兵戰報	66	4	山東財經學院
39	紅衛戰報	66.11.1	5	魯迅大學毛主席紅衛兵總部
40	紅色風暴	67，1.25	創刊	山東萊陽毛思想紅衛兵總部

41	紅色戰報	67	13	省黃河農場紅色革命造反兵團
42	紅色戰報	67	7	茌平毛思想革命造反聯合司令部
43	紅色造反報	67	13	曲阜師院毛思想紅衛兵
44	紅色造反者	67.2.1	創刊	山東化工學院革命委員會毛思想紅衛兵革命造反總部
45	紅色造反者	67	5	臨邑縣革委會
46	紅二三戰報	67.12.16	18	山東紅代會魯迅大學紅二三毛思想紅衛兵指揮部
47	紅戰報	67.2.9	創刊	山東工學院革委會
48	紅戰報	66	6	濟南市紅衛兵戰鬥總部
49	紅聯戰報	67	6	山東省聊城縣革委會
50	紅旗	67.2.24	創刊	山東煤礦學院紅旗公社
51	紅旗戰報	67	13	歷城二中紅旗公社
52	紅旗漫捲	66.9.18	創刊	山東肥城第二中學無產階級革命造反司令部
53	紅色戰報	67.6.10		臨沂礦物局造反團
54	紅色風暴	67.6.6		臨沂縣直機關革命造反串連組
55	紅商戰報	67.6.8		臨沂縣商業系統革命職工總指揮部
56	紅色財貿	67.2.2 1		臨沂縣財貿系統革命職工造反指揮部
57	紅色文藝戰報	67.3.6		臨沂專區紅色文藝革命造反司令部
58	紅工兵	67.9.6	18	紅山指臨沂指揮部
59	紅衛兵	67.7.14		省紅代會臨沂分部
60	紅衛兵	67.5.3		臨沂農校革命到底紅衛兵指揮部
61	紅衛兵	66.12.12	4	德州市紅衛兵總部
62	紅衛兵	67.6.5		紅衛兵東營縣指揮部
63	紅衛報	67.6.3		臨沂人委毛思想革命造反指揮部
64	紅戰報	67.12.12	4	德州八一八紅衛兵總部
65	紅衛兵報	67.9.6	18	紅山指臨沂分部
66	紅色戰報	68.3.16		開山屯化纖廠
67	紅色戰報	67.5.31		臨沂縣造反指揮部
68	狂飆	67.7.30	專刊	煙台師專
69	抗大戰報	67.6.9		臨沂地區黨校造反隊
70	擁軍戰報	67.6.26		臨沂師範毛澤東紅衛兵指揮部
71	沂蒙烈火	67.4.5	增刊	臨沂地區革命造反聯合行動委員會

72	沂蒙紅旗	67.5.9		臨沂一中沂蒙紅旗
73	沂河烈火	67.5.26		臨沂縣直機關串連組織烈火造反團
74	沂河風暴	67.11.24		紅山指臨沂分部沂水聯指
75	沂蒙烈火	67.9.7		紅山指沂水師範聯合指揮部
76	青島怒濤	67	2	青島市無派批判劉鄧陶聯絡站
77	洪流	66	6	山東師院八一八紅衛兵
78	春雷	67	4	山東定陶縣無產階級革命造反總指揮部
79	礦院戰報	69.3.1	30	山東工人駐華東礦院毛思想宣傳隊
80	昌濰東方紅	67.11.24	39	昌濰東方紅總部
81	濟南紅衛兵	68.8.9	16	濟南市中學紅代會
82	星火戰報	68.10.21	創刊	臨沂八大革命組織聯合總指
83	金融戰報	67.8.8		莒南縣金融系統革命造反指揮部
84	革命文藝	68.6.1	50	紅衛兵山東革命文藝造反司令部
85	革命造反	67.2.9	創刊	兗州印刷廠
86	革命造反報	67	8	山東泰安地區革命造反派聯合總指揮部
87	革命造反報	66	8	濰坊部大中學校紅衛兵總部
88	革命造反報	67	8	紅衛兵新汶礦區總部革命聯工聯合會
89	革命造反報	66.12.15	創刊	省紅衛兵造反聯絡總站
90	革命造反報	66.12.28		淄博市紅衛兵革命造反司令部
91	討孔戰報	66.11.10	創刊	山東曲阜師範學院
92	追窮寇	67.7.7	16	青島輕工業局革委會
93	造反有理報	67	9	五〇一廠工人革命造反聯合會
94	挺進報	67	21	山東機械學院東方紅公社紅衛兵總部
95	教育革命	67.6.26	5	山東省教育革命聯絡站
96	德州教育	68.7.23	19	紅衛兵山東指揮部德州分部教育革命辦公室
97	戰地黃花	67.1.27		臨沂師範革委會
98	革命到底	67.6.18		臨沂農校革命到底紅衛兵指揮部
99	革命工人	68.2.3		臨沂地區造反指揮部
100	革命造反報	67.11.15	29	昌濰《革命造反報》
101	革命工人	67.6.27	2	煙台地區指揮部
102	經風雨	67.10.1		臨沂地專總隊中心經風雨革命造反隊
103	起宏圖	68.9.9		臨沂縣革命造反總指揮部

104	統戰戰報	67.7.30	1	省統戰聯絡站
105	菏澤風雷	68.2.10	38	菏澤四大部
106	泰山風雷	69.2.14	135	泰安地區
107	魯迅大學	67.4.28		紅衛兵毛思想山東指揮部
108	前哨	66.12.1	創刊	毛思想紅衛兵
109	燎原	66.12.11	創刊	燎原紅衛兵
110	造反報	67.6.3		臨沂縣農林局造反團
111	縛蒼龍	66.12.11	創刊	《長纓》辦
112	烈火戰報	67.2.17		臨沂地區紅衛兵造反聯絡站
113	煙台紅衛兵	68.11.19	11	紅衛兵煙台分部
114	魯北水利	67	19	《魯北水利》編輯部
115	燎原戰報	67	5	紅衛兵山東濟寧革命造反總部
116	新海院	67	4	山東海洋學院《新海院》編輯部
117	新沂蒙	68.3.6		臨沂地區革委會
118	新沂蒙報	68.9.18		臨沂地區革委會
119	縛蒼龍戰報	68.10.7		臨沂地區縛蒼龍戰鬥團
120	風雷激	67.9.20	36	煙台師專革委會紅代會紅衛兵師專指揮部
121	體育戰線	67.1.1	創刊	濟南體育革命聯絡總站
122	換新天	67.11.25	7	山東輕工革反總指
123	新濟寧報	68.9.13	35	濟寧地區革委會
124	猛進	68.4.18	31	紅代會紅衛兵山東農學院指揮部
125	燎原戰報	67	5	紅衛兵山東濟寧革命造反總部

安徽

序號	名稱	時間	期號	組織
1	一中造反報	67	10	安徽省一中革命造反司令部
2	一月革命戰報	67	4	池州地區革命造反司令部
3	十月革命戰報	66.12.26	創刊	蕪湖工人「十月革命」戰鬥隊總部
4	八二七戰報	67.7.17	44	安徽省八二七革命造反兵團合肥工大縱隊
5	八三一戰報	66.9.5	創刊	安徽省八二七革命造反兵團合肥師範學院縱隊
6	工人戰報	67.9.21	2	紅造會安慶工總司

7	工人造反報	67.1.14	創刊	安徽省合肥工人革命造反派聯合委員會
8	文藝造反報	67.1.26	創刊	安徽文藝革命造反司令部
9	反逆流	67.11.10	1	蕪湖革命造反派
10	鬥批改戰報	67.8.30	12	蚌埠市革委會批判劉鄧聯絡站
11	東方紅	67.2.2	特刊	中國科大
12	東風報	67	10	八三一革命造反總隊東風報編輯部
13	白求恩戰報	67.3.1	創刊	安徽白求恩大學紅總主辦
14	安大八二七	67.1.29	創刊	安徽大學革命造反樓206室
15	安徽八二七	67.6.23	71	合肥工人革命造反派聯合委員會八二七革命造反兵團
16	安徽紅衛兵	66	9	合肥地區大中學校紅衛兵總部
17	安徽工人	69.5.10	73	省工代會
18	安慶戰報	68.6.23	90	安慶紅造會
19	安徽紅衛兵	66.12.24		安徽工學院紅衛兵大隊
20	江淮紅衛兵	69.12.24	121	省大中學校紅衛兵
21	號兵	67.5.27	2	工大紅革會八二七革聯站
22	兵團戰士	70.12.5	31	安徽生產兵團
23	全無敵	68.5.20		省文聯紅色造反團
24	紅十月	67.10.1		合肥慶國慶18週年籌備處
25	紅師院	67.10.1	1	合肥師院
26	紅安徽			《紅安徽》編輯部
27	紅安慶	68.10.13	8	安慶工農紅職代會
28	紅旗報			《紅旗報》編輯部
29	紅色新聞	67.12.6	20	拂曉報
30	紅旗戰報	67.1.18	1	安徽八二七合肥晚報革命造反團
31	快報	67	40	八二七安徽大學縱隊《大喊大叫》宣傳組
32	拂曉報	67.1.31	3762	拂曉報紅旗造反司令部
33	烽火	67.10.14	14	安慶工業局
34	拂曉報	68.8.24	80	宿縣專區革委會
35	紅安慶報	67.6.3	95	安慶
36	教育簡報	68.8.8	36	教育革聯小組
37	革命到底戰報	67.4.3	2	安微八二七革命到底
38	蕪湖工人	68.2.28	13	蕪湖工總

39	淮海報	68.8.29	3	清江市革委會
40	新鳳陽	68.5.24	1	鳳陽縣革委會
41	新蕪報	68.11.27		《新蕪湖報》
42	蓉城快報	67.11.22		東方紅出版社革命造反總部
43	曙光	67.10.17	15	安慶《曙光》
44	九一六專刊	67.9.21		毛思想九一六公社
45	工學戰報	67.6.29	4	蕪湖造反船廠一司汽修廠刺刀見紅紅三司一中爲革命敢死團
46	蕪湖戰報	67.9.15	4	蕪湖聯總
47	六一四修案專刊	67.6.13		五七戰報.蕪湖紅衛兵
48	蕪湖風雷	67.10.20	5	合肥版蕪湖聯總駐肥聯絡站
49	蕪湖紅衛兵	67.5.4	19	蕪湖市紅衛兵革反司大中學校
50	安徽新文藝	68.9.24	12	省直文藝系統鬥批改聯絡站
51	紅衛軍報	67.6.22	5	合肥革命職工造反委員會紅衛兵
52	紅色造反報	68.2.18	20	徽州地區無派聯合
53	紅衛兵戰報	68.3.1	8	紅衛兵安慶中等學校革反會
54	革命大批判	68.7.17	6	省革命大批判聯絡站
55	革命造反報	67.3.7	26	革反派聯合總指
56	革命造反報	67.6.15	23	淮南革反報
57	北京兵團戰報	67.12.16	8	蕪湖工農十月革命造反委員會
58	蚌埠紅衛兵	67.3.8	12	蚌埠大中學校紅衛兵總指
59	批判《爲人民》	67.6.11	專刊	蕪湖紅代會電校紅衛兵團電教教工支會
60	新皖南報	69.12.3	368	六安專區革委會
61	新華社電訊	67.1.14	2	安慶報社革反派
62	皖大戰報	67.4.1	16	皖南大學紅衛兵總部

江蘇

序號	名稱	時間	期號	組織
1	一月風暴	67.2.26	創刊	連雲港市毛主義人民公社
2	一二七戰報	67.3.3	創刊	蘇州專區革命造反派聯合會籌
3	一一三戰報	67.12.9	17	大豐一一三戰報
4	1.10事件專刊	68.4.14	1	反革命槍殺事件專案調查組
5	一二七寶應	67.12.23		寶應

6	5.13	69.9.18	2	聯合總指揮部
7	八一八	69.2.27	創刊	南通市八一八紅衛兵總部主辦
8	八一八戰報	67.4.8	10	《八一八戰報》編輯部
9	八一八戰報	67.7.22	27	揚州八一八戰校八一一八紅衛兵戰鬥隊
10	八一八戰報	67	9	南京鐵道醫學院八一八革命造反團主辦
11	八三戰報	67.2.1	創刊	南京東方紅大學八三革命造反師主辦
12	八二七戰報	67.11.30	81	蘇州版南大八二七
13	八一二戰報	67.8.12	23	省紅色造反總司令部中等學校司令部南京無線電工業學校八一二紅色造反軍團
14	八三〇戰報	67.9.11	特刊	南京四女中八三〇戰鬥總隊
15	八二七蘇州戰報	67.2.7	創刊	南大八二七革串會蘇州聯絡站
16	八二七火炬戰報	67.11.5	12	南京八二七火炬戰報
17	八一八紅色造反報	67.1.28	2	省工總十四所八一八紅衛軍軍團
18	3.2流血事件	67.3.8		省工人紅色造反司令部南京化工紅色造反大隊
19	一月革命報	67.2.12	1	江蘇教育學院江蘇函授大學革命造反聯合指揮部
20	6.24戰報	67.2.24	1	徐州電業毛澤東主義6.24紅色造反兵團總部
21	人民江蘇	67.10.13	10	省無產階級革命派
22	二八戰報	67.4.21	10	無錫二八人民公社
23	十二三戰報	67.9.18	13	江蘇工總南京公交公司十二三革串會
24	12.10戰報	67.9.5	15	南京促聯五一廠12.10革反團
25	12.10前哨	67.10.16	創刊	南京促聯五一廠12.10革反團六月天兵戰聯
26	小人物	67.10.1	5	《小人物》編輯部
27	工農兵	67.3.4	2	南京工農兵革命造反總司令部
28	大決戰	67.4.14	創刊	南京大學八二七革命串連會
29	大批判專刊	68.5.11	24	蘇州市革命大批判聯絡站
30	大橋戰報	67.10.7	創刊	南京長江大橋八二七公社
31	工人造反報	68.6.12	創刊	興化縣工代會興化縣文攻武衛指揮部
32	工人造反報	68.10.8	30	毛思想工人革命造反隊揚州總隊

33	工農紅戰報	68.3.29	24	濱海縣工農紅代會
34	工農學戰報	67.12.26	23	常州工農學革串會
35	工人革命報	68.6.4	6	常州市工人革命大聯合委員會
36	工農兵畫報	67.5.28	創刊	省工農兵文學藝術戰士聯合會
37	工農兵文藝宣傳材料	67.12.24	16	啓東縣毛思想宣傳館
38	工人戰報	67.10.28	3	南京學校工人革命造反司令部
39	工人戰報	68.8.20	4	連雲港市無產階級革命派反到底總指揮部
40	工人通訊	69.10.17	81	蘇州市工人革命造反司令部
41	工學戰報	67.9.26	13	蘇州市工學運動革命串連會
42	工人戰報	68.3.15	創刊	如皋縣工人革命造反總司令部
43	工總通訊	67.5.14	1	省工人紅色造反司令部
44	工地情況	68.11.27	2	新沂河工程指揮部革委會
45	工農戰報	68.9.12	創刊	如皋縣工總部農總聯辦
46	五五戰報	68.1.10	27	太倉縣無產階級革命派大聯合委員會
47	五一六	68.2.10	33	常熟五一六部隊
48	長征報	67.5.21	37	無錫長征大學六二六兵團
49	長征報	67.3.19	5	如皋縣石莊中學長征公社
50	火正紅	67.10.20	23	南通八二七紅衛兵二中 115 師
51	火線報	67.10.26	3	鹽城攻打謝劉火線指揮部
52	長纓	66	5	毛紅衛兵無錫長征大學長纓戰鬥隊主辦
53	火箭戰報	67	5	毛主義無錫市九一三火箭革命造反司令部
54	長江紅旗	67.5.24	13	南京國營長江機器製造廠紅旗戰鬥隊
55	火炬	67.10.17	創刊	南京大學八二七兵團
56	火炬評論	67.9.20	1	南京八二七公交支會
57	文攻武衛	67.8.19	18	蘇州市工學運動革命串連文攻武衛總指揮部
58	衛生戰報	67.1.14	29	省衛生界革命造反總司令部
59	井岡山	67	3	無錫抗大一機校《井岡山》革命造反團
60	井岡山	67.11.25	49	南京工學院井岡山造反軍團
61	井岡前哨	67.9.14	10	南京農學院《井岡前哨》

62	井岡山快訊	67.8.20	1	南京工學院
63	鬥批改	68.11.8	3	揚州師院革委會
64	鬥批戰報	67.4.26	1	毛思想揚州革命造反派鬥批聯絡站
65	鬥私批修戰報	67.11.26	2	江蘇東方紅中教分社中學分社
66	鬥批改通訊	68.1.1	1	江蘇函授大學革命造反總部
67	鬥批改簡訊	68.11.21	3	駐南京工學院工宣隊軍宣隊
68	鬥批改戰報	67.6.8	1	江寧縣鬥批改籌辦
69	中學運動	67.10.10	創刊	南京八二七中學分會
70	中教戰報	67	2	南京市中等學校教工紅色造反司令部
71	六一三戰報	68.1.23	17	《新華日報》六一三戰鬥隊
72	丹陽革命報	68.3.15	創刊	丹陽縣無產階級革命派大聯合委員會
73	中學紅衛兵	67.5.30	創刊	南師附中《中學紅衛兵》
74	無錫紅衛兵	67.10.7	16	無錫九二革串會毛澤東主義紅衛兵聯合委員會
75	雲水怒戰報	67.5.26	創刊	高郵縣革反派批劉搗毀潘家店聯絡站
76	反到底戰報	67.12.8	12	連雲港市無產階級革命派反到底總指揮部
77	中學紅衛兵	68.6.22	7	南京中學大聯委
78	內部學習材料	68.4	1	省機關革命造反聯合會
79	無產者	67.5.1	創刊	鎮江無產階級革命派聯合籌備處
80	無錫九二	67.9.13	18	無錫九二串連會
81	反到底	67.7.11	3	鹽城揭發批鬥舊縣委聯絡站
82	中學動態	67.12.10	5	南京
83	化纖公社	68.2.10	7	南京化纖廠《化纖公社》
84	風展紅旗	69.11.9	35	揚州市工、貧、紅三代會
85	毛澤東思想警衛隊	67.1.30		毛思想警衛兵常州總部
86	風雷	67.9.8	3	高淳工人造反軍蘇高紅司農民總部淳紅造反隊
87	機關革聯《風雷激》	67.2.1	創刊	大專院校駐如（皋）造反司令部
88	風雷激	67.6.1	13	省革命造反派炮轟省委聯合會
89	平潮怒	67.3	創刊	南通縣平潮革命造反聯合委員會
90	邗江戰報	67.3.14	3	邗江縣革命造反派

91	北斗星	67.9.5	1	首都紅代會新北大井岡山兵團華東調查組
92	太陽報	67.1.13	創刊	常州革命造反建設兵團
93	打倒江渭清	67.9.27	6	江蘇無產階級革命派打倒江渭清聯絡站
94	打倒高嘯平	68.7.25	專刊	南京八二七工人革命串連會
95	主力軍挺進報	67.8.11	6	常州市紅色造反司令部
96	電影批判	67.9.17	專號	鎮江工代會籌備處中百井岡山兵團
97	殺過江	67.2.27	2	殺過江赴泰紅色造反兵團
98	殺派報	67.12.4	36	鹽城殺派總指揮部
99	衝鋒號	67.2.18	專刊	中國人民大學紅衛兵駐寧聯絡站
100	盡朝暉	67.12.21	特刊	新華印刷廠紅色造反隊
101	全無敵	67.6.16	15	江蘇省工人紅色造反司令部
102	全無敵	67.9.16	12	《全無敵》全國通訊組
103	江都風雷	67.11.30	15	江都縣紅工司縣直革總
104	東風戰報	67.7.1	35	南京林學院東風兵團
105	機關革命	68.9.24	1	省機關革命造反兵團
106	機關革命報	68.3.23	創刊	省級機關革命造反聯合會
107	江南坪論	67.3.3	20	江陰縣革命青年紅旗戰鬥團
108	東風	67.5.20	號外	海門縣東風中學紅衛兵大隊
109	江蘇紅衛兵	68.2.25	創刊	南京大專院校紅衛兵革命大聯合
110	江蘇紅衛兵報	69.5.16	75	省紅代會
111	江蘇工人	67.11.30	34	省工人紅色造反司令部
112	江蘇動態	67.9.10	2	南京工學院東方紅戰鬥公社
113	江蘇東方紅	67.3.24	創刊	省東方紅公社
114	江蘇簡訊	67.9.14	15	省無產階級革命派
115	江蘇工總	67.10.9		省工人紅色造反司令部
116	江蘇紅總	67.11.15	40	省紅色造反司令部
117	東方紅戰報	66.12.24	快報	紅衛兵南京工學院東方紅總部
118	東方紅戰報	67	11	蘇北農學院文革臨時領導小組主辦
119	東方紅戰報	67.2.25	特刊	東方紅農大東方紅公社
120	東方紅戰報	67.2.15	創刊	海安縣紅色造反總司令部
121	東方紅通訊	67.9.7	11	鎮江紅代會籌
122	東方紅戰報	67.9.19	12	東方紅農大（揚州）

123	東方紅報	67.7.18	創刊	啓東縣中學東方紅紅衛兵
124	東方紅	66.12.3	4	紅衛兵南京大專院校總部
125	東方紅	67.9.7	20	鎮江工農大學革委會紅代會
126	東方紅	67.3.10	7	南京工學院東方紅戰鬥公社快報編輯部
127	東方紅	67.2.2	1	同濟東方紅駐寧聯絡站
128	東風戰報	68.11.4	3	丹徒縣工貧紅代會
129	農業戰線	67.9.10	10	省農業戰線聯絡站
130	農奴戟通訊	67.9.19	1	南京大學紅四聯
131	農業科技戰報	67.11.5	2	省科委科協中國農科院江蘇分院
132	農奴戰	66.10.25	創刊	南京大學紅色造反隊
133	體育戰線	67.5.20	8	省體育戰線革命造反派聯合會
134	批鬥簡報	66.1.15	11	徐州革命造反派反到底總指揮部
135	運河怒濤	68.11.2	4	高郵縣工貧紅三代會
136	沙洲戰報	67.2.8	2	沙洲縣紅色革命造反第三司令部（紅三司）
137	揚州工人	68.5.1	2	毛思想揚州工人革命大聯合委員會揚州工代會
138	宜興風雷	68.2.17	5	宜興縣三代會
139	揚州紅衛兵通訊	67.8.12	2	毛思想紅衛兵揚州總部
140	抗大造反報	66	11	無錫市毛主義紅衛兵抗大第一機械學校紅色造反團
141	抗大戰報	67.2.6	創刊	省無派
142	抗大戰聯	67	3	抗大第一機械學校戰聯政宣組
143	揚州紅衛兵	66.11.20	3	毛思想揚州總都
144	揚子風雷通訊	68.9.8	2	鎮江工代會
145	抓革命促生產通訊	67.8.12	12	毛思想紅衛兵揚州總部
146	抓革命促生產	67.4.15	4	省輕化廳宜興陶瓷工業公司捍衛毛思想紅色造反隊
147	抓革命促生產通訊	67.6.8	2	蘇州軍分區生產辦公室
148	抓革命促生產	67.4.25	8	江都縣人武部
149	蘇專三司	67.10.26	10	蘇州專區革命造反第三司令部大會專刊

150	學習材料	69.10.28		南京三代會
151	擁軍愛民簡報	68.8.18	11	如東擁軍聯合指揮部
152	巡迴鬥爭特刊	67.6.11		蘇州地專機關革命派大聯合總指揮部
153	蘇州紅衛兵	67.4.5	創刊	蘇州市大中院校紅衛兵代表大會籌委會
154	蘇州造反報	67	13	蘇州市毛思想紅衛兵指揮部
155	蘇州工農報	66.10.15	5669	《蘇州工農報》
156	兵團戰報	67.2	創刊	江蘇省工人紅色造反總司令部南通工人革命造反聯合團政治組主辦
157	延安	68.4.9	55	無錫九二革命串聯一輕工業學院
158	延安通訊	67.11.5	16	無錫九二革命串聯會紅聯會無錫輕院延安公社
159	延安人	67.5.4	1	無錫輕工業學院《延安人》
160	紅鐵軍報	67.2.7	15	泰縣《紅鐵軍報》
161	紅旗漫捲	67.10.27	1	江蘇紅總一中司如皋中學紅旗懲腐惡兵團
162	紅醫戰報	67.10.20	2	江蘇紅總醫遼衛生司令部
163	紅鎮江報	67.7.17	173	鎮江專區革委會
164	紅色論壇	66.10.17	創刊	鎮江反帝中學紅色辯論組出版
165	紅旗戰報	67.1.23	創刊	鹽中紅旗兵團鹽中八一兵團鹽城專區革命師生造反派聯合總部
166	紅旗戰報	67.8.20	10	南航紅旗造反兵團
167	紅旗工大	67.8.20	66	毛思想紅衛兵揚州紅旗工業大學宣傳部
168	紅戰兵	67.2.24	8	江蘇省江陰縣工人革命造反聯合會
169	紅戰友	67	22	南通醫院紅色造反隊八一八紅衛兵聯合主辦
170	紅戰友	68.8.20	92	南通醫學院革命造反指揮部附屬醫院紅色革命戰鬥總部
171	紅色機關報	67.4.6	14	無錫市市級機關革命造反聯絡總部
172	紅革戰報	67	2	毛主義紅衛兵無錫市革委會
173	紅衛建報	68.2	特刊	毛主席的紅衛兵指點江山
174	紅衛兵運動	67.11.2	創刊	紅衛兵南京大專院校司令部（紅二司）中等學校總部
175	紅五月戰報	67.6.15	2	鎮江六一五革聯
176	紅印造反報	67.4.7	9	江蘇省印刷業革命造反聯合會南京市印刷業革命造反聯合會主辦

177	紅印戰報	68.10.28	2	淮南八三一徐州印刷廠紅印兵團
178	紅色新聞兵	67.2.6	創刊	江蘇省新聞界革命造反聯合會《新華日報》毛思想造反總部
179	紅色師院	68.5.24	創刊	江蘇師院大聯委
180	紅色造反者	67.1.12	創刊	南京工學院革命造反聯合指揮部
181	紅色電訊	67.1.18	8	蘇州《紅色電訊》革命造反總指揮部
182	紅色造反報	67.12.28	82	清江市革命職工農民紅代會
183	紅色造反報	67.1.13	創刊	清江市新聞工作者紅色造反團六六八八毛思想紅衛兵
184	紅色造反報	67.2.6	創刊	省紅色造反總司令部溧水縣司令部
185	紅色造反報	68.2.29	37	漣水縣工農紅代會縣級機關革命造反派代表大會聯辦
186	紅色造反報	67.2.5	創刊	江蘇省宜興紅色造反總司令部
187	紅色造反報	67.1	創刊	江蘇師範學院紅色造反兵團毛思想工人戰鬥隊
188	紅色造反報	67.2.18	創刊	灌雲紅色造反派聯合總部
189	紅色造反報	67.6.1	創刊	炮轟灌南縣委聯絡站灌南縣紅色造反司令部
190	紅色農民報	67	5	江蘇省江陰縣紅色農民革命委員會
191	紅色機關	68.7.26	9	連雲港市反到底市級機關指揮部
192	紅色戰報	67.4.28	5	海安縣紅總紅工司工聯指揮部縣直總部
193	紅色公安	67.3.5	創刊	南京紅色公安革命造反聯合總都
194	紅色工人	67.11.15	11	《紅無錫報》印刷廠
195	紅色工人	67.3.1	創刊	省工人紅色造反司令部
196	紅色火車頭	67.1.27	創刊	徐州鐵路地區火車頭紅色造反兵團總司令部
197	紅色文化	67.2.10	創刊	江蘇省文藝界紅色造反司令部
198	紅色體育	67.7.16	創刊	體育界無產階級革命派鬥批改聯絡站
199	紅色文藝戰線	67.2.9	創刊	江蘇省紅色造反總司令部
200	紅色通訊	67.9.5	1	清江市《紅色造反報》
201	紅色工人戰報	67.1.30	2	江蘇常州市紅色工人革命委員會
202	紅色工人	67.3.8	特刊	江蘇工總華電紅色工人造反隊
203	紅色電業	67.6.14	2	省電業系統革命造反聯合總部

204	紅色電訊	68.10.15	軍字1號	徐州報社
205	紅園林	68.2.10	3	南京園林系統園林批判聯絡站
206	紅戚廠	68.5.5	1	戚墅堰機車車輛工廠革委會
207	紅雨花	67.9.30	創刊	省工農兵文學藝術戰士聯合批判文藝黑線聯絡站
208	紅五月	67.8.21	1	宿遷革命造反聯絡站
209	紅蘇州	67.10.1	創刊	蘇州革命造反聯絡站
210	紅衛戰報	68.3.3	創刊	無錫大中專院校革命大聯合委員會
211	紅太陽戰報	67.1.30	2	常州市紅色工人革委會
212	紅無錫報	67.2.11	創刊	《紅無錫報》東方紅路 118 號
213	紅炮兵通訊	67.9.12	3	南京炮兵工程學院革命造反兵團
214	紅衛挺進報	67.1.28	2	二司紅衛兵南京兵團
215	紅衛兵戰報	68.3.1	創刊	常州紅衛兵革命大聯合委員會紅革會
216	紅衛兵戰報	66	8	紅衛兵南京航空學院總部
217	紅衛兵戰報	67.6.30	33	抗大中紅總
218	紅衛兵報	66	5	紅衛兵揚州總部
219	紅衛兵報	67.3.3	創刊	《紅衛兵報》
220	紅衛兵報	67.1.26	專刊	紅衛兵南京大專院校司令部政治部
221	紅衛兵報	67.6.24	紅 15 號	興化中學一一八聯合指揮部
222	紅衛兵報	66	7	南通市學生紅衛兵總都
223	紅衛兵	67.6.20	3	南京農學院紅聯
224	紅衛兵	66	8	淮海大學紅衛兵總部政治部
225	紅衛兵	68.4.1	創刊	連雲港市紅代會紅總司
226	紅衛兵	66	8	徐州毛主義紅衛兵紅色造反總部政治部
227	紅衛報	67.2.4	12	南京大學紅色造反兵團主辦
228	紅衛先鋒報	66	4	蘇州市毛思想紅衛兵指揮部
229	紅旗戰報	67.3.17	10	泗洪縣紅色造反司令部
230	紅藝兵	67.2.9	5	宜興陶瓷工業公司毛宣傳隊紅藝兵總部
231	紅纓槍	67.12.1	特刊	如皋印刷廠紅纓槍戰鬥隊
232	紅尖兵	67.10	創刊	中學紅代會二十六中《紅尖兵》
233	紅總戰報	67.10.4	17	南京軍事學院革命大聯合指揮部《紅司》紅色造反總部
234	紅炮兵	67.6.14	21	華東工程學院革命造反團

235	紅印報	67.2.13	創刊	印刷業紅色造反團
236	紅工畫報	67.5.1	創刊	毛思想工人革命造反隊揚州總部宣傳部美術造反兵團
237	紅工戰報	67.2	創刊	毛思想工人革命造反隊揚州總部
238	紅旗	67.11.22	6	紅三司南林紅旗總部南林紅旗公社
239	建築兵	67.9.10	專刊	江蘇鎮江建設公司革委會革命造反團
240	戰鬥報	67.3.25	13	省人民第二商業廳革命造反委員會
241	戰無錫	67.9.4	3	無錫主力軍
242	革命造反報	67.9.25	復刊20	革命造反紅旗宜賓方面軍主辦
243	革命造反報	67.1.10	6	戚廠《革命造反報》編委會
244	革命造反報	67.3.21	創刊	常州市機關革命造反聯絡站
245	革命造反報	67.1.29	創刊	六合專區工人紅色造反司令部毛思想紅衛兵六合一中總部
246	革命造反報	67.3.21	3	省工人紅色造反總司令部南京無線廠紅衛軍總部
247	革命造反報	67	7	徐州八一紅衛兵革命造反司令部主辦
248	革命造反報	66	2	南京林學院東方紅公社紅衛兵南林總部主辦
249	革命造反報	67.3.29	15	南京大專院校紅衛兵革命造反司令部
250	革命造反報	67.3.8	19	蘇州市紅衛兵革命造反總司令部
251	革命造反報	67.9.27	33	毛思想紅衛兵廣陵公社鬥批聯合指揮部
252	革命造反報	67.1.31	8	《無錫日報》
253	革命造反報	67.11.8	9	金湖縣革命造反派聯合總指揮部
254	革命造反報	67	7	全國赴常革命造反者聯絡總部
255	革命造反報	67.3.13	8	華東工程學院革命造反兵團主辦
256	革命造反報	67.1.11	創刊	江蘇省無錫市東方紅路118號
257	革命造反報	67.2.8	7	晨光廠革命造反聯合會
258	革命造反報	67.9.2	24	宿遷革命造反聯合委員會
259	革命造反報	66.12.17	1	毛思想紅衛兵鎮江司令部
260	革命造反報	67.1.28	創刊	炮兵工程學院革命造反兵團
261	革聯戰報	67.10.1	12	句容縣革命造反派聯合會籌
262	革聯戰報	67.7.1	創刊	紅衛兵大豐中學113革命串聯會
263	革命大批判	68.6.17	1	南通市革命大批判聯絡站

264	革命工人	68.9.1	創刊	江蘇工總連雲港市毛主義人民公社工總司
265	革命戰報	67.3.21	創刊	常州市機關革命造反聯絡站
266	革命大批判專刊	67.10.19		徐州日報反到底兵團
267	革命委員會好	68.6.30	29	海門縣革委會
268	革命文藝戰報	67.7.16	2	江蘇省文藝界鬥批改戰聯
269	南京工人	67.6.8	創刊	南京八二七工人革命串連會
270	南京紅衛兵	67.4.29	1	省紅色造反總司令部中等學校司令部
271	南京八二七	67.4.29	創刊	南京八二七革委會
272	南京紅三司	67.3.14	34	南京紅衛兵造反司令部
273	南京大聯合	67.11.1	專刊	南京大學無產階級革命派聯合指揮部
274	鹽城紅衛兵	68.1.20	創刊	鹽城學生革命大聯合委員會
275	鹽阜戰報	68.3.1	2	批判《鹽阜大眾報》聯絡站紅工司
276	徐州反到底	67.10.8	創刊	徐州革命造反派反到底總指揮部
277	徐州紅衛兵	68.2.19	18	紅衛兵徐州指揮部主辦
278	炮打司令部	67.9.19	5	豐縣炮打司令部聯合總部
279	高郵紅衛兵	67.3.27	創刊	毛思想廣陵公社鬥批聯合指揮部
280	緊跟毛主席	68.10.23	8	鎮江農機學院東方紅緊跟毛主席聯絡站
281	鐵道兵戰報	67.8.17	2	江蘇工總《鐵道兵》總指揮部
282	炮轟公安局	67.7.14	1	鎮江工農紅代會籌炮轟公安局聯絡站
283	泰興革命造反報	67.3.1	創刊	毛思想工人革命造反隊揚州總部泰興分部
284	調查簡報	67.2.6	創刊	南京「九二八事件」聯合調查團
285	紅衛兵戰報	66.12.22	10	南京紅衛兵戰報社
286	指點江山	68.8.20	54	省紅色造反總司令部中等學校司令部主編
287	南郵戰報	67.4.5	5	南京郵電學院紅色造反團主辦
288	南通特訊	67.9.11		工代會農代會八二七紅旗通醫指揮部紅聯會機關《前線》
289	南京鐵道	67.10.30		寧鐵聯指江蘇工總《鐵聯司》江蘇東方紅鐵路公社寧鐵大聯總《衛東》聯辦
290	南航戰報	67.7.1	29	紅衛兵南航總部
291	徐州工人	68.3.26	創刊	徐州工總

292	星火評論	67.2.20	4	《星火評論》江蘇南通地安總機十號
293	星火燎原	67.11.7	32	華東水利學院革命造反聯合指揮部
294	星火燎原	67.6.2	7	鹽城專區紡織廠革命造反派聯合總部
295	星火原報	67.2.13	2	首都高校蘇北革命造反兵團鹽阜縱隊
296	鍾山風雨	68.2.10	5	省宣聯總
297	追窮寇	67.1.18	創刊	南京郵電學院紅色造反團
298	促聯戰報	67.9.20	創刊	南京地區促進革命大聯合聯絡站
299	換新天	67.2.26	5	泗陽縣工農兵革命造反派文革聯合會
300	換新天	67	3	江蘇省農民紅色造反總司令部
301	野戰軍報	67.2.7	8	省無錫市紅色造反野戰軍總部
302	淮海紅衛兵	66	9	徐州毛主義紅衛兵紅色造反總部政治部
303	淮海八三一	67.12.6	2	徐州淮海八三一革命造反總司令部
304	淮海紅衛兵	67.4.5	創刊	紅衛兵徐州代表大會籌委會
305	淮海戰報	67.1.20	創刊	淮海大學八三一紅色造反兵團
306	教育革命	69.11.26	40	蘇州市革委會大中院校紅代會
307	黃海怒海	67.9.7	創刊	紅衛兵鹽城革命造反司令部
308	魯迅戰報	67.5.4	25	魯迅大學魯迅戰校革命造反派（揚州）
309	砸爛舊市委戰報	67.10.16	3	南京市無產階級革命派砸爛舊市委戰鬥隊
310	紅衛兵報	67.1.28	16	紅衛兵南京大專院校司令部
311	常州九七三	68.2.5	11	《常州九七三》編輯部
312	常州革命報	67.6.1	創刊	新常州報衛東戰鬥隊
313	常州工人	67.12.4	8	常州市大聯籌
314	新無錫	67.9.6	創刊	《新無錫》編輯部
315	新華水	69.2.23	19	華東水利學院革委會
316	新蘇州	68.3.6	56	蘇州市工學運動革命串連會
317	新江蘇簡訊	67.7.30	3	省暨南京市無產階級革命派
318	新南化	68.10.12	特刊	慶祝南京化工學院革委會紅衛兵師成立大會
319	新南化	67.11.13	18	江蘇東方紅南京八二七南京化肥廠
320	新南農	67.1.23	創刊	南京農學院革聯會
321	新南大	68.3.13	創刊	南京大學革委會
322	新南林	67	12	南京林學院東方紅公社東風兵團

323	新南航	66.11.10	創刊	南京航空學院各系部文革籌委會聯合辦公室
324	新南藝	68.10.18	特刊	南京藝中學院
325	新南藥	67.4.13	4	南京藥學院革命造反兵團
326	新江蘇	67.10.18	8	省暨南京市無產階級革命派《新江蘇》
327	新軍學	67.12.6	21	南京軍事學院無產階級革命派聯合總部
328	新泰州	67.6.20	37	《新泰州》編輯部
329	浙晨光	67.4.3	1	晨光廠革命造反聯合會
330	新氣院	68.5.4	4	南京氣象學院革命大聯合委員會
331	新江浦	67.11.2	1	江浦無產階級革命造反總司令部
332	新洪澤	67.4.13	9	《新洪澤》編輯部
333	新鹽阜報	67.4.15	76	《新鹽阜報》編輯部
334	新六合戰報	67.10.1	4	六合聯總
335	新泗陽戰報	67.9.23	8	泗陽縣大批判大聯合籌委會
336	新濱海戰報	67.3.8	1	濱海革命造反總司令部
337	新揚州報	67.3.19	快報	揚州革命造反派主辦
338	新戚廠	68.4.29	10	戚墅堰機車車輛工廠革命大聯合委員會
339	新丹陽	67.12.8	12	丹陽三代會籌
340	聯委戰報	68.4.20	10	鎮江無產階級革命派聯合委員會
341	燎原報	67	9	江蘇寶應縣中學燎原戰鬥隊
342	鎮江工人	68.1.30	6	鎮江工代會
343	縛蒼龍	67.3.6	創刊	啓東中學中南海戰鬥兵團
344	贛榆風雷	68.4.22	29	贛榆縣革聯
345	煤海嘯	67.12.6	16	徐州紅工總煤炭系統礦物局指揮部
346	鎮江紅衛兵	67.7.22	10	鎮江市大中學校紅代會
347	一月革命戰報	67.2.12	1	如東縣擁軍聯指
348	12029戰報	67.2.9	創刊	南京促聯五一廠1210革反團
349	淮陰反到底報	37.12.23	3	淮陰無派大聯合總指（兵總）清江市工代會兵總
350	八三七蘇州快報	67.2.3	創刊	南大八二七革串蘇州聯絡站
351	大會特刊	68.3.25		常州市委會新常州日報杜
352	大會專刊	68.3.30		常熟縣革委
353	主力軍	67.10.13	19	無錫市紅反總司

354	懲腐惡	67.9.1	創刊	南市無派（破爛舊市委）戰鬥隊
355	新師院	67.9.6	19	江蘇師範新師院公社
356	紅哨兵	68.7.1	10	連雲淮市反到底紅哨兵
357	農奴戟	67.2.9	15	省紅總南京大學紅反隊
358	農奴戟	67.7.2	專刊	南京大學紅反隊八二七奪權大隊兵團一月革命
359	紅色戰報	67.4.18	1	無錫市無派鬥批舊市委作戰指揮部
360	紅戰報	67.8.2	3	戚廠紅五月革串會
361	井岡山	67.8.5	增刊	清華井岡山兵團南京工人專刊
362	工人造反報	68.5.11	38	江蘇工總
363	革命工人報	69.3.11	創刊	南京大專院校紅衛兵革反團
364	革命工人報	69.6.3	145	南京市工代會
365	聯委戰報	68.4.20	10	鎮江無派聯委
366	新泗陽報	68.8.10	29	泗陽縣革委會
367	文教戰報	67.7.29	5	南通縣文教局「只爭朝夕」紅衛兵
368	政法戰報	67.3.23	2	省政法戰線革反聯總籌
369	無錫工人	69.3.14	76	無錫市工代會
370	紅色戰報	67.12.1	21	無錫九二革串會批判文藝界黑線聯絡站
371	火炬通訊	67.9.14	114	火炬
372	文革簡報	67.9.13	124	革命造反者
373	南通工人	68.1.27	2	南通市工人造反總司
374	大江南北	67.9.21	3	江蘇省駐滬辦事處革反聯絡站
375	紅藝戰報	67.6.26	2	毛思想紅藝軍常州革反總部
376	炮司戰報	67.9.4	2	上海炮司支蘇兵團
377	鬥批專刊	68.9.30	13	鎮江市級機關文革總部
378	常州紅衛兵	67.9.18	創刊	常州八一八革串會紅衛兵革命先鋒團
379	紅衛通訊兵	67.9.4	50	常州市紅衛兵革反總司
380	造反戰報	67.2.12	89	南京市革委會機關報
381	新南京戰報	70.4.23	14	南京汽車公司
382	紅色戰報	67.6.15	創刊	鎮江市機關無派聯合會籌
383	二九戰報	67.3.26	47	邳縣二九革委會
384	紅揚州戰報	69.2.22	35	揚州專區革委會

385	東風戰報	67.7.1	13	南京林學院東風兵團紅二司南林學院總部
386	鬥批專刊	68.10.13	3	太倉縣革命大批判聯絡站
387	揚子風暴	67.9.13	25	鎮江工代會籌東區聯絡站
388	新華戰報	67.6.29	65	省級機關革反總部
389	群眾專政	68.10.7	創刊	海門縣群眾專政指揮部工總司農總司
390	紅衛戰報	67.7.18	5	南京農學院
391	電影戰線	67.12.14	173	省無派電影批判聯絡站
392	紅鎮江報	69.7.17	2	鎮江專區革委會
393	造反有理	67.2.20	4	火線文革軍鎮江總部
394	蘇州火線	67.9.15	1	蘇州市革反總部
395	前進通訊	67.8.16	4	省無派
396	蘇州工人	67.12.25	12	蘇州市工業交通革反聯總指
397	東城風暴	68.2.25	9	江蘇工總紅總大中院校南京東城區鬥批改聯絡站
398	新蘇州畫報			蘇州市工學運動革串會貧下中農革串會
399	靖江造反報	67.2.4	6	靖江縣革反派
400	新揚州時報	68.10.23	195	揚州市革委會
401	工人造反報	68.5.16	11	蘇州市工人大聯委
402	無產者通訊	67.8.21	3	鎮江工代會籌
403	新江蘇快報	67.9.7	2	省籍南京市無派
404	紅衛兵通訊	67.9.16	1	鎮江工代會籌
405	江蘇工人報	67.9.14	創刊	蘇州市工人革反團
406	人民蘇州報	71.8.7	196	《人民蘇州報》編輯部
407	中學紅衛兵	68.4.18	創刊	南京市中等學校無派大聯委
408	反逆流戰報	67.6.8	2	常州刊上海赤革命（六月天兵）戰鬥團
409	江寧工人	67.7.22	6	江寧工總縣鬥批改籌委
410	徹底砸爛蘇州工人報	67.11.20	大批判專刊	農大東方紅公社工大革委會毛思想紅揚州總部
411	高舉毛思想偉大紅旗徹底批判劉鄧章江復辟資本主義舉行鬥爭投機倒分子大會專刊	68.3.2		無錫工人學校機關革人聯委

412	5.15	67.9.18	2	崑山 5.15 聯合總部
413	風雷激	67.2.12	創刊	大專院校駐如東紅色造反司
414	新江浦	67.11.20	1	江浦無派聯合總司令部
415	烈火報	67.4.8	8	南京市市級機關革反總部
416	鐵道兵	67.12.11	9	南鐵工人革反聯指鐵道兵紅革聯機關革總
417	風雷	67.9.8	3	高淳縣工人造反軍蘇高紅司農民總部淳紅造反隊機關革聯
418	火箭	67.3.3	12	無錫市九一三火箭革反司
419	紅聯	68.5.15	10	蘇州專區革反派聯絡站
420	紅炮兵	67.6.14	21	華東工程學院革反兵團
421	一小撮戰報	67.10.18	28	南京五中一小撮戰鬥團省直省級物資系統戰鬥團
422	紅色造反報	66.12.18	1	全國赴常州革命造反著聯絡總部
423	紅色造反報	68.1.28		鎮江工代會小教紅總
424	紅衛戰通訊			蘇州紅衛兵革命造反總司令部
425	紅衛兵	67.9.4	3	毛主義紅衛兵無錫大中院校代表大會籌委
426	紅鎮江	67.6.12	91	鎮江地革會
427	紅電波	69.4.16	1	《紅電波》編輯部
428	紅鐵錘	67.7.25	創刊	南京市工農兵業餘作者
429	送瘟神	67.12.30		毛思想揚州無派九大總部打擊投機倒把指揮部
430	鬥批改	67.12.10	4	常州無派鬥批改指揮部
431	新南汽	67.11.30	19	南京汽車分公司
432	野戰軍	67.12.20	9	無錫紅衛兵野戰軍總部
433	逐浪高	67.2.13	2	鎮江一中紅旗
434	同心幹	67.11.30	15	揚州工代會
435	慶九天	68.3.20	20	泰興縣
436	反潮流	69.4.24	9	連雲港工農兵
437	財貿紅旗	67.6.8		靖江工代會
438	革命文化	68.1.15	12	洪澤縣毛思想宣傳隊
439	工人通訊	67.9.15	89	蘇州聯代會

440	鬥批專刊	68.4.12	14	蘇州鬥批站
441	文革通訊	68.5.15	38	徐州紅色工人
442	反修戰報	67.1.30	3	蘇州勞動者
443	東方風暴	68.2.25	12	南京東城鬥批改聯絡站
444	萬山紅遍	68.2.23	54	高郵四六革命串連會
445	南通工紅	68.1.21	1	南通醫學院革反指揮部
446	紅農通訊	67.12.15		江陰縣紅色農民革委會
447	革命文藝	68.9.5		武進縣革委
448	蘇南風雲	67		鎮江工代會
449	兵團戰報	67.11.27	1	新疆生產建設兵團革反派殺回新疆江蘇指揮部
450	紅衛兵報	66.12.13	4	徐州大中學校紅衛兵總指揮部
451	火炬戰報	67.11.6	13	南京八二七公交支會財貿分會市直機關串聯會
452	華聯戰報	68		句蓉（華聯戰報）
453	革命工人	69.1.22		南京市工代會
454	新聯東風	68.3.3	6	新聯機械廠
455	戚廠工總	67.8.28	2	常州戚廠
456	紅色畫刊	67.4.3	1	江蘇文藝界
457	東方戰報	67.2.1	35	南京林學院
458	工農兵通訊	68.10.14	4	工農兵報
459	大聯合戰報	68.2.18	7	省機關大聯合總部
460	邗江紅戰報	67.11.27	34	邗江革聯總部
461	江蘇工人報	69.11.21	創刊	工代會
462	革命造反報	67.12.12	30	漣水縣
463	送瘟神戰報	68.11.15		無錫郊區血防站
464	新疆紅衛兵	67.9.3	南京版	
465	鎮江工農紅	68.3.24	5	鎮江工代會農代會紅代會
466	紅衛兵戰報	68.4.10		無錫大中院校革命大聯合委員會
467	鎮江戰報	67.7.22	10	鎮江大中紅代會
468	起宏圖通訊	67.12.17		耕工耕學革聯總
469	大批判戰報	67.12.5		蘇常大聯籌蘇常三一八革聯委

470	環球赤衛隊	67.9.9	15	高郵毛思想環球赤
471	南汽造反報	68.8.24		南汽分公司大聯委
472	主力軍簡報	67.12.14		無錫主力軍駐鎮江聯絡站
473	主力軍造反報	66.12.23	創刊	常州紅色造反司令部赤衛軍
474	江蘇教育革命	67.7.15	23	紅總中教司
475	戚廠工總通訊	67.10.25	3	戚廠工人革命造反總部
476	批判劉少奇	68.12.16	13	揚州工代會
477	工人造反報通訊	67.9.21		揚州
478	1.26奪權好得很	67.2.7		南大八二七革委會奪權大隊東方紅戰鬥隊
479	江蘇主力軍	67.9.5		
480	紅南農	68.9.24	專刊	南京農學院革委會
481	紅衛兵報	1966.10.1	創刊	徐州市大中學校紅衛兵總指揮部政治部
482	紅衛兵	1966.10.1	7	徐州市大中學校毛澤東主義紅衛兵總部政治部
483	紅衛兵	1966	4	淮海大學紅衛兵總部政治部編
484	紅衛兵	1966.9	2	淮海大學紅衛兵隊部辦公室
485	淮海紅衛兵	1966	32	徐州市毛澤東主義紅衛兵紅色造反總部政治部
486	革命造反報	1966.11.3	16	徐州大中學校八一紅衛兵革命造反司令部
487	淮海戰報	1967.1.20	22	淮海大學八·三一紅色造反兵團
488	淮海紅衛兵	1967.4.5	創刊	紅衛兵徐州代表大會籌委會
489	紅三司	1967	10	紅衛兵徐州第三司令部
490	野戰軍報	1967.7.1	創刊	徐州紅色職工革命委員會野戰軍報編輯部
491	淮大反到底	1967.8.25	9	淮海大學八·三一反到底《淮大反到底》編輯部
492	徐州反到底	1967.8.1	52	徐州革命造反派反到底總指揮部
493	抗大	1967	6	徐州毛澤東主義紅衛兵抗大公社
494	徐州紅衛兵	1967.10.5	85	紅衛兵徐州指揮部
495	工總	1967	7	徐州紅色工人反到底總指揮部

496	紅色工人	1967	3	徐州紅色工人革命造反總部
497	機關反到底	1967.12.5	9	徐州市機關反到底總部
498	機關八三一		9	徐州市《機關八三一》編輯部主辦
499	驚雷	1967.1.5	3	徐州市文化革命宣傳總指揮部《驚雷》編輯委員會
500	鐵道紅旗		13	淮海八・三一鐵總司
501	紅色火車頭	1967.1.27	88	徐州鐵路地區火車頭紅色造反兵團總司令部
502	徐州支派	1968	3	徐州支派赴京代表團徐州無產階級革命派支派聯合總部
503	徐州工人	1968.3.26	69	徐州工總
504	文攻武衛	1968.7.8	13	徐州市革命委員會文攻武衛總指揮部
505	淮海八三一	1967.11.22	19	江蘇徐州淮海八・三一革命造反總司令部
506	文藝批判		7	徐州文藝界反到底總部編印
507	紅藝兵畫刊	1967	4	徐州革命造反派反到底總指揮部批判映出反動影片辦公室、徐州文藝界反到底總指揮部合編
508	紅旗戰報		6	機關紅色前衛軍革命造反聯合總部／機關紅色造反聯合總部
509	華東煤礦戰報		20	1968.1.3
510	3.18 戰報	1967.7.12	創刊	徐州 3.18 戰鬥兵團宣傳部主辦
511	6.24 戰報	1967.2.24	創刊	徐州電業毛澤東主義6.24紅色造反兵團主辦
512	批鬥簡報	1967	10	徐州革命造反派反到底總指揮部革命大批判辦公室主辦
513	決戰報	1968.8.6		徐州《決戰報》編輯部
514	愛國衛生			江蘇省徐州市革命委員會愛國衛生運動計劃生育領導小組辦公室
515	淮大八三一		33	淮海大學八三一紅色造反兵團《淮大八三一》編輯部主辦
516	工程兵		2	徐州市城建系統市政工程處指揮部
517	忠東		2	淮海八三一紅衛兵總司令部二中兵團《忠東》戰鬥隊主辦

518	前哨	創刊	紅衛兵徐州指揮部徐州一中反到底兵團《前哨》編輯部
519	進軍報	4	淮海八三一紅衛兵二中兵團 225 部隊《進軍報》編輯組主辦
520	高一四戰報	創刊	徐州四中紅革會高一（4）班
521	五洲風雷	45	重型廠五洲風雷主辦
522	淮海烽火	52	淮海八・三一教育系統司令部主辦
523	紅色交通	36	紅工總交通指揮部主辦
524	紅交通	64	紅交通編輯部辦
525	看世界	61	徐州工總建材系統指揮部
526	火線戰報	2	毛澤東思想革命造反軍總部 毛主席的路線紅衛兵鼓樓運輸兵團 徐州手工革命造反聯合司令部 房瑁三工區造反野戰軍聯合主辦
527	建材戰報	39	建材工業局系統司令部主辦
528	重工工人	14	淮海八三一《重工工人》編輯部主辦
529	火線風雷	7	礦機
530	春雷	15	徐州紅工總煤炭系統指揮部第廿七團主辦
531	千鈞棒	5	徐州紅工總煤炭系統十五團第五營
532	房瑁反到底	2	工總房瑁系統反到底主辦
533	看世界	31	徐州工總建材系統指揮部主辦
534	向陽報	5	徐州工總利國鐵礦 310 指揮部向陽報編輯部
535	鐵道紅旗	13	淮海八三一鐵總司辦
536	青松	創刊	徐機北線踢派主辦
537	新戲校	2	江蘇戲曲學校革命造反團主辦
538	踢派戰報	17	徐州《踢派戰報》編輯部主辦
539	紅紡戰報	4	徐州二中反到底《紅旗飄飄》徐州紅工總紡織系統指揮部主辦
540	看今朝	23	礦機《反到底》指揮部主辦
541	從來急	22	權臺煤礦職工子弟學校教工反到底辦
542	衝天笑	8	四八三一工廠反到底
543	風雷戰報	30	徐州紅工總韓電反到底指揮部主辦

浙江

序號	名稱	時間	期號	組織
1	一〇五風暴	67.6.24		七軍大
2	八一戰報	66.12.8	7	溫州醫學院八一戰鬥團
3	八一戰報	67.2.6	7	德清毛主義紅衛兵八一兵團政治部
4	工人革命造反報	67.1.25	6	紹興工人革命造反總部
5	工造總司戰報	67.9.1	1	新武漢革命工人造反總司令部溫州版
6	火線報	68.8.17	2	桐鄉縣小教革命造反第三司令部
7	反逆流	67.6.1	2	省堅決擊退資本主義反革命復辟逆流聯絡站
8	反到底	67.11.8	9	嘉善縣革命造反聯合指揮部
9	反修戰報	67.10.25		浙江醫大
10	井岡山	67.5.20	2	杭大井岡山兵團
11	井岡山戰報	67.3.8		紹興鋼鐵廠革命造反聯指
12	工運戰報	68.1.13	1	溫州工人革命造反派
13	雲水怒	68.4.6	83	金二司浙師院
14	風雷激	67.7.4	14	省水利水電工程局革命造反聯合總部
15	風雷激	68.2.15	19	青田縣工農兵革命造反派聯合指揮部
16	風雷激	67.3.11	創刊	浙中醫學院革命造反派聯合指揮部
17	文革通訊	67.9.21	1	省工代會籌海寧工人革命造反總指揮部
18	文革通訊	67.10.12	146	浙美大
19	文藝簡訊	67.8.27	15	省徹底摧毀反革命修正主義文藝黑線聯絡站
20	文革動態	67.6.28	4	新浙大革命造反總指揮部
21	五七戰報	67.9.10	9	杭州市中學紅反團小教兵團故育廳長征總部
22	無產者戰報	67.2.14	創刊	杭州三輪車工人文革會革命造反聯合會
23	東方紅	67.3.15	18	杭州大學東方紅兵團宣傳部
24	東方紅	67.10.1	6	海寧紅三司
25	東方紅通訊	67.9.19	61	杭大東方紅兵團
26	東海戰報	66.12.23	7	舟山水產學院（九一五）戰鬥團東海戰報編輯部

27	東方紅	67.8.10	創刊	溫州一中
28	東方紅	67.8.13	創刊	紹興革命造反司令部
29	電影戰報	67.9.1	創刊	省徹底摧毀反革命修正主義文藝黑線聯絡站電影批判小組
30	東海風雷	69.10.29	150	舟山三代會
31	立新功	67.8.29	創刊	省軍區批判資產階級反動路線聯合總指揮部
32	蘭江戰報	68.8.26	70	省聯總蘭溪縣革命造反聯合總部
33	半山風暴	67.7.25	5	省革命造反聯合總部半山分部
34	在險峰通訊	67.9.21	3	無錫市無產階級革命派駐虞聯絡站
35	交通戰線	67.3.8	創刊	省交通戰線革命造反聯合指揮部
36	萬山紅	68.11.16	83	安吉三代會
37	南江風雷	67.7.5	6	寧波
38	南江風暴	67.6.10	創刊	寧波
39	送瘟神	67.9.27	1	金華聯總揪鬥李袁郭湯聯絡站
40	快報	67.6.14		浙江省革命造反聯合總指揮部
41	南湖戰報	67.1.20	2	嘉興《炮打司令部》聯絡站嘉興工人革命造反總同令部
42	南湖風暴	67.2.17	4	嘉興革命造反聯合總部
43	金華工人	68.12.4	68	金華地區工代會
44	紅衛兵	67.9.4	12	省紅代會籌海寧紅三司
45	紅衛兵	67.8.19	11	省紅代會籌嘉興紅三司
46	紅衛兵報	66.11.1	創刊	杭州市大中專院校紅衛兵革命造反總部
47	紅衛兵報	67.11.7	創刊	樂清縣紅總
48	紅衛兵報	66.10.28	4	浙大紅色造反聯絡站《紅衛兵報》
49	紅衛兵戰報	67	5	浙江省金華大中學校革命造反總部
50	紅聯軍報	66.12.25	創刊	省無產階級文化大革命紅聯軍
51	紅湖怒濤	67.1.3	創刊	湖州地區革命造反聯合總指揮部
52	紅色戰報	67.1.25	創刊	杭州大中院校紅反總部衢化聯絡站浙化院
53	紅色暴動	67.1.1	創刊	省革命造反聯合總指揮部
54	紅色暴動	67.5.25	11	浙大紅色暴動委員會
55	紅色戰線	67.3.28	3	省交通戰線革命造反聯合指揮部

56	紅色工人	69.9.17	創刊	水電部新安江水電工程局梅城大壩工人革命造反聯合總部
57	紅色衢州	67.5.12	77	衢縣革委會
58	紅色風暴	67.6.26	133	浙江省革命造反聯合總指揮部
59	紅色金華報	67.1.24	創刊	金華革命造反派聯合總部
60	紅色造反報	66.12.12	創刊	浙江省炮打司令部聯絡站
61	紅色造反報	68.7.13	20	象山縣三代會紅聯會
62	紅色杭鋼報	67.12.21	7	杭州鋼鐵廠
63	紅色造反軍	67	2	海寧一中紅色造反軍反帝反修紅衛兵
64	紅色造反戰報	67.2.27	創刊	蕭山縣革命造反聯合總指揮部
65	金華紅衛兵	67.10.19	44	金華地區紅代會
66	金二司戰報	67.9.9	10	金華大中學校革命造反總司令部
67	紅戰報	67.2.18	創刊	浙江工農兵美術大學毛主義紅衛兵戰鬥隊
68	紅衛兵特快通訊	67.8.29		杭州市大中專院校紅衛兵革命造反總部
69	紅旗戰報	67.1.9	創刊	水電部新安江水電工程局梅城大壩工人革命造反聯合總部
70	紅旗通訊	67.8.15	3	市革工會輕化工系統聯絡站杭大紅旗通訊社
71	紅色杭鋼報	67.12.31	24	杭州鋼鐵廠革委會
72	春江紅旗	67.10.25	26	富陽縣革命造反聯合總指揮
73	杭印戰報	67.7.15	8	杭州市革命職工委員會杭州印刷廠革命造反總部
74	科技戰訓	67.8.15	2	嘉興炮打司令部.嘉興工人革命造反總司令部
75	戰地黃花	67.7.14	創刊	杭州市革命歸僑造反總部杭州四中紅色造反總部
76	杭州工人	67.6.17	12	杭州市革命職工委員會
77	浙江廣播	68.10.4	8	浙人民廣播電臺革委會
78	浙江戰報	67.4.29	創刊	省體育戰線革命造反聯合總部
79	浙江紅衛兵	68.5.4	1	省紅代會
80	浙江工人	67.10.22	33	省工代會
81	浙東風暴	69.3.15	219	省革命造反聯合指揮部

82	浙江大批判	68.9.26	8	省革命大批判辦公室
83	浙江科技戰報	67.1.18	創刊	浙江省科委科協革命造反派
84	浙江潮	67.3.2	創刊	杭州大學革命造反聯合指揮部
85	浙南風暴	68.6.8		溫州
86	浙江風雷	67.9.7		挺進縱隊總司令部
87	浙體戰報	67.4.29	創刊	省體育戰線革命造反聯合總部
88	浙武造反報	67.8.4	2	省聯總駐滬組武漢革工總駐滬站杭州出版
89	浙東風暴通訊	67.9.20	5	寧波地區
90	看今朝	67.4.2	2	浙江醫科大學毛思想戰鬥團革命造反總指揮部
91	劍與火	67.1.26	2	首都清華井岡山兵團毛澤東主義聯合縱隊總部
92	政宣報	67.2.3	2	杭州市大中專院校紅衛兵革命造反總部
93	抓革命促生產	67.11.15	2	杭州製氧機廠革委會
94	科技戰訊	67.8.15	2	省科研系統革命造反總部省科委紅旗戰鬥隊
95	寧海風暴	68.3.3	18	省聯總海寧縣革命造反總部
96	報刊文稿	68.10.2	201	浙江日報革命造反兵團資料組
97	革工通訊	68.12.29	39	杭州市革工桐廬縣工代會
98	革命造反報	67.1.7	1	淳安縣 1020 戰鬥團
99	革命造反報	67.2.7	6	長興縣
100	革命造反報	67.2.25	1	杭州鋼鐵廠革命造反總指揮部
101	革命造反報	67.2.14	1	浙大革命造反總指揮部
102	革命造反報	68.7.24	107	嘉興縣革命造反聯合總指揮部
103	革命造反報	67	3	革命造反報編委會
104	革命造反者	67.2.27	創刊	紹興革命造反聯絡站
105	革命農民報	67.6.30	10	省貧下中農革命造反聯合總指揮部
106	麗水戰報	67.12.6	6	省聯總麗水革聯總
107	錢江評論	67.7.21	7	浙農大革命造反總部.紅三司浙大總部
108	教育革命	67.8.30	12	
109	造反	67	7	浙江金華大中院校紅衛兵革命造反司令部
110	造反有理			東陽地區無產階級革命造反司令部

111	紅暴之聲	67.7.5	創刊	省直機關
112	紅色四明山	67.8.16	12	餘姚無產階級革命派總部
113	紅色暴動反右傾	67.9.14		紅暴戰士反右聯盟
114	紅色風暴	67.3.3		美術大學
115	紅色商業	67.3.15	2	杭州商業
116	紅人戰報	68.1.1	13	杭州聾人總部
117	紅色海寧	67.11.26	116	《紅色海寧》編輯部
118	鐵道紅暴	67.7.14	創刊	杭州鐵路紅色暴動委員會
119	錢江評論	67.5.26	創刊	紅三司浙農大學總部浙農大革命造反總部
120	甬江風雷	67.7.5	6	寧波無產階級革命造反聯合總指揮部
121	暴動戰報	67.7.12	24	杭州市大中專院校紅色暴動委員會浙農大
122	挺進戰報	67.1.7	2	麗水地區中等學校革命造反司令部
123	婺江紅濤	67.5.6	21	金華革命造反聯合司令部
124	教育戰報	67.5.4	創刊	省教育革命聯絡站
125	姚江風暴	68.7.29	30	省聯總餘姚縣革命造反聯合委員會
126	姚江怒濤	67.11.15	13	省聯總上虞縣革命造反聯合指揮部
127	黃岩風暴	68.10.20	3	黃岩縣革命造反司令部
128	商業尖兵報	67	2	溫州市商業尖兵團宣傳組
129	溫嶺戰報	67	4	溫州革命造反兵團主辦
130	新文藝	67.4.10	3	義烏縣文化館毛主席路線新文化戰鬥隊
131	新文藝戰報	67.2.10	2	省文藝戰鬥兵團
132	新天台	68.5.23	29	省聯總天台縣革命造反聯合總部
133	新黃岩	68.8.15	21	黃岩縣工農紅代會籌黃岩紅司
134	新杭氧	67.12.5	4	杭州製氧機廠革委會
135	新浙麻	68.1.16	15	浙麻革命造反兵團
136	新教育	67.12.30	8	省革命造反聯合總指揮部教革辦
137	新浙大	68.10.26	22	省工人毛思想宣傳部浙大大隊浙大革委會
138	新浙化	67.3.13	創刊	毛思想紅衛兵總部
139	新浙師	69.1.1	1	省工宣隊駐浙師院大隊浙師院革委會
140	新杭大	68.10.27	創刊	省工宣隊杭大大隊革委會

| 141 | 新紹興報 | 70.12.3 | 813 | 紹興地區革委會 |
| 142 | 新華電訊 | 66.12.30 | | 省革命造反聯合總指揮部 |

福建

序號	名稱	時間	期號	組織
1	一中紅旗	67.2.18	2	紅一中
2	11.25	67.11.26	2	龍溪
3	八一三紅衛兵	66.1.1	5	天津大學八一三紅衛兵批判劉鄧陶聯絡站赴閩調查組
4	八二九工人	69.1.23	54	晉江工人總部
5	八二九	67.9.6	1	晉專工農總部
6	八二九工人	67.7.1	2	新州八二九工農總部
7	八二九榕司戰報	67.12.2	4	八二九福州司令部
8	九二五戰報	67.7.18	12	福建惠安一中毛主義紅衛兵 66.9.25 革命造反軍
9	三代會報	69.3.30	1	福州工資紅代會
10	六月天兵	67.12.5	8	省革造會千鈞棒部隊編
11	主力軍	67.12.12	17	龍溪革命造反主力軍農民司令部
12	文藝戰線	67.9.15	4	廈門文藝系統
13	飛鳴鏑	67.10.12	1	龍溪
14	東方紅	67.4.26	10	新福建二司東方紅公社紅衛兵團
15	農運快報	67.11.5	專刊	省農總司
16	百萬雄師	67.10.20	22	新廈門公社
17	近衛軍報	67.12.12	4	福建工人
18	師院戰報	67.6.26	3	福建師院
19	紅色戰報	67	3	福州軍區衛校紅色造反縱隊主辦
20	紅一中戰報	67.6.20	7	一中
21	紅九二戰報	67.8.3	13	紅九二總部
22	九溪八二九	67.12.31	12	省龍溪八二九
23	軍造報	67.12.13	13	福州軍區革命造反委員會
24	勁松戰報	67	25	福建《新廈門日報》勁松赤衛隊
25	挺進報	67.3.23	19	福建八二九革命造反聯合總部
26	南平造反	67.2.9	創刊	南平毛澤東公社

27	革命造反報	66.12.31	創刊	福州工人革命造反聯合總部省直屬機關革命造反聯合總部
28	革命造反報	67	8	福建省廈門市大中學校革命造反司令部
29	革命無產者	67.1.26	創刊	龍溪革命造反派大聯合委員會
30	革命戰報	67.4.3	4	仙遊大聯委
31	前線紅浪	68.2.20	16	廈門市郊革命農紅代會農民革造總部
32	暴動戰報	67.1.22	15	八二九廈門工總司市僑務界革命造反委員會新華印刷廠
33	野戰報	67.5.15	13	華僑大學毛思想野戰軍
34	廈門前線	67.9.18	12	廈門市文攻武衛聯合作戰指揮部
35	新永春報	67.4.7	17	永春紅代會
36	新福大	67.9.18	33	新福建第二師院東方紅公社紅衛兵團
37	新聞戰報	69.3.14	18	福建日報革命大聯合委員會
38	新廈大公社戰報	67.1.25	創刊	福建廈門大學
39	廈門風暴	67.10.30	8	新廈大公社
40	廈門工人	69.1.11	15	廈門工總司
41	福建紅衛兵	67.7.18	17	毛思想紅衛兵福建革委會
42	福建前線	67	7	福建前線紅衛兵總部宣傳部
43	閩東紅衛兵	67	2	毛思想紅衛兵閩東革命造反司令部閩東革命造反總部
44	幹到底	67.4.21	2	福建師院
45	井岡山	68.1.23	9	前線紅衛兵
46	太陽升	68.2.20	3	桓仁大聯委
47	雲水怒	67.1	專刊	
48	風雷	67.6.6	2	廈門民航獨立團
49	農奴戟	67.10.31	2	農奴戟指點江山
50	東方紅	67.6.22		新福大東方紅
51	東方紅	67.7.14	6	新福醫東方紅
52	紅仙遊	67.11.1	4	仙遊革造總部
53	紅衛軍	67.7.13	6	蒲田紅衛兵總部
54	造反報	69.3.21	14	永春三代會
55	泉戰總	67.7.6	3	泉州工農紅總部
56	驚雷	67.12.26	8	漳州新華印刷
57	海燕	67.6.13	3	廈門航海

58	福建兵	68.2.9	2	紅衛兵泉州指揮部
59	新農院	67.9.15	11	新農院 42 指揮部
60	新晉江	67.10.12	3	晉司晉江分部
61	新福建	67.7.16	2	革命串聯大會

河南

序號	名稱	時間	期號	組織
1	一月革命	67.8.25	12	二七安陽公社中學一月革命總部
2	二七公社	67.1.23		二七公社
3	二七公社報	68.3.19	84	原（直搗中原）河南二七公社
4	二七工人	68.3.19	21	河南二七公社鄭州革命職工聯委
5	二七公社報	68.6.25		鄭州地區職代會
6	二七戰報	67.5.10	10	鄭州二七公社
7	二七快報	67.5.31	專刊	「五二六」事件專輯河南二七公社宣傳站
8	二七鐵路報	69.8.26	186	鄭州鐵路局革委會
9	二七紅衛兵	66.11.8	2	鄭州二七學校
10	二七風暴	67.12.18	12	二七安陽公社紅造司小教總部市直造司
11	八二四評論	67.1.24	創刊	開封師範學院八二四革命造反委員會評論組
12	八二四紅衛兵	68.11.2	31	開封市紅代會
13	八三一戰報	68.5.18	47	開封二七公社洛陽農機學院 831 兵團
14	衛東	67.1.1		天津市南開大學鄭州版
15	工人赤衛隊	67.9.13	專刊	鄭棉六廠
16	大方向	67.11.20	31	二七公社鐵道公社
17	中州烈火	67.6.2	10	鄭州工學院革命造反總部
18	二七鐵路工人	68.4.10	22	鄭州鐵路局大聯委
19	二七新總報	68.8.30	10	信陽分社新縣總部
20	八一八戰報	68.7.5	73	新鄉師範革委會八一八南樂團專刊
21	八二三戰報	68.9.3	29	百泉農專革委會八二三
22	二七工人	67.8.20	創刊	二七公社西郊工交指揮部
23	八五戰報	67.9.28	5	省一技校造反大隊鄭大聯委五七戰團
24	二七論壇	68.7.17	37	二七公社鶴壁分社
25	人民戰爭	67.7.2	36	安陽分社地直司令部

26	人民戰爭	68.4.25	2	密縣三代會
27	工農兵報	68.7.15	2	武陟縣三代會
28	衛東戰報	68.11.12	試刊	鶴壁
29	中州激浪	67.12.1	15	水利戰團
30	中州紅旗	68.7.17	81	駐馬店分社
31	中原風暴	67.5.19	增刊	省直屬機關革命造反派總指揮部
32	大方向	68.7.17	增刊	安陽分社范縣三司
33	中原文藝	68.8	23	鄭州文藝界開封師範藝術系
34	風雷激	67.12.7	24	鄭棉一廠
35	風雷激	67.8.30	7	二七公社許昌分社
36	火線通訊	68.4.19	27	開封市工代會《無產者報》
37	無產者	67.9.18	6	開封八二四工總司
38	無產者報	68.8.6	70	開封市工代會工總司
39	大喊大叫	67.10.11	16	周口二七公社
40	井岡山	68.4.28	34	河南二七公社原省委機關井岡山兵
41	井岡山	68.7.9	61	杞縣革聯五中井岡山一中聯委
42	八三一通訊	67.11.2	3	二七洛陽農機學院八三一兵團
43	鬥批改報	68.9.14	32	省第一榮復軍人療養院革委會工代會
44	開封八二四	67.9.5	7	開封八二四革命造反派總指揮部
45	井岡山通訊	68.7.1	4	開封八二四原省委機關井岡山山兵
46	開專戰報	68.6.12	106	開封專區
47	五四戰報	68.10.29	101	鞏縣三代會
48	文藝戰線	67.12.1		二七公社
49	東方紅	67.12.5	63	河南醫學院《東方紅》
50	東方報	68.4.25		青銅峽工程局
51	東方紅報	68.9.1	44	范縣東方紅指揮部
52	電影批判	68.4	4	開封批毒草影片映出辦公室
53	行軍快報	66	17	開封師範赴京長征大軍快報編委會
54	血戰到底	67.10.18	12	二七公社嵩縣革命造反司令部嵩縣血戰到底兵團
55	兵團戰報	67.9.1	51	河南印刷學校
56	平原紅旗	68.6.2	47	范縣東方紅指揮部
57	光山烽火	67.10.31	24	光山總部

58	伏牛怒火	68.7.12	37	南召總部
59	地專戰報	67.11.1	21	開封八二四地專革命造反總部
60	直搗中原	67.8.3	31	軍赴豫調查團全國無產階級革命派支豫戰團二七公社
61	指點江山	67.8.23	10	二七鄭州工學院革聯
62	首都通訊	67.9.1	2	首都紅代會河南聯絡站
63	洛陽工人	67.11.1	6	二七豫西公社洛陽工交學院聯合總部
64	洛陽戰報	68.12.2		洛陽工農紅代會
65	河南紅衛兵	67.1.12	增刊	省紅衛兵革命造反司令部政治部
66	河南二七報	68.8.22	5	《河南二七報》
67	洛陽八一六	67.12.1	35	洛拖技校八一六兵團洛拖技校革委會
68	河南造總	67.7.17	3	省革命造反派總指揮部
69	百泉紅旗	68.5.8	28	輝縣工農紅代會
70	安陽二七	68.7.5	69	輝縣安陽分會
71	南陽二七	68.4.27	56	輝縣工農南陽分社
72	南陽三代會	68.10.1	創刊	南陽地區三代會
73	洛陽前線	68.8.16	7	洛陽市工農紅代會
74	洛陽前線	68.8.16	7	洛陽市工農紅代會
75	鄧縣八一八	68.7.26	27	鄧縣八一八總部
76	郵電東方紅	68.2.20	42	省郵電東方紅
77	許昌紅衛兵	67.1.22	創刊	許昌地區紅衛兵革命造反司令部
78	鄭州紅衛兵	67	10	鄭州市中等學校紅衛兵總部
79	紅衛兵	67.10.1	創刊	河南省省會毛思想紅衛兵
80	紅衛兵報	66.10.1	創刊	鄭州市紅衛兵總部
81	紅衛兵報	68.6.22	5	洛陽市紅代會豫西紅衛兵革命造反司令部
82	紅衛兵報	66	7	開封市紅衛兵總部
83	紅衛兵報	66.12.30	6	洛陽市東方紅拖拉機製造半工半讀技校「八一六」戰鬥團紅衛兵革委會
84	紅衛兵報	67	2	河南省會中等學校革命造反司令部
85	紅色造反報	66.11.25	創刊	商丘紅衛兵革命造反司令部
86	紅色新聞	67.2.15	22	洛陽拖技校八一六戰鬥團

87	紅色電影	68.6	17	省電影公司反到底兵團開封八二四電影分公司
88	紅色公安	67.11.28	12	省公安廳
89	紅色戰報	68.7.1	8	商丘三代會商丘縣 1.23 革命大聯合委員會
90	紅旗戰報	67.3.2	創刊	洛陽礦山機器廠《紅旗戰報》臨時編委會
91	紅拖城	67.10.8	11	河南二七公社洛陽東方紅拖拉機廠
92	紅旗報	67.2.5	創刊	河南漯河市革命造反聯合會
93	紅旗	68.7.2	11	漯河紅旗
94	紅旗	67.9.19		二七公社鄭大附中紅旗二七印刷廠《紅旗》
95	紅旗漫捲	67.11.1	1	二七公社南陽分社徹底摧毀資產階級司令部聯絡站
96	革命風暴	67.11.6	創刊	省革命職工造反總部
97	革聯戰報	68.5.31	1	二七公社河南日報社革聯
98	革命造反報	68.5.16	72	鄭大聯委
99	革命造反報	67.2.15	8	洛陽東方紅拖拉機廠
100	革命造反報	66.11.16	創刊	豫西紅衛兵革命造反司令部
101	革命風暴	68.7.12	27	二七公社許昌分社禹縣火線指揮部
102	革聯戰報	68.5.31	1	二七公社河南日報社革聯
103	焦作紅衛兵	67	9	焦作市紅衛兵革命造反司令部
104	焦作戰報	68.5.31	1	4050 指揮部
105	紅色公安通訊	67.11.21		二七公社
106	追窮寇	68.7.15	1	二七公社南陽分社南陽縣總部
107	戰地黃花	67.11.25	36	二七公社南陽分社揪崔聯絡站安陽機床廠革聯
108	煤城二七	68.8.21	52	二七公社焦作分社
109	挺進報	66	8	開封師範赴京長征大軍
110	星火燎原	66	3	鄭州大學文革造反委員會
111	造反有理報	67.12.12	44	開封市紅衛兵革命造反司令部宣傳部
112	造反報	67.1.20	創刊	鄭州無產階級革命造反司令部宣傳部
113	新冶金	67.12.3	創刊	衡陽冶金機械廠革命造反聯合總部
114	新鄉紅衛兵	67	6	新鄉師院革命造反派

115	新生戰報	67.2.12	創刊	許昌專區印刷廠捍衛毛思想聯合造反司令部
116	新農院	67.9.16	17	河南二七公社豫西農紅總
117	新礦院	66	3	焦作礦業學院文革
118	新南開	67.5.11		南開八一八紅色造反團駐河南抓叛徒聯合戰鬥隊
119	新華社電訊	67.1.10	1	《開封日報》
120	新平頂山報	68.4.17	試刊	平頂山市軍管會
121	新虞城戰報	68.9.25	12	虞城縣三代會
122	新湯陰報	68.11.10	10	湯陰縣三代會
123	新平原	67.12.16	16	二七公社平原赤衛隊
124	新技校	68.7.7	25	省七技校革委會七技校革聯
125	新中牟	68.7.15	44	二七公社中牟縣革命造反總部
126	新濟原	67.11.1	4	二七公社濟原革命職工造反司令部
127	新桐柏	68.11.11	2	桐柏縣革會
128	新紡機	68.1.7	44	二七公社鄭紡機革命造反總部
129	新項城	68.11.11	5	項城縣三代會
130	豫西前哨	68.7.25	2	洛陽地區三代會
131	豫西分社報	68.1.17	35	河南二七公社豫西分社
132	新軸承報	68.9.8	34	洛陽軸承廠革委會
133	漯河二七	68.7.15	4	二七公社漯河分社
134	漯河鐵路	69.6.13	7	漯南鐵路建設工程指揮部
135	豫南紅旗	67.12.17	23	二七公社信陽分社
136	豫西鐵道	67.11.11	2	二七公社洛陽鐵路分局革命造反總司令部
137	豫南工人	68.8.5	26	二七公社信陽分社信陽地區革命工人造反聯合會
138	豫北風雷	67.9.8	10	二七公社安陽分社
139	豫西戰報	67.9.16	11	二七公社豫西分社
140	豫西風暴	67.2.1	創刊	豫西革命工人造反總部
141	解放河南	67.8.2	2	二七公社
142	燎原	68.1.1	40	鄭州糧院革委會二七公社糧院聯委

湖北

序號	名稱	時間	期號	組織
1	八二戰報	67.11.22	創刊	毛思想紅衛兵武漢地區八二革命造反團
2	八一七戰報	67.8.17	創刊	新武漢毛思想八一七革命造反司令部
3	一二二六	67.9.19	1	沔陽縣大修廠技校
4	人大三紅	67.9.17	5	首都紅代會人大三中紅中南通訊組
5	工人戰報	67.8.3	16	武漢地區鋼工總
6	工代會	67.12.26	2	黃石工代會
7	小總司	67.8.25	6	毛思想武漢地區小教革命造反聯合總司令部
8	二七通訊	68.1		二七辦事處
9	二七風暴	68.8.27		江歲車輛廠
10	工人通訊	68.6		漢陽工代會
11	工連戰報	67.9.16		《工聯戰報》
12	衛三紅	68.6.6		武漢
13	鬥王戰報	67.8.13	3	武漢地區革命造反派鬥爭王任重聯絡站
14	鬥陳戰報	67.8.26	創刊	武漢地區無派鬥陳總指揮部
15	工代會專刊	67.5.13		毛思想武鋼一冶紅旗革命造反總部工代會
16	三反一粉碎	68.7.28	6	鋼二司
17	鬥批改通訊	68.6		武漢地區革命工代會
18	文藝批判	68.1.11		鋼工總武重兵團工人文工團鬥批小組
19	文藝前哨	68.2.10	8	省文聯
20	文藝戰報	67.8.15	9	省直文藝界革命造反聯合指揮部
21	文攻武衛	68.4.26	2	湖北文攻武衛總指揮部
22	文革動態	67.9.17		上海市委組織部
23	文藝界通訊	68.1.7	14	省直文藝總部
24	長江通訊	67.9.1	3	鋼工總.鋼二司新水運聯絡組
25	六二四戰報	67.10.8	3	武漢工造總司十九分部
26	長江風雷	67	8	毛思想紅衛兵新武師革命造反臨時委員會
27	公安聯司	68.6.16	38	武漢鋼鐵戰士聯合總部武昌分部
28	火線文藝	67.10.18	4	鋼工總武東兵團新船機省工代兵文藝

29	無產者	67.8.25	4	武漢三司革聯新武師總部
30	長江聯司	67		《長江聯司》
31	東方紅	67.9.20		沙市
32	東方紅	67.5.18	22	武漢地區紅衛兵第三司令部
33	東方紅戰報	66.12.17	5	東方紅紅衛兵新華工總部
34	反覆舊戰報	69.5.12	創刊	武漢革命工代會中南勘察分院
35	鬥批改戰報	68.8.8	創刊	長航在漢單位革命三代會鬥批改組
36	中學鋼二司	67.10.1		鋼二司
37	五千里狂瀾	68.3.1		鋼二司吳家山中學
38	井岡山大樓	67.11.11		鋼工總
39	五湖四海	67.9.20	終刊	華中工學院
40	江城風暴	67.1.13	創刊	鋼二司
41	江城體育	67.10.1	創刊	鋼二司武漢郵電學院
42	風雷激	67.8.20		井岡山花園中學
43	井岡山	67.10.1		湖院革會
44	風雷激	67.12.28		荊州地區
45	電影戰報	67.11		《電影戰報》
46	婦虎戰報	67.8.10		省紅藝軍省影公司紅色造反團武漢文藝革司電影革聯武反三司攻革聯
47	電影戰報	67.10.12	4	鋼工總電信兵團
48	電信戰報	67.9.24	4	鋼工總電信兵團
49	四海風雷動態	67.9.20	11	中學紅聯新華司一附中革司紅旗公社
50	專揪陳再道戰報	67.9.7	1	《專揪陳再道戰報》
51	交通聯司	67.9.30		新湖北交通聯司
52	漢陽戰報	67.8.31	4	漢陽三鋼
53	巴河一司戰報	67.12.31		浠水八一八總司
54	反到底井岡山快訊	67.9.15	創刊	交大
55	市機關紅司通訊	68.3.13	13	武漢市機關紅色造反司令部
56	吶喊	67	2	毛思想紅衛兵武漢地質學校總部
57	爭朝夕戰報	67.3.4	創刊	武漢東方紅聯合指揮部
58	進軍號			《進軍號》
59	武漢鋼二司	67.1.5	57	紅衛兵武漢地區革命造反司令部

60	武漢三司革聯	67.11.7		《武漢三司革聯》
61	武漢貧下中農戰報	67.8.13		毛思想武漢地區農民總部
62	武漢造反報	67.3		紅色革命敢死隊造反野戰兵隊
63	武漢鋼工總	67.4.30		鋼工總、文藝兵省群眾文化館革命造反團
64	武漢鋼九一三	67.9.11	2	《武漢鋼九一三》
65	武郵電訊			《武郵電訊》
66	武漢工人	68.1.11	2	武漢地區革命工代會
67	武漢工人	67.9.30	4	鋼工總工人運動講司所
68	武漢烈火	67.7.24	2	武漢地區新聞界革命造反派
69	武鋼通訊	68.6.20	3	鋼九一三武鋼分團
70	武漢紅代會	68.4.18		《武漢紅代會》
71	武漢紅八月	67.9.20	13	「紅八月」造司
72	武鋼戰報	67.12.2	16	武鋼分團
73	紅八月造反報	67.1.26	創刊	武漢市中山大道 1075 號
74	紅工戰報	67.1.22	創刊	毛思想紅工革命行動武漢總部
75	紅衛山戰報	67	7	武漢大學紅衛兵井岡山紅旗、紅旗紅衛兵
76	紅衛兵戰報	67.1.9	號外	武漢地區大專院校紅衛兵總指揮部政治部
77	紅衛造反報	66	7	武漢地區紅衛兵第三司令部宣傳部
78	紅色工人造反報	67	7	毛思想武漢革命工人造反司令部
79	紅色尖兵	67	2	武漢測繪學院毛思想紅衛兵總部
80	紅色造反報	67.2.10	創刊	毛思想紅衛兵松滋縣新江口地區紅色造反派聯合總部
81	紅色造反報	66.12.28	創刊	武漢機械學院毛思想紅衛兵紅工兵紅教工總部
82	紅色造反報	67	5	湖北襄陽地區紅色造反者聯合指揮部
83	紅旗造反報	67	5	武漢毛思想武鋼一冶紅旗革命造反總部
84	紅色造反團	67.1.13		新華工
85	紅工兵戰報	66.11.21	25	武漢地區大專紅衛兵
87	紅色造反派	67.2.22		機械學院
88	紅色造反戰報	67.8.20		武紅司新華工毛思想紅衛兵新華工紅色造反團
89	紅水院	67.9.20	29	鋼二司三司三硬革聯

90	紅武測	68.1.1	49	武測繪學院革委會鋼二司紅武測總部
91	紅衛兵文藝戰報	67.7.11	創刊	紅武司
92	紅色工人	67.8.8		鋼二司
93	紅色農業	67.11		農口
94	紅色戰報	67.1.26		丹江地區
95	紅色教工	67.8.10	復刊	武漢紅教工
96	紅衛通訊	68.4.28		武工衛紡織廠
97	紅衛戰報	69.7.12		紅衛紡織廠
98	紅旗	67.2.25	6	北航紅旗、西安軍電臨
99	紅旗	67.1		武漢二十八中
100	紅衛兵	66.10.8		武漢中學紅衛兵總部
101	紅僑兵	67.9.20		武漢歸僑紅色造反派
102	紅旗戰報	67.9.12	2	武漢部隊政治部紅旗總部
103	紅八月公社	67.8.27	創刊	武漢新湖大
104	紅色挺進報	67.3.4	9	武漢共大紅色風暴
105	紅水運通訊	67.9.4		鋼二司紅水運
106	紅衛兵報	66.11.25	5	武漢市中等學校紅衛兵總部
107	紅旗通訊	67.9.2	2	鋼工總紅旗戰士兵團鋼二司紅旗中學紅十月
108	紅電波	67.7.27		《紅電波》
109	紅戰兵	67.8.20	1	毛思想紅戰兵武漢戰區革命造反司令部漢口革反團
110	紅楚囚	67.9.8	創刊	鋼工總紅楚囚兵團
111	紅聯總	67.10.14	3	黃石紅聯總
112	革命造反報	66	10	毛思想紅衛兵武漢地區革命造反司令部宣傳部
113	指點江山	67	3	新湖北醫學院《指點江山》編輯部
114	戰廣州	67	2	武漢紅衛兵第三司令部駐穗聯絡站
115	追窮寇戰報	67	9	毛主席路線紅衛兵新湖北大總部
116	鋼司新武大	67.8.6	創刊	鋼二司武漢大學赴穗毛思想宣傳隊
117	造反之聲	67.2.8	創刊	毛思想紅衛兵武漢地區革命造反司令部武漢郵電學院總部
118	造反先鋒戰報	67	5	武漢新華工毛思想紅衛兵紅色造反司令部

119	湖北紅衛兵報	67	8	湖北毛路線紅衛兵
120	兩湖戰報	67.11.17	創刊	武漢赤總工二司司令部
121	鋼二司美術戰報	67.10.25	創刊	鋼二司新美校總部
122	印刷戰報	67.8.20		《印刷戰報》
123	抓革命促生產戰報	67.4.27	24	武漢抓革命促生產指揮部
124	武漢鋼二總學習通訊	68.8.2		《武漢鋼二總學習通訊》
125	武漢軍工	67.9.8	2	鋼工總軍需兵團
126	燎原戰報	67.1.8	創刊	工農兵大學毛思想燎原戰鬥兵團
127	武漢青年	68.6.15	創刊	武漢地區革命工代會
128	激揚文字	67.1.1		新華工敢死隊軍印刷廠東方紅戰團
129	橫空出世	68.6.14		武漢工造總司魯迅兵團
130	百萬雄師	67.7.1	3刊	武漢地區革命造反派
131	李達問題	67.10	2	武漢大學
132	美術戰報	67.7	特刊	武漢水電學院
133	鋼城戰報	68.6.8	11	黃石工代會
134	革命大批判	67.10.1	創刊	鋼工總革命大批判辦公室
135	燎原	67.10.1	創刊	鋼二司新東中新一中學美校
136	猴王	67.9.1		武漢小教總司
137	驚雷	67.6.24		武漢市委機關
138	通訊	68.1.29		武漢紅色革命敢死隊
139	造反派	74.4.6	創刊	武漢地區革命造反派
140	鋼出儲	67.10.1		鋼二司漢口辦事處
141	鋼紅衛	67.8.9	創刊	武漢紅衛紡織廠
142	野戰軍	67.11.9	5	宜昌地區《野戰軍》
143	狂妄報	68.2		省文藝總部
144	石羊山	68.1.11		黃崗革命造反總司
145	新華工	67.2.1	創刊	華中工學院毛思想紅衛兵紅色造反司令部宣傳部
146	新武漢	67.8.5	1	新武漢赴京控告團武漢無派
147	新華司戰報	67.8.2	1	武漢地區無產階級革命造反派
148	新湖大	68.2.16	64	武漢新湖大革委會
149	新吶喊戰報	67	3	武漢大專院校毛思想紅衛兵駐穗聯絡站

150	新荆沙報	67.9.13		《新荆沙報》
151	新湖大	67	4	武昌蛇山新湖大編輯部
152	新荆沙	68.1.15		《新荆沙》
153	新東中	67.3.3	創刊	武漢中學紅聯
154	新文藝	67.6.1	創刊	鋼三司革聯湖北戲校總部
155	新華農	67.7.24	23	華中農院
156	新黃石	67.9.19	40	新黃石日報
157	新武外	69.9.13		新武外紅色造反派
158	新武大	67.5.7		紅衛兵武大指揮部
159	新汽兵	68.1.8		鋼工總汽兵
160	新省柴	67.12.15		省柴油機廠
161	新華中	68.5.29		《新華中》
162	新湖醫	67.9.15	18	鋼二司新湖醫總部三司硬革聯新聞湖醫紅造
163	新水運	67.8.31	55	鋼二司武漢水運工程學院
164	新一中	67.10.19	38	武漢中學紅聯新一中革司
165	新華工通訊	68.6.23	214	新華工革委星火戰鬥隊
166	新華師戰報	68.6.1	85	華中師範革委會紅工代會華師總部
167	新水運通訊	67.9.22	34	鋼二司武漢水運工程學院
168	新漢劇院	67.11.1	2	新漢劇院紅色革命造反團
169	新疆紅二司	67.9.3		武漢市版
170	新長江航運報	68.1.9		《新長江航運報》
171	關山反修前哨	67.7.8		武漢
172	三鋼戰報	68.6.24		沙市
173	造反有理	67.12.24	64	鋼二司武大總部
174	朝陽戰報	67.10.11	2	鋼二司湖北高校
175	院校工人	68.6.11	8	毛思想紅衛兵武漢地區司令部大專院校
176	地直總部	67.9.26	3	黃岡地直總部
177	保衛三紅	68.7.5	21	黃石工代會財貿總部
178	鐵軍戰報	67.9.6	1	工造反總司鐵軍司令部
179	紡織動態	67.9.3	專刊	工總司紡織系統聯絡總站武漢鋼工總
180	四六戰報	68.4.30	8	慶祝毛接見武漢地區科技界十週年大會
181	省直紅司	67.9.25	6	毛思想省直機關紅色造反司令部

182	省直戰線	68.2.26	9	鋼工總省直指揮部
183	造反兵報	67.1.30	3	鋼廠革造兵司令部
184	鋼城烈火	67.11.26		鋼工總武鋼兵團
185	電影戰報	68.4	8	黃石市無派抓革命促生產總部批毒草電影辦公室
186	丹江紅旗	67.9.9	9	丹江口地區革聯總部
187	追窮寇戰報	67.2.8	12	毛路線紅衛兵新湖大總部
188	爭朝夕戰報	67.3.7	7	武漢三司東方紅紅衛兵武師總部
189	新印刷通訊	67.10.6	5	沔陽新印刷司令部
190	鋼二司機院	67.8.27	31	武漢機械學院
191	紅色攝影戰士	67.1.10	1	中國攝影協會武漢分會
192	喚起工農千百萬	67.9.5		鋼二司黃石調查團
193	鋼武重	67.10.28	1	鋼工總武重戰鬥兵團鋼二司武重技校總部
194	燎原報	68.8.15	7	武漢農代會
195	鋼武昌	67.9.28	3	毛思想武漢工總武昌辦事處
196	揚子江	67.10.15	3	鋼工總武重戰鬥兵團鋼武重報新華師一附中鋼革司鋼聯
197	育紅報	67.10.28	3	大冶育紅師範文革會
198	追窮寇	67.7.11	17	紅衛兵一月革命造反總司令部毛思想黃石市印刷廠聯合造反司令部
199	熱烈慶祝毛光輝著作《講話》發表25週年專刊	67.5.23		鋼二司三司革聯省戲校總部
200	新十二中	67.8.22		武漢十二中

湖南

序號	名稱	時間	期號	組織
1	917戰報	68.4.5	3	中南礦冶學院九一七公社
2	工農兵文藝	67.3.22	2	省工農兵文藝造反總部
3	工聯戰報	67.8.8	2	湖南新化工聯新化共大勤務站
4	衛三紅	67.7.18	2	長沙一中紅造會文攻部
5	大批判	68.6.8	3	長沙革命大批判指揮部
6	工農兵演唱	67.5.20	5	省文化館《工農兵演唱》

7	大字報選	67.5.13	25	湖南大學文革籌委會宣傳組
8	文革戰報	67.2.25	24	湖南中南礦業學院文化革命聯合委員會毛澤東主義紅衛兵總部
9	文藝戰報	68.1.1	7	省直文藝界革命造反派聯合總部
10	工人戰報	68.9.14	9	長沙市工代會
11	三打倒戰報	68.7.20	2	長沙市革委會打倒投機倒把辦市無派治安指揮部
12	千鈞棒	67.4.4	12	湘潭革派聯籌委
13	反復辟戰報	68.1.5	2	長沙市中南礦冶學院辦公室
14	反武鬥戰報	67.6.28	6	省會無派制止武鬥聯指
15	中教聯	67.6.26	3	長沙市革派教職工聯合委員會
16	平反戰報	67.11.4	創刊	湖南紅旗軍基層組織平反調查組
17	長沙工人	67.6.4		長沙工人聯合革委會
18	長沙戰報	68.7.2		長沙紅代會
19	長沙6·6血案	67.6.25	專刊	日報紅色新聞兵、晚報新聞兵、省無派文化大革命追調團
20	打倒劉小奇	67.4.14	專刊	省文化館革命造反好得很戰鬥隊
21	六號行	67.7.21	3	工聯長沙市搬運公司六號行挺進縱隊
22	永向東	67.7.20	21	省委機關《永向東》革反戰鬥團
23	永向東	67.8.29	2	邵陽專屬機關永向東紅兵團
24	東方紅	67	13	毛思想紅衛兵湘西自治州大中學校革命造反司令部
25	東方紅	67.2.18	3	湖南省煤炭局湘煤東方紅革命造反聯絡站
26	東方紅戰報	67.6.30	31	長沙市高等院校紅衛兵司令部湖南財貿學校總部
27	一二〇	67.8.15	2	湖南聯合調查團
28	一中紅衛兵	67.12.25	創刊	長沙一中
29	618戰報	68.6.30	創刊	長沙地區
30	鬥和批修	67.12.10	9	長沙工聯
31	衝霄漢新共大	68.8.3	創刊	中南林勘院衝霄漢新共大東方紅公社聯辦
32	在險峰	67.6.5	5	團湖南省委機關革命造反團
33	孫大聖	67.7.12	2	毛主義公社紅衛兵孫大聖挺進軍

34	共青團戰報	67.2.15	創刊	紅衛兵共青團革命造反軍衡陽總部
35	狂人曲	67.5.13	創刊	毛思想學習小組
36	紅旗	67.1.8	創刊	北航長沙版
37	紅衛兵	66.12.26	特刊	毛主席的紅衛兵長沙總部一師大隊
38	紅衛兵	66.12.19	創刊	長沙市高等院校紅衛兵司令部駐衡陽造反軍
39	紅衛兵	68.9.28	5	工代會新化印刷廠委員會
40	紅衛兵	67.6.16	22	長沙市高等院校紅司湖大總部
41	紅電軍	67.7.12	3	湖南紅電軍
42	紅藝兵	67.11.2	12	省文藝屆紅色造反團
43	紅衛兵報	68.6.28	4	長沙市中學紅代會籌
44	紅衛兵報	66.10.31	創刊	紅衛兵衡陽大專院校總指揮部
45	紅衛兵報	68.5.12	3	邵陽市紅代會
46	紅教工	67	3	湖南紅教工革命造反縱隊礦院大隊
47	紅色文藝兵	67.6.24	7	湖南紅色文藝兵聯合委員會
48	紅色出版兵	67.3.31	7	湖南人民出版社紅色出版兵革命造反團
49	紅色新聞兵	67.12.14	49	湖南日報紅色新聞兵總部隊編印
50	紅色造反	67	2	紅色兵無產階級革命造反總司令部
51	紅藝戰報	67.11.15	4	湘江風雷紅藝兵省文聯紅旗支隊省文聯紅旗戰鬥隊
52	紅湘鋼	68.2.6	創刊	紅湘鋼鋼聯
53	紅色工人	67.12.26	5	長沙工代會籌
54	紅色暴動	67.2.9	1	中南林學院《紅色暴動》
55	礦院戰報	66.11.26	4	湖南衡陽礦冶工程學院《礦院戰報》編輯部
56	咆哮	67.9.25	4	《解放一大片打擊一小撮》湘江戰團省教聯長沙泥木工人
57	高校風雷	67.6.24	3	長沙市高校風雷挺進縱隊
58	星火燎原	67.10.28	特刊	井岡山紅衛兵
59	革命文藝	67.9.24	2	省文聯革反團
60	泥木工人	67.7.27	創刊	《工聯》長沙泥木工人聯委會
61	高校戰報	68.7.1	14	省《高校》戰報
62	抗暴戰報	67.6.17	特刊	湖南大學抗暴指揮部
63	近衛軍報	67.7.21	3	長沙誓死捍衛毛主席青年近衛軍

64	革命大批判	68.7.26	7	長沙革命大批判指揮部
65	金猴	67.7.21	2	湘江風雷挺進縱隊
66	革命造反戰報	67	11	湖大赴衡陽革命造反派
67	驚雷	67.9.25	1	湘江地委機關
68	迎朝陽	67.1.8	7	高校紅代會
69	追窮寇	67.5.29	專刊	湖南紅造
70	冶建工人	70.5.21		冶建公司革委會
71	首都紅衛兵	67.1		長沙分刊
72	延安戰報	67.2.18	創刊	高司湖南農學院延安公社
73	邵陽工人	67.8.10	4	邵陽工聯
74	戰報	67.2.14	專刊	長沙市高校紅衛兵司令部延安公社
75	觸靈魂小報	67.8.4	4	省委機關永向東革命造反戰鬥團宣傳部迎春到戰鬥隊
76	戰地黃花	67.12	8	長沙教工《戰地黃花》
77	氫彈	67.7.8	1	公檢法問題調查團
78	揪黑線戰報	68.1.20	9	邵陽地區無產階級革命派揪黑線兵團
79	揪壞頭頭戰報	67.11.12	1	湘江風雷挺進縱隊
80	湘江鬥批改	68.6.25	11	湘江縣革命大批判辦公室
81	湘中專案簡報	67.6.7	1	首都紅代會赴湘專案調查組
82	湘江潮	67.12.8	創刊	湘江風雷
83	湘江風雲	68.3.10	16	長沙工聯
84	湘江評論	67.1.1	創刊	長沙紅衛兵總部
85	湘江風雷	67.9.7	專刊	湘縱總司
86	湘江風雷	67.8.10	1	湘江風雷挺進縱隊邵陽地區司令部
87	湘江風雷	67.8		湘潭《湘江風雷》
88	湘江公社	67.3.10	專刊	湖南醫學院湘江公社文革委員會
89	湘江紅浪	67.12.6	4	紅衛兵長沙市大專院校革命造反司令部
90	湖南工人報	69.10.4	5	省市工代會
91	湖南文化戰報	68.8	16	紅藝師
92	湖南紅旗軍問題	67.10.4	3	湖南紅旗軍問題聯絡站聯合調查團主編
93	湖南工聯	67.12.14	12	省革派工人聯籌委
94	新長沙報	68.2.28	253	《新長沙報》
95	新化戰報	67.8.19	1	新化湘江風雷工聯共大

96	新湖南工人	68.9.12		省工代會
97	新礦冶	67.10.25	7	中南冶礦 917 公社革委會湘江風雷礦冶大隊工農兵紅色造反總隊
98	新綏戰報	67.12.2	1	長沙公安系統
99	韶山紅日	67.10.17	2	中南礦冶學院韶山兵團鬥批改
100	韶山鐵道	67	16	韶山鐵路臨時革命生產委員會
101	警報	67.5.23		紅衛兵長沙高校革造軍
102	麓山朝暉	67.9.21		617 公社

江西

序號	名稱	時間	期號	組織
1	一小撮戰報	67.11.6		南昌三中一小撮戰鬥團
2	二輕戰報	67.11.27		省直機關保衛毛思想聯合戰鬥團二輕廳戰鬥團
3	八一八戰報	67	2	北京醫學院八一八駐贛聯絡站
4	三元戰報	68.3.14	3	景德大聯籌房琯局紅衛軍縱隊
5	大批判	68.4.11	2	景德鎮市大聯籌
6	飛鳴鏑戰報	67.8.1		定南縣機關延安兵團
7	上饒戰報	68.9.10	165	江西農學院井岡山紅衛兵指揮部
8	上饒戰報	67.8.26	7	上饒無派大聯籌
9	衛東彪	67.10.21		贛州大中紅司三中衛東彪決戰兵團
10	反工報	67.9.30	6	江西大學
11	反復辟	68.12.22	27	省大聯籌清江縣反復辟大軍聯合指揮部
12	反復辟	67.6.19	3	上饒革命造反派反復辟聯絡線
13	反復辟	67.7.10	試刊	南昌地區文藝界反復辟聯絡戰
14	反復辟戰報	67.9.5	17	上饒中等學校紅衛兵司令部
15	反到底	67.2.21	創刊	景德鎮市新聞系統革命造反兵團主辦
16	火線報	67.5.6	創刊	景德鎮大聯委
17	火線戰報	68.8.29	144	省大中校紅司
18	鬥批報	68.4.6	16	贛州鬥批改辦公室
19	鬥批改戰報	68.4.10		贛州專區人行《愚公移山》造反團
20	文藝紅旗	67.1.25	創刊	全國文藝屆革命造反聯合總部江西分部
21	文藝戰報	68.16.16	21	省文藝界革命總指

22	井岡山	66	4	省大中學校紅衛兵司令部
23	井岡風雷	23145	7	江西農學院井岡山紅衛兵指揮部
24	井崗紅旗	68.5.16	31	井岡山地區革命派反復辟統一指揮部紅衛兵井岡山軍區
25	井崗紅旗	67.2.23	創刊	省委黨校紅色造反派總司令部
26	井岡山教育	68.6.22	38	省直機關保衛毛思想聯合戰鬥團教育廳革命造反隊
27	井岡山戰報	67.5.6	24	江西師範紅衛兵團指揮部
28	井岡山戰報	67	13	江西井岡山大學井岡山紅衛兵指揮部
29	井岡山戰報	67	5	江西八一大學井岡山紅衛兵指揮師
30	井岡山之聲	67.3.12	創刊	江西工學院井岡山紅衛兵部
31	井岡山戰報	69.8.12	28	省工農紅代會
32	井岡山戰報	67.4.24		贛南通用機械廠太陽升戰鬥團紅色先遣團
33	井岡山畫報	67.11	3	江西師範井岡山兵團美術部隊
34	井岡山畫報	67.5.15	5	江西師範井岡山兵團反復辟大軍美術部隊
35	中學紅衛兵	67.6.22	4	市中等學校紅衛兵反復辟聯絡站
36	豐城戰報	67.9.23	11	省大聯籌豐城地區反復辟聯絡站大中紅司豐城
37	井岡山	67.2.19	3	新餘紅衛兵革聯
38	風雷激	67.2.20	2	交通革命造反總指
39	中南海	67.9.20		贛南師院
40	毛思想紅衛兵	66.12.5	創刊	景德鎮市黨政直屬機關革命造反司令部
41	農學運動	67.6.29	創刊	市農革派聯指新江大井岡山紅衛兵指揮部文革籌委
42	今勝昔	67.9.12		紅工司《紅色勘探》
43	水電戰報	67.1.21	6	水電局
44	東方炬	67	7	井岡山大學造反派革命委員會世界革命紅衛兵指揮部
45	東方紅	67.3.15	創刊	江西師院東方紅公社
46	東方紅	67	29	江西省樂平中學《東方紅》紅衛兵司令部
47	東方紅	67.9.14		紅工司一糖廠東方紅
48	東方紅	67.11.26	31	冶院大中紅二司東方紅公社

49	東方紅戰報	68.4.16		農大革委會
50	東方紅戰報	67.4.26		江西冶院
51	樂平戰報	67.9.15	17	樂平無派大聯籌
52	江西戰報	67.9.27	18	省無派大聯籌
53	會刊	68.5.18	創刊	省首次活學活用毛思想積極分子總結大會
54	江醫戰報	67.5.29	10	江西醫學院造反派
55	向太陽	67.5.22		毛主席大型像井岡城
56	東方紅	67	10	江西贛州市大中學校革命師生統一指揮部
57	東方紅報	67.8.31	4	江西冶金學院東方紅戰鬥團
58	火線戰報	67.8.12	66	江西省無派大聯合籌委會
59	萬山紅遍	68.1.1	創刊	江西大中紅司上栗中學井岡山萍鄉報社專案調查組
60	工學戰報	67.5.23	2	南昌市工交系統南站地區無產階級革命派
61	樂平評論	67	11	樂江評論編輯部
62	江西廣播	67	10	省廣播管理事業局江西人民廣播電臺無產階級革命造反委員會
63	江農戰報	67.5.20	29	江西農學院文革籌委會
64	共產主義勞動大學	67	86	江西共大總校革命造反司令部
65	紅衛兵	67.6.28		贛州大中紅司
66	紅色曙光	67.2.26	2	萍鄉
67	紅色贛南	68.2.20	18	贛州工學院
68	紅色造反者	67.2.5	4	九江紅衛兵革命師生革命造反司令部
69	紅色造反報	67	18	國營洪都機械廠革命造反派聯合編委會
70	紅長城	67.11.27	創刊	景德鎮市紅長城鬥批改
71	紅旗快報	67.2.27	創刊	國營洪都機械廠紅旗公社聯絡站
72	紅江工	67.1.1	創刊	江西工學院文革籌委會政治部江西工學院
73	紅旗	67.2.14	3	《紅旗》兵團總部
74	紅色工人	67.11.21	13	贛州地區紅色工人造反總司
75	宜春戰報	68.5.5	105	省無派大聯籌宜春地區籌委會

76	蘇維埃報	67.11.22	創刊	景德鎮市
77	青春戰報	67.3.2		贛州航運分局
78	撫州戰報	67.9.1		撫州無產階級革命派大聯籌大中紅司撫聯
79	革命造反報	67	13	江西大學《革命造反報》編輯部
80	革命造反報	67	11	鷹潭八一八中學革命造反指揮部
81	信江戰報	67	7	省大專院校革命師生赴饒革命造反團
82	眞如鐵戰報	67	4	景德鎮瓷用化工廠《眞如鐵》革命造反兵團
83	造反戰報	67.1.3	創刊	省紅衛兵革命造反司令部
84	造反通訊	6	5	江西波陽革命造反派總指揮部《造反通訊》社
85	商業戰線	67.2.18	創刊	省商業系統革命造反派聯合總指揮部
86	瓷都紅衛兵	66.11.8	創刊	景德鎮市大中學校紅衛兵總指揮部
87	瓷都戰報	67.11.8	32	景德鎮市大聯籌
88	歸山風雲	68.7.4	48	贛州紅工司歸美山鎢礦革派聯站
89	教革通訊	68.5.30	6	省大聯籌革聯大中紅司教革組
90	窮追寇戰報	67.8.15	5	省黨校紅總司教工司令部
91	景德鎮戰報	68.8.20	20	景德鎮市無派大聯籌
92	造反有理	67.5.18	9	糧食廳保衛毛思想戰鬥團
93	萍鄉戰報	68.4.12	11	萍鄉大聯籌
94	首都紅衛兵	67.5.29	22	首都紅衛兵赴贛調查組
95	銅鼓紅旗	67.5.30	創刊	銅鼓縣無派
96	陶瓷戰報	67.8.4	1	景德鎮陶瓷學院
97	陶美戰報	67.10.10	2	景市陶瓷美術界革命造反派剷除文藝黑線聯絡站
98	新南昌報	67.2.4	創刊	省南昌市
99	新江大	67.5.14	18	江西大學
100	新黎川	67.2.24	創刊	江西黎川縣
101	新華社電訊	67.6.19	16	贛南日報無派贛州大中紅司
102	新共大	67.8.4	創刊	新共大校
103	站南昌	67.2.15		同濟東方紅戰南昌縱隊
104	贛縣戰報	67.12.29		贛縣大聯委
105	贛法戰報	67.9.13	30	贛南法專

106	贛江風暴	67.3.1	創刊	江西師院炮打劉鄧反動路線聯絡站
107	贛江評論	66.11.9	創刊	中共江西省委黨校《贛江評論》社
108	贛江評論			江西井岡山大學井岡山紅衛兵第四野戰軍《長征》
109	挺進報	67	12	江西中醫學院《挺進報》編委會

廣東（海南）

序號	名稱	時間	期號	組織
1	一二五戰報	67.2.28	創刊	廣州市公安局一二五革命造反聯合總部
2	一月風暴畫刊	67.11.2		省直機關
3	301戰報	67.3.15	創刊	廣州中醫學院301主辦
4	12.7紅旗	67.8.30		廣州紅司華南學院
5	10.2謀殺案	67.10.16	專刊	廣東工學院八一三紅旗公社革工總部
6	八二五戰報	67	2	天津工學院紅衛兵駐穗聯絡站
7	八二〇八二二事件	67.9.25	專刊	工人紅旗紅一司八二〇事件調查團
8	三司戰報	67.9.1		廣州大專院校紅工總司令部
9	三軍聯委戰報	68.8.17	5	廣州地區《三軍聯委戰報》
10	廣州工人	68.6.4	復刊	廣州工革聯《廣州工人》編輯部
11	廣州紅衛兵	66	7	廣州大專院校紅衛兵革命造反司令部
12	廣州紅衛兵	67	15	廣州大專院校《誓死保衛毛主席》總司令部
13	廣州戰報	67.2.17	創刊	《廣州戰報》編輯部
14	廣州紅司	67.9.20	22	廣州紅色造反司令部
15	廣州批陶	67.8.8	4	廣州批陶聯合委員會
16	廣州紅代會	69.1.23	23	廣州地區大專院校紅代會
17	廣州問題專刊	67.9.7	2	廣州工聯紅旗工人紅工司新一司三司機關紅司赴滬聯合戰鬥團
18	廣州文藝戰報	67.8.13	5	廣東專揪文藝黑線聯絡站廣州日報紅旗
19	廣印紅旗	68.1		廣州工革委
20	廣州日報	67.1.22	新1	
21	大方向	67.7.28	7	廣州
22	工人戰報	67.7.1		毛思想工人赤衛隊
23	工人紅司	67.8.31	創刊	廣州紅聯工人紅司

24	工交吶喊	68.6	創刊	廣州工交戰線工人革命聯合委員會
25	文革風雲	68.2	創刊	廣州市文化革聯《文革風雲》編輯組
26	文化紅司	67.9.3	創刊	廣東省文化局革命造反聯合委員會籌
27	文革評論	67.10.1	創刊	廣州批陶聯紅聯九二一縱隊
28	文藝革命	68.2	4	廣州文革聯
29	天兵怒	67.11.14	3	海康縣工聯紅九八機聯司
30	小兵	67	3	廣州毛主席紅衛兵小兵公社政治部
31	三輪車戰報	67.12.20	創刊	（鋼八一）三輪客車分部
32	公安紅旗	67.8.30	3	廣州市機關紅司市公安紅旗革命造反司令部
33	中大紅旗	68.5.27	20	廣州紅代會中山大學紅旗
34	中大戰報	67.3.6	創刊	中山大學革命造反派委員會
35	中學紅衛兵	67.8.14	創刊	毛主義紅衛兵革命造反聯合委員會
36	中學紅代會	70.1.1	31	廣州中學紅代會
37	井岡山紅旗	67.2.28	創刊	《三軍聯委戰報》
38	井岡山戰報	67.8.27		海豐井岡山
39	氣壯山河	68.7	創刊	廣州紅代會鋼三司《氣壯山河》編輯部
40	甘化造反報	67.11.18	13	江門甘蔗化工廠革派聯委
41	電影戰報	67.12	15	廣州《電影戰報》
42	反英抗暴	67.12.24	11	港沃日穗學生反英抗暴團
43	鬥批改戰報	68.3.11	創刊	海康工農紅代會
44	東風	67.11.20		廣州紅司華南師院革命造反委員會
45	東方紅	67.10.14	29	中山醫學院
46	東方紅	67	2	東方紅報編輯部
47	東方紅	67	3	華南工學院東方紅公社宣傳組
48	東方紅通訊	67.10.3	創刊	中山醫學院《東方紅通訊》編輯部
49	東風文藝	68.3.18	11	廣州地區工革會文化藝術系統委員會文化藝術革委會
50	東方紅戰報	67.7.6		新會農機廠東方紅公社
51	東方紅	67.9.16	15	廣州紅司暨南大學東方紅
52	農墾風雷	67.10.18	2	海南東方紅聯絡站機關聯委籌
53	機關紅司	67.8.18	創刊	廣州地區機關紅司
54	奪權	67.2.15	創刊	廣州人民廣播電臺《奪權》編輯部

55	華工戰報	67	2	華南工學院
56	風雷	67.12	8	廣州批陶聯委市機關紅旗廣州設計院風雷總部
57	紅衛兵	67.11.1	5	海南工農兵聯絡站紅聯站
58	紅色造反者	67.11.29	27	江門市工人革命聯絡委員會
59	紅衛兵紅旗	67.9.30	1	廣州批陶聯紅衛報長征戰團
60	紅海南	67.10.17	3	紅海南公社
61	紅旗風雷	67.6.10	5	海南紅旗地區革命造反派聯合指揮部
62	紅色造反報	67.11.5	5	工農兵海南紅反團
63	紅衛兵戰報	67.1.1	創刊	毛主義紅衛兵華南農學院野戰團
64	紅衛兵戰報	67.1.1		海南島海口市紅衛兵司令部政治部
65	紅華工	68.5.8	4	華南工學院革委會
66	紅衛戰報	67	2	廣東開平縣紅衛兵戰鬥兵團聯合總部主辦
67	紅衛戰報	66	8	毛思想紅衛兵廣州中醫學院總部
68	紅衛戰報	67.3.16	創刊	開平大中學校半工半讀聯絡部
69	紅衛戰報	66	4	華南工學院毛思想紅衛兵宣傳部
70	紅旗貧下中農	67.10.7	創刊	批陶聯委《紅旗貧下中農》編輯部
71	紅旗吶喊	68.7	創刊	廣州紅旗兵團 38 中兵團
72	紅旗評論	68.6	創刊	廣州《紅旗評論》編輯部
73	紅旗紅衛兵	68.5.16	創刊	江門紅三司一中紅旗
74	紅衛兵評論	68.6	創刊	紅代會廣州第一中學 7.1 革聯（紅旗）
75	紅色風暴	67	6	廣東省建工局機關「一・一七」革命群眾辦公室
76	紅工農	67.2.7	創刊	毛思想八一戰鬥兵團廣州革命造反派
77	紅色造反者	66.12.26	創刊	哈軍工紅色造反團北航紅旗駐廣州聯絡站
78	紅色暴動	67.2.19	創刊	中南林學院《紅色暴動》主辦
79	紅旗	69.9.22	14	廣州批陶聯委新一司廣州美院紅旗軍兵團
80	紅旗報	67.12.30	51	廣州三司華南工學院毛思想紅衛兵紅旗造反兵團宣傳部
81	紅旗戰報	67.1.5	創刊	廣東新會縣紅旗造反兵團聯合總部
82	紅旗戰報	67	13	中山大學紅旗公社宣傳部

83	紅鷹	67	2	廣東廣寧師範
84	紅湛江報	66.11.29	9	湛江
85	紅旗漫捲	67.11.17		廣州批陶聯省輕工系統革聯
86	紅戰報	67.10.31	12	省直機關
87	殲陶戰報	67.7.8	2	批陶部隊省直機關大聯合總部廣州郊區貧下中農革命派
88	延安火炬	67.5.70		廣州美院
89	省委機聯	67.9.1	創刊	機關紅司《省委機聯》編輯部
90	指戰江山	67.8.15	創刊	廣州紅司華工《指戰江山》編輯部
91	戰廣州	67.1.10	創刊	武漢紅衛兵駐穗聯
92	鋼八一	67.8.9	復刊	廣州八一戰鬥兵團
93	紅燈報	67.9.1	10	珠影東方紅紅代會北影院珠影廠
94	南鄉戰報	67.1.1		廣東地區無派
95	批陶號角	67.6.10		暨大毛思想總隊
96	珠海風暴	67.1.26		南下革命造反軍團
97	肇慶工代會	68.11.5		肇慶工代會
98	武漢鋼司	67.8	廣州版	
99	珠影東方紅	67.10.31	15	文革聯珠影廠東方紅
100	勞工戰報	68.3.23	3	廣州工革聯委印刷系統委員會勞動戰線批劉戰團
101	部隊紅旗	67.9.20	5	廣州部隊批陶聯委
102	海南紅衛兵	67.10.26	6	紅代會籌海南紅總
103	解放報	68.3	創刊	廣州批資平反聯委
104	批陶戰報	67	2	華工510課室
105	指戰江山	67	3	紅島革命造反司令部
106	南渡江評論	67.1.20	創刊	海南毛思想戰鬥團
107	戰鬥報	66	5	中山大學總部生物系
108	戰報	67	2	中南局直屬機關革命造反聯絡總部
109	新地總	67.8.28	創刊	毛思想工人赤衛隊廣州地區總部
110	新北大	67	4	新北大革委會駐穗聯絡站
111	新一司	67.5.7	創刊	廣州大中院校紅衛兵新一司宣傳組
112	新中大	69.3.22	22	中山大學革委會
113	新會報	68.10.1	98	新會縣革委會

114	新聞戰士	67.10.13	18	廣州日報
115	新珠影	67.12.13	11	工革會革反會珠江電影製片《新珠影》
116	戰省委	68.1.1	4	廣州工革聯《舉紅旗》廣州三司《電閃雷鳴》
117	指看南粵	67.10.26	7	廣州
118	橫掃顛風	67.1.23		江門市
119	鏟修報	67.1.24	18	廣州革派打倒劉少奇聯戰廣鐵總司廣州大專紅代會
120	革命造反報	67.1.28	1	韶山關地專機關驅虎豹革命造反聯絡總部
121	革命造反報	67.3.21	創刊	廣東開平永紅中學
122	湛江三代會	68.10.18	8	湛江工農紅代會
123	湛江紅代會	69.5.5	18	湛江大中紅代會
124	莽崑崙	67.10.15	創刊	工革聯八一戰鬥兵團文化系統分部
125	驚雷	67.10.21	創刊	批陶聯紅聯市（荔）小教紅司
126	譚江風暴	67	3	廣東開平第三司令部
127	新華電訊	67.2.28	2	海南日報革命派聯合
128	倒海翻江戰報	71.3.20	186	瓊山縣革委會
129	紅色造反報	67.11.5	5	工農兵海南紅反團
130	紅仿風雷	67.6.10	6	廣州紅仿地區無派聯指

廣西

序號	名稱	時間	期號	組織
1	一月風暴	67.12.27		梧州工總
2	八一紅衛兵	67	19	桂林市八一紅衛兵
3	4.22戰報	67.8.24		廣西「4.22」革命行動指揮部
4	八一八戰報	68.4.22	47	紅代會南寧818紅衛兵革反總部
5	千鈞棒	68.2.1	21	毛思想紅衛兵廣西南寧8.31獨立兵團
6	大軍報	68.7	2	廣西四二三柳州革命造反大軍
7	工機聯戰報	68.7.12	44	廣西422柳鐵工機聯總部
8	廣西教育革命	68.12.25	3	廣西無產階級教育革命聯絡站
9	廣西聯指報	68.8.4	增刊	廣西無產階級革命派聯指
10	廣西紅衛兵	67.4.20	14	廣西紅衛兵總部南寧市紅衛兵總部
11	工農兵通訊	68.5.1		橫縣革委

12	文化戰報	67.12.18	4	廣西無派聯指
13	廣西工總	67.11.1		422 廣西總部
14	在險峰	68.1.21	3	廣西聯指
15	兵團戰報	67	3	廣西桂林醫專革命造反聯合兵團
16	後備軍	67.7.26	8	解放軍後備軍
17	百萬雄獅	67.7.20	16	南寧地區無派
18	玉林聯指報	68.1.13	8	玉林地區無派聯指
19	五四鐵筆	68.8.19		廣西聯指
20	山城紅旗	68.2.28		梧州政法委
21	今日新聞	67.4.9	63	封閉《右江日報》執委
22	鬥陶戰報	67.1	9	廣西革大
23	鬥韋戰報	67.6.1	1	鬥韋聯絡站
24	要武	67.2.8		毛思想近衛軍
25	每日電訊	67.1.8	2	廣西日報革命職工
26	南疆烈火	67.6.8	5	廣西紅衛兵總部，毛思想紅衛兵南寧八三一部隊指揮部
27	南寧紅衛兵	67.12.30	23	聯指紅衛兵南寧大中指
28	南鐵工總	67.5.15		南寧無產階級革命派聯合指揮部
29	南寧農民運動	67.7.31	3	聯指市郊直 429 革司
30	風雷激	67.1.12		玉林地區無產階級革命派總指
31	慶九大簡報	69.4.17	4	貴縣革委會九六精神辦公室
32	紅雨	67.10.31	14	桂林市工農兵革命文聯
33	紅西大	67.9.11	19	廣西 422 廣西大學革聯紅總聯辦
34	紅衛兵	67	26	廣西柳鐵《紅衛兵》報革命造反編輯部
35	紅衛兵	67.1.1	2	百色城紅衛兵聯合指揮部
36	紅衛兵報	67.11.18	84	桂林市大中學校紅衛兵總部
37	紅色政法	68.2.13	5	廣西聯指紅色政法司令部
38	紅色電訊	67.9.15	46	廣西聯指
39	紅色造反報	66	2	廣西革命造反聯合司令部融水野戰兵團紅衛兵
40	紅戰報	67.7.23	6	梧州毛思想紅衛兵總部
41	紅色文化	67.8.18		廣西紅色文化聯合戰鬥兵團

42	紅色工人	67.12.4		紅色工人聯合總部
43	紅色通訊	68.5.12		柳鐵無派紅色通訊站
44	紅色新聞	67.3.10		《廣西日報》革聯
45	紅衛戰報	70.5.10		紅衛地區建設總部
46	紅衛兵戰報	67.7.12		南寧地區無派
47	紅旗戰鬥報	66.12.2	2	桂林紅旗紅衛兵司令部
48	紅色政權報	70.4.2		平南縣革委會
49	南疆風暴	67.12.25	50	422 區市革聯
50	紅色政法	68.2.13	5	廣西聯指《紅色政法》司令部
51	炮聲隆	68.2.14	20	廣西聯指《廣西日報》58112 革聯總部
52	聯指紅衛兵	68.5.14	2	南寧紅代會
53	革命造反報	67.1.26	7	南寧革反聯總南寧革反聯絡站
54	革命烈火	67.1.27	創刊	廣西全州縣紅衛兵總部工農兵革命造反兵團
55	革命洪流	67.6.8	創刊	柳州無產階級革命派《革命洪流》編輯部
56	梧州農民報	68.12.9	150	梧州專區革委會
57	抓革命促生產	68.1.25	67	貴縣人武部
58	鬼見愁戰報	67	21	廣西革大鬼見愁戰鬥隊
59	造反之聲	67	6	廣西梧州市毛思想革命造反團
60	柳州工總	68.6.13	6	廣西 422 柳州革命造反大軍柳州工總
61	柳州聯指報	68.8.17		柳州聯指
62	邕江戰報	69.5.27	17	南寧工農紅代會
63	邕江評論	68.3.14		422 邕江評論
64	雄關漫道	68.5.16		聯指雄關漫道總部
65	勁松	68.8.13		廣西聯指保衛處湯丘紅衛兵司令部
66	朝陽	67.7.30	創刊	廣西聯指毛思想五七宣傳站
67	揪爬蟲	68.5.1		廣西聯指紅衛兵南寧大中指揮部
68	戰惡浪	67.7.30		柳州紅衛兵革命造反總指
69	新聞前哨	68.8.7	創刊	廣西日報社大聯委
70	新南寧報	67.2.1		《新南寧報》
71	新桂林報	67.1.23	創刊	桂林市革命造反大軍

72	新聞報導	67.3.21	18	封閉《廣西日報》執委
73	新華社電訊	67.1.14		《南寧晚報》革命職工
74	柳專戰報	68.11.48	3	422 柳州革反大軍柳州地區各縣革反大軍大聯委
75	邕江怒吼	68.7.15	21	廣西聯指《邕江怒吼》
76	4·22 戰報			廣西 4·22 革命行動指揮部《4·22 戰報》編輯部。
77	廣西聯指報	1967	創刊	廣西無產階級革命派聯合指揮部。
78	邕江怒吼	1968	創刊	廣西聯指《邕江怒吼》編輯部
79	百萬雄師	1967.5.15	創刊	南寧地區無產階級革命派《百萬雄師》編輯部
80	革命造反報			廣西南寧革命造反聯合總部、南寧革命造反聯絡站
81	廣西紅衛兵			廣西紅衛兵總部
82	南寧紅衛兵	1967.6	創刊	《南寧紅衛兵》編輯部
83	南疆烈火			廣西紅衛兵總部、毛澤東思想紅衛兵南寧八三一部隊指揮部
84	千鈞棒			毛澤東思想紅衛兵廣西南寧八三一獨立兵團
85	818 戰報			廣西南寧市 818 紅衛兵革命造反總部
86	紅西大	1967	創刊	廣西大學革命造反聯合指揮部、紅衛兵總部
87	炮聲隆			廣西日報社 58112 革命聯合總部
88	廣西工總			廣西工總《廣西工總》編輯部
89	紅衛兵報			桂林市大中學校紅衛兵總部
90	鬥陶戰報			廣西革命大學鬥爭陶鑄聯絡站（桂林）
91	老多戰報			廣西革命大學
92	革大老多（原名《老多戰報》）			廣西革命大學
93	五四鐵筆戰報			桂林市《五四鐵筆戰報》編輯部
94	戰惡狼	1967	創刊	柳州紅衛兵革命造反總指揮部
95	柳州工總			廣西四二二柳州革命造反大軍柳州工總
96	柳州聯指報			柳州無產階級革命派聯合指揮部
97	紅衛兵			柳鐵紅衛兵報革命造反編輯部

98	鋼聯指	1967	創刊	柳州鐵路局無產階級革命派聯合指揮部
99	西江怒濤			梧州市工交戰線革命造反司令部、財貿戰線革命造反司令部等
100	廣西4‧22			廣西四二二赴京匯報團
101	8‧18戰報			廣西南寧市8‧18紅衛兵革命造反總部
102	新桂林報			桂林市革命造反大軍
103	桂林聯指報			廣西無產階級革命派桂林聯合指揮部
104	八一紅衛兵			桂林市八一紅衛兵
105	鬼見愁戰報			廣西革大鬼見愁戰鬥隊
106	兵團戰報			廣西桂林醫專革命造反聯合兵團
107	轟	1966	創刊	桂林五中毛澤東主義紅衛兵
108	革命洪流			柳州無產階級革命派《革命洪流》編輯部
109	4‧22通訊			廣西四‧二二柳州革命造反大軍駐穗《怒濤》通訊組
110	工交兵團報			柳州工交兵團
111	紅彤彤			柳鐵工代會
112	東風			柳州日報社革命職工
113	紅戰報			梧州毛澤東思想紅衛兵總部
114	造反之聲			廣西梧州市毛澤東思想革命造反團
115	山城烈火			廣西4‧22梧州革命造反大軍二七工人革命造反總部
116	欖口戰報			融水縣欖口電灌工程指揮部
117	風雷激			玉林地區無產階級革命派「風雷激」編輯部
118	先鋒戰鬥報	1966.12.26	創刊	中共興安縣委保衛毛澤東思想先鋒戰鬥隊
119	要武			毛澤東思想近衛軍
120	革命烈火			廣西全州縣紅衛兵總部工農革命造反兵團聯合總司令部
121	紅衛報			百色城紅衛兵聯合指揮部
122	紅色造反報			廣西革命造反聯合司令部融水野戰兵團紅衛兵

陝西

序號	名稱	時間	期號	組織
1	一月風暴	67.2.18	創刊	陝西寶雞地區工礦企業文化革命造反總部
2	一二.八造反報	67.2.24	無	陝西寶雞市三八信箱臨委會
3	2.18 戰報	67.7.22	6	西安市地區革命工人造反總司令部西安鐵路省建工局市服務系統房地局一商局二商局
4	八一七戰報			寶雞中學文化革委會
5	人民交大	67.5.31	46 期	西安交通大學無產階級文化革委會
6	人民政法	66.12.26	創刊	西北政法學院文化革命委員會籌備處
7	九二血案	67.9.11	專刊	工總司省級印系司 544 長工造會工總司驅虎豹軍團
8	衛東	67.8.5	10	天津南開大學《衛東》西安版
9	工農兵文藝	67.10.1	10	毛思想工農兵文藝西安革命造反總部
10	萬丈長纓	67.10.1	3	工總司直屬市造紙印刷司令部縛蒼龍兵團，西北 85 反到底兵團西安交大 851 支隊
11	八二四	67.8.4	西安版	開封師院八二四革反委
12	文化風雷	69.3.10	8	駐省工農兵藝術工宣隊省工農兵藝術館革委會
13	文藝戰報	67.6.20	2	西安地區毛思想文藝兵團
14	中學報	67.6.15	11	統指中等學校部
15	文藝演唱	67.5.23	2	周至縣工農兵文化館
16	無產者	66.12.27	創刊	西安地區工礦企業無產階級文化革命聯合會
17	風雷報	67	12	西北國棉文革臨委會
18	天天向上	67.6.1	專刊	毛思想工農兵文藝西安革命造反總部
19	馬興事件	67.1.24	2	馬興事件專案聯合調查團
20	電影戰報	67.9.22	3	毛思想文藝兵團電影系統革命造反總部西北大學文藝籌委會衝霄漢兵團
21	電影風暴	67.1.1	2	西安工農兵批判毒草影片服務站
22	光陰迫	67.8.7	4	西北工大文革光陰迫兵團
23	漢江風暴	67.8.21	8	西安工農兵批判毒草影服務站

24	漢江風雷	68.3.3	53	安康六總司安造司
25	東方紅	67.6.2	25	西安外國語學院文革臨委會
26	東方紅	67.1.24	無	陝西寶雞中學文革會
27	東方紅旗	67.9.15	2	工聯東方機械廠紅旗
28	五七專刊	68.5.7		西南學院《探索者》
29	西安工人	68.7.21	13	西安地區革命工代會
30	西北工大	66.10.1	創刊	西北工大文革會
31	西工院	67	3	西安工業學院文革臨委會
32	向工農	67	10	西安交大無產階級文化革命委員會
33	全無敵	67	7	西安電力機械製造公司系統文革籌委會
34	血戰中原	67.7.21	4	河南二七公社西安版
35	反修報	67.10.31	7	西安地區批判劉鄧聯絡委員會
36	先鋒報	67.10.15	10	西安統指
37	印總	67.8.28		延安縣印刷廠革命造反總部
38	爭朝夕	67.9.5	9	西安韓森案地區無派大聯合促進會
39	西安評論	67.10.12	創刊	陝師大《西安評論》
40	西郊春色	67.8.15	創刊	西安統指《西郊春色》
41	紅雨	66.12.26	1	西安電力技校《紅雨》
42	紅小兵	67.12.1	創刊	西安紅小兵造反部
43	紅色畫報	67.5.23	創刊	陝西美工者
44	紅旗野戰軍	67.1.1		西北大學《紅旗野戰軍》
45	紅色前哨	67.10.17	3	西安地區政法系統革命造反總部
46	紅色工人	67.11.16	30	西安地區革命工人造反總司令部
47	紅衛兵	66.10.1	創刊	西北工業大學毛主義紅衛兵總部
48	紅衛兵	67.5.25	11	寶雞市毛主義紅衛兵總指揮部
49	紅衛兵	68.3.15	28	西安地區紅衛兵革命造反司令部
50	紅色造反報	67.9.21	17	西北局機關紅色造反總部
51	紅色造反報	67	2	陝西寶雞中學文化革命委員會
52	紅冶金	66	4	西安冶金建築學院文革籌委會
53	紅礦工	67	1	西北地區煤炭系統革命造反聯絡總站
54	紅外院	67.7.14	32	西安統指西安外院文革籌
55	紅爛漫	68.6.28	5	西安二印廠協商會大聯辦
56	紅園林	67.8.5	4	西安地區園林批修聯絡總部

57	紅旗戰報	67.6.19	31	西安公路學院紅旗文革臨委會
58	紅治院	67.1.13	6	西安冶金建築學院文革籌委會
59	勁松	68.1.27	3	西安地區工聯統指慶安公司井網山儀表廠匕首投槍五四四廠六·九兵團
60	呼聲急	67.8.29	4	西安礦院呼聲急戰鬥隊
61	追窮寇	68.6.14	7	西安二印廠大聯辦文革臨委會
62	追窮寇	67.8.22	2	統指師大籌追窮寇兵團
63	送瘟神	67.2.9	無	西安地區紅衛兵革命造反司令部
64	送瘟神	67.8.23	2	西北局臨指 85 炮戰兵紅治院 617 戰鬥隊
65	起宏圖	67.1	創刊	西北大學《起宏圖》
66	延安大學			延安大學八二八野戰軍
67	延安之聲	67.7.5	2	統指紅革司
68	城建戰報	67.11.1	5	陝西地區基建戰線鬥批改聯絡委員會
69	政法戰線	67.11.30	13	西安地區政法系統革命造反總部
70	驚回首	67.8.6	4	西安交大驚回首戰鬥隊
71	造反有理	67.4.1	12	西安工農兵美術學院文革會
72	咸陽風雷	68.5.13	增刊	咸陽工農紅代會市級機關大聯委
73	革命青年	67.7.1	5	西安紅司統指徹底摧毀劉鄧在青年工作中的反革命修正路線聯絡站
74	革命造反報	67	12	西安地區革命造反派奪權委員會
75	造反有理	67.1.23	創刊	西安地區毛澤東思想捍衛軍西電公司分團
76	消息快報	67.3.27	2	印刷廠文革等 29 兵團
77	渭煤烽火	67.9.21	2	銅川 2.12 派，渭煤系統紅色造反聯合總部
78	陝西紅衛兵	68.6.8	創刊	省大專院校紅代會
79	解放大西北	67.10.18	5	統指西安醫學院臨委會井岡山紅旗東方紅公社
80	陝工大	67.2.20	無	陝西工業大學文革籌委會
81	陝紡戰報	67.2.24	特刊	陝西紡織系統革命造反總部
82	礦院新聲	67.1.1	創刊	西安礦業學院文革籌委會
83	聾人造反報	67.7.21	4	西安礦業學院文革籌委會西安地區革命工人造反總司令部聾人分部

84	燎原	66.11.22		西北大學《燎原》
85	銅川新聲	67.8.21	號外	銅川地區《銅川新聲》
86	教育戰線	67.1.12	1	西安小教
87	新疆紅衛兵	67.8.18	西安版	
88	新西大	67.1.1	創刊	西北大學文革籌委會紅衛兵總部
89	新西農	66.12.26	創刊	西安西北農學院文革籌委會
90	新師大	66.9.27	創刊	西安地區大中院校統一指揮部
91	新軍電	67.4.19	特刊	西安軍事電訊工程學院文革臨委會
92	新政法	67.8.18	33	西北政法學院文革臨委會
93	新西醫	67.9.6	2	統指新西醫臨委會井岡山紅旗批鬥彭高習反黨集團小組
94	新綏德	68.8.6	10	陝北綏德

甘肅

序號	名稱	時間	期號	組織
1	二七紅衛兵	67.4.6	6	紅衛兵蘭州二七兵團
2	工人戰報	67.1.1	創刊	蘭州地區無產階級文革工人聯合戰鬥總部
3	五七戰報	68.8.18	14	蘭州大專紅代會
4	文革通訊	67	20	蘭州大學「六・七」文革通訊社
5	東方紅	68.7.14	44	平涼專區《東方紅》
6	東方紅戰報	67.7.10	21	甘肅師大革反總部
7	紅衛兵	67.3.25	18	紅衛兵蘭州「九・三」革命總部
8	紅衛兵報	66	3	蘭州大學《紅衛兵》編輯部
9	紅衛軍戰報	66	3	蘭州市紅衛兵總部籌委會。蘭州市大專院校紅衛兵總部籌委
10	紅三司	67.5.21	創刊	甘肅紅色造反派第三司令部
11	紅鐵院	67.3.9	5	蘭州鐵院紅革司
12	紅色長征報	67.5.23	15	紅色長征團政治部
13	紅色串連	67.1.1	創刊	赴蘭州紅衛兵蘭西部隊政治部宣傳部
14	紅色戰報	66.12.20	創刊	蘭州紅色革命戰鬥總部
15	紅色通訊	67	2	蘭州地區無產階級文革工人聯合戰鬥總部
16	紅色風雷	67.7.6	12	省大專院校紅委會師大紅司

17	紅色造反報	67.7.24	3	蘭化《紅聯》
18	百銀戰報	69.5.23	368	百銀公司革委
19	教育革命	69.11.12	36	蘭州市革委會大中紅代會
20	春雷	67.2.9	創刊	甘肅工業大學革命造反總司令部
21	革命造反報	67.1.20	創刊	甘肅師範大學革命造反兵團
22	戰報	66	4	蘭州市徹底批判資產階級反動路線聯絡總部
23	換新天	67	2	蘭州市石油化工廠無產階級革命派聯合總部
24	繼湘江評論	66.11.18	創刊	毛思想甘肅聯合戰鬥總部
25	新天水	68.1.25	68	天水地區工農紅代會
26	警衛戰報	67.1.1	創刊	蘭州大學毛思想警衛連警衛戰報編輯部
27	驚雷戰報	67	12	甘肅林兆縣東方紅中學革命造反聯絡總部

青海

序號	名稱	時間	期號	組織
1	八一八戰報	67.8.24	51	八一八革命造反派紅代會
2	八一八戰報	67	24	青海省八一八紅衛兵司令部
3	大批判	67.12.17	專刊	省八一八紅宣兵戰鬥團
4	電影戰報	67.10.15	11	青海八一八紅宣兵戰鬥團
5	西寧戰報	68.9.1	13	西寧市八一八革派聯委
6	青海紅衛兵	66.12.13	創刊	青海紅衛兵總部
7	崑崙紅旗	67.5.20	2	青大畜牧獸醫學院文革籌備處
8	八一八工人戰報	68.9.1	36	省大交系統八一八革派聯委
9	紅宣兵	68.5.31	19	八一八紅宣兵戰鬥團

新疆

序號	名稱	時間	期號	組織
1	大批判	68.4.10	6	工促會新藝革聯新疆工農兵文文聯
2	衛東戰報	68.3.10	24	新疆軍區步校無產階級革命派大聯籌
3	鳳凰紅旗	67.11.1	8	石嘴山地區無派總指揮部《風展紅旗》
4	天山怒火	67.9.20	2	《天山怒火》
5	天山工人	68.9.5		《天山工人》

6	古田紅旗	67.12.24	12	新疆紅衛兵革命到底聯絡站八一農院古田紅旗
7	農牧戰線	68.1.22	8	烏魯木齊地區農代促進會
8	兵農造	67.9.20	2	新疆軍區學院革命造反司令部
9	銅川新聲	68.1.20	28	銅川地區革命造反者大聯總會
10	紅旗戰報	67.1.7	創刊	新疆紅二司八一農學院紅旗革命造反團
11	紅聯戰報	69.3.7	67	克拉瑪依革命派聯總
12	紅色風暴	67.9.20		紅二司醫學院紅色風暴
13	軍墾戰報	69.9.7	55	新疆軍區生產建設兵團
14	星火燎原			新疆紅二司新疆大學星火燎原編輯部
15	貧下中農	67.2.9	創刊	新疆貧下中農革命造反總司令部
16	新疆烽火	68.1.4	3	哈密無產階級革命造反總司令部
17	新塔城報	68.4.10	245	塔城專革委員會
18	新疆紅衛兵	67.1.12	號外	新疆紅衛兵革命造反司令部政治部
19	新疆紅衛兵	68.6.15	47	新疆紅衛兵紅二司《新疆紅衛兵》
20	新疆革命職工	67.8.18	1	新疆革命職工革命造反司令部
21	新疆簡訊	67.9.21		職工總司
22	新工總	67.11.15	2	新疆革命職工造反司令部宣傳部
23	革命造反報	67.6.1	4	新疆《革命造反報》編輯部
24	新疆烽火	69.9.25		克拉瑪依紅二司

四川（重慶）

序號	名稱	時間	期號	組織
1	123 炮聲	67.10.14	3	潼南縣革命造反司令部
2	8.15 戰報	66.12.9	創刊	重慶大學紅衛兵八・一戰鬥團
3	8.31 戰報	67.5.15	3	重慶紅衛兵革命造反司令部重慶二機校
4	11.19 戰報	67.5.12	新	132 廠 11.29 革命造反派
5	10.1	68.1.19	創刊	四川醫學院《10.1》
6	一○・五風暴	67.2.1		第七軍醫大學《一○・五風暴》
7	二七戰報	67.3.3	4	重慶工人《二七戰報》
8	八一戰報	67.7.18	8	重慶八一兵團
9	八一五烽火	67.1.24	創刊	革命聯合委員會重慶紅衛兵革命造反司令部重慶師專

10	八‧一八戰報	66.12.26	創刊	重慶建工學院紅衛兵《八‧一八》戰報
11	八‧二六炮聲	67.1.28	創刊	四川大學東方紅八‧二六戰鬥團紅衛兵川大支隊
12	八‧三一戰報	67.5.12	21	紅衛兵成都部隊成大支隊．成都大學八‧三一戰鬥團
13	八一五戰報	67.6.18	27	紅衛兵革命造反司令部
14	八二八戰報	67.11	44	四川遂寧《八二八戰報》
15	八二七戰報	67.12.31	3	重慶工總司重紡五廠八‧二七縱隊
16	八二六驚雷	68.5	44	西南農院八二六戰鬥團
17	八路軍炮聲	68.1	1	八路軍炮轟總部聯絡站
18	八二六紅旗	67.5.15		《八二六紅旗》
19	二七戰報	67.6.12	13	成都毛澤東思想二七戰鬥團
20	九一二	67	6	四川瀘州醫學專科學校「九一二」革命戰鬥團毛思想紅衛兵
21	九一五戰報	67.1.15	創刊	紅衛兵成都部隊川醫支隊四川醫學院九一五戰團
22	九七戰報	67.5.13	16	紅衛兵成都部隊川師支隊川師毛主義戰鬥團
23	九‧二一炮聲	67.11.26	7	反到底重慶工總司
24	九七風雷	68.1.10		江津警備區一中九七司令部
25	九江怒濤	67.12.8		江津農校紅總
26	九八戰報	68.9.8	30	江中反到底
27	九七戰報	67.12.15	16	江津師範
28	九一五戰報	67.3.21	6	工人造反軍
29	九一二戰報	67.12.21	17	醫專《九一二》
30	九五戰報	67.10.1	26	南充師專
31	十一戰報	67.1.27	創刊	紅衛兵成都部隊成都工學院總部十一站戰鬥團
32	川北紅衛兵	67		四川毛主義南京紅衛兵司令部
33	川九烽火	67.8.18	創刊	成工團
34	川民風暴	67.1	創刊	成都民政《川民風暴》
35	川大風暴	67.11.18	5	川大《川大風暴》
36	川北風暴	67.11.22	8	南充縣臨聯紅衛兵部隊

37	大會通訊	67.1.20	創刊	金華地區革命造反聯合委員會鬥批改指揮部
38	大喊大叫	67.5.14	2	成都工人革命造反兵團外東分團
39	衛東	67.6.13		衛東新聞造反團（萬縣）
40	工農兵文藝戰報	67.1.15	25	成都工人業餘文藝革命造反兵團
41	小教八二六戰士	68.6		成都小教解放大西南造反團東方紅826戰鬥團
42	萬油怒火	67.11.18	19	隆礦
43	工農兵文藝戰報	67.6.18	4	工農兵文藝中江分區
44	小人物	67.10.27	7	印刷園林 29 中
45	小人物	68.3	17	反到底派
46	千里雷	67.6.16	17	重慶紅衛兵造反司令部搬裝公司
47	千滴淚	67.10.10		璧山中學樂彪衛士
48	千鈞棒	67.9		紅五一反修革團天津大學八一五紅衛兵赴川組
49	大寨人	68.2.10	9	貧下中農成都新四軍總部
50	萬山紅遍	68.4.27		綿陽工代會專署無產階級革命派聯總
51	山城紅旗	68.1.24	26	反到底重慶工總司
52	山城反到底	67.8.31	1	重慶反到底
53	山城怒火	67.8.14	創刊	重慶市無產階級反到底派
54	山城戰報	67.3.28	5	重慶市革聯會宣傳委員會
55	山城紅衛兵	66.11.5	創刊	重慶市紅衛兵革命造反司令部
56	山城八一五	67.6.27	創刊	重慶財貿工人八・一五兵團
57	山城通訊兵	67	2	重慶郵電學院《山城通訊兵》編輯部
58	山城怒火	67.8.17	創刊	重慶無產階級革命派紅代會赴渝戰鬥兵團
59	山城通訊	67.9.7	創刊	成都文藝公社
60	山城通訊	67.9.21	3	重慶文藝公社
61	山城通訊	67.9.15	2	重慶文藝公社自貢版
62	鬥批改	67.6.30	2	重慶市革命造反聯合會鬥批政指揮部
63	風雷激	67.5.22	2	成都工人革命造反兵團 249 部隊
64	雲水怒	67.12.4	1	原《西南鐵道建設》報
65	風雷激戰報	67.7.3	5	重慶楊家坪地區支革聯合指揮部
66	風雷激	68.5.16	6	工人造反三十中

67	公安風雷	67.10.21	7	成都公安革聯會成都公安革反總部
68	公安七之聲	67.6.3	3	自貢市中等學校毛主義公社
69	無產者報	68.1.26	24	樂山五通地區工代會
70	無限風光	68.2.16	8	《無限風光》
71	公安公社	67.6.2	創刊	成都公安公社宣傳組
72	公安反到底	67.12.31	5	重慶反到底公安紅一方面軍
73	鬥批改	67.11.5	7	815 革聯會
74	鬥批改	68.12.10		成都《鬥批改》
75	衛東戰報	67.7.18		成都公安衛東戰團
76	無產者報	68.1.26	24	五通地區工代會
77	五洲戰報	67.8.27	6	江油地區革命造反派總司令部
78	五湖四海	67.5.29	創刊	五湖四海慰問團
79	五七炮聲	67.5.22		成都工人造反團
80	五七戰報	67.8.13	7	省級機關革命造反司令部
81	井岡山	67.7.13	4	軍工井岡山望江東方紅公社重慶井岡山紅衛軍總部
82	井岡山	68.4	6	重大井岡山公社
83	井岡號聲	68.5	4	重慶中學生紅衛兵反到底司令部三中井岡號聲
84	井岡山紅旗	68.1.27	5	重慶反到底工總司建工井岡山部
85	井岡山風暴	67.6.9	2	新都機械公司井岡山公社
86	井岡山炮聲	67.6.9	2	紅成都氣象學院支隊川醫九一五戰團氣校井岡山分團
87	井岡山——9	67.7.15	1	成都工人造反團井岡山革命造反兵團
88	井岡山	67.8.10	2	四川石油學院井岡山戰鬥團
89	井岡山	67.767.9.11	6	成都工建一局中技校東方紅第二野戰團
90	井岡山	68.3.12	1	蓉工戰團井岡山一月革命
91	井岡山	67.11.13		成都紅三司十五中井岡山兵團
92	井岡山之聲	67.7.18	24	成都工人革命造反兵團總部
93	中學生紅衛兵	67.5.18	4	重慶中學生紅衛兵紅聯會
94	中八二六炮聲	67.5.18	43	東方紅 826 戰鬥團財政學校分團
95	中八二六炮聲	67.11.15	48 前線	紅三司省財校紅色造反聯合委員會
96	中八二六	67.5.11		紅三司東方紅八二六戰鬥團中學部

97	中學生評論	67.11.16	創刊	成都紅三司
98	中學生紅衛兵	67.12.10	4	紅衛兵成都中學部
99	中醫藥戰報	68.5.10	創刊	826派
100	文攻報	68.1.30	15	重慶反到底革命派
101	反到底戰報	67.8.13	創刊	重慶反到底派建設地區聯合指揮部
102	反到底炮聲	68.3.1	創刊	造反軍輕工兵團
103	中流擊水	68.4	2	成都小教解放大西南革命造反兵團
104	五冶井岡山	67.7.9		成都五冶井岡山
105	工農兵文藝	67.7.18	創刊	成都工農兵文藝公社
106	反到底炮聲	67.11.1	5	紅衛兵成都造反聯合會指揮部
107	文藝戰線	67.7.12	創刊	成都地區總部紅衛兵成都革命文藝
108	中流擊水	68.3	創刊	南充造反派
109	文革	67.1.30	24	成都打李總站
110	無限風光	68.2.16	8	
111	八二六炮聲	67.12.10	2	東方紅八二六十二中分團
112	巴蜀烽火	67.9.17	4	成都工人革命造反兵團江電縱隊
113	飛鳴鏑	67.12.3	6	成都工學院1011部隊
114	飛雁	68.2.29	創刊	錦州評論
115	井岡戰士	68.2	創刊	紅三司成都附中井岡山
116	軍團戰報	67.5.15	2	毛思想工人紅衛造反軍團
117	軍工井岡山	68	10	成都軍工井岡山總部
118	火線報	67.7.27		渡口
119	公社之聲	67.6.3		自貢市中等學校毛主義公社
120	長安戰報	67.9.26	5	軍工井岡山
121	軍工戰報	67.11.23	6	重慶工人總司令部軍工井岡山總部
122	軍工炮聲	68.5	4	重慶軍工空壓宜賓版
123	四六炮聲	68.2	2	半工半讀總部
124	水電風暴	67.7.3		成都工人造反兵團水電分團
125	四一六炮聲	67.9.2	創刊	綱溪中學紅旗、敘永版
126	只把春來報	68.2	2	合江紅衛兵
127	軍工炮聲	68.1.5	創刊	反到底重慶空壓廠
128	四野戰報	67.12.18	7	十一中
129	四、二八戰報	67.11.10	47	遂寧中學紅衛兵革聯

130	打倒李井泉	67.6.16	1	重慶大學紅衛兵團
131	打倒羅廣斌	67.7.6	1	重慶紅衛兵革命造反司令部
132	外北怒濤	67.5.22		成都工人造反團外北分團
133	北碚戰報	67.10.11	9	北碚地區捍衛紅色政權聯合總部
134	電影戰報	67.11.18		成都《電影戰報》
135	民院井岡山	68.6.25		井岡山野戰軍民院縱隊
136	東方紅	66.12.6	創刊	四川瀘州師範「一○·二八」「一○·一六」毛思想戰團
137	東方紅	67	7	四川金川革命造反聯合總部
138	東方紅	67	2	四川德陽東方紅革命造反軍
139	東方紅	66.12.26	創刊	重慶東方紅電校東方紅戰鬥團
140	東方紅戰報	66		成都電訊工程學院東方紅戰鬥兵團政治處
141	東方紅	67.1.21	2	中科院成都分院
142	東方紅	67.8.1	5	江安中學
143	東風萬里	67.11.30		東風礦區
144	東方紅紅衛兵	67.2.12	7	重慶中學
145	東方紅	68.2.24		望江東方紅
146	東方紅	67.11.18	創刊	反到底派
147	東方紅	67.9.8	創刊	重慶東方紅公社
148	東方紅	67.7.28	14	方具地區
149	東方紅戰報	68.1.24	41	成都電訊工程學院臨革會
150	東方紅戰報	67.7.9		成都地區革派聯司
151	東方紅戰報	67.6.23	3	成北地區《東方紅戰報》
152	東方欲曉	67.3.11	15	重醫兵團
153	江城炮聲	69.1	5	四川瀘州紅色革命造反聯絡站
154	江城戰報	68.3.6	140	萬縣三代會
155	血染紅旗	67.1.1	49	四川紅衛兵瀘州分隊
156	爭朝夕	67.12.2	創刊	成都教職工革命造反兵團
157	血戰到底	67.12.12		紅衛兵成都中醫學院
158	永川紅旗	67.8.20	13	永川三代會
159	血染紅旗	67.10.24	3	瀘州赴蓉告狀團成都版
160	血戰到底	67.6.8	3	西南師專《血戰到底》

161	同心幹	67.6.8	創刊	成都貧下中農新四軍成工團八路軍
162	農奴戟	67.6.15		江油地區革命造反派
163	全無敵	68.6.11	11	成遠工代會
164	西南驚雷	67.2.1	創刊	解放大西南革命造反聯合總部
165	自貢紅衛兵	67.9.30	17	自貢毛思想紅代會
166	自貢工人造反報	69.3	7	自貢工代會（原《鹽都炮聲》）
167	機關戰報	68.7.14	5	815 機關
168	農奴戟	67.6.25	2	西南工學院《農奴戟》
169	回馬槍	67.8.15	2	石油兵團
170	衝鋒號	66.10.21	創刊	紅衛兵成都部隊川大支隊四川大學東方紅「8.26」戰鬥團
171	紅衛兵	67	5	川營革命造反第三司令部外地紅衛兵聯合調查隊
172	紅衛兵	67.4.18	22	紅衛兵成都部隊政治部
173	紅衛兵	67	27	紅衛兵成都部隊雅安無產階級革命造反總司令部
174	紅衛兵	67.5.22	6	紅衛東成都部隊《紅衛東》編輯部
175	紅衛兵報	67	6	四川內江紅衛兵革命造反司令部政治部
176	紅衛兵報	66.12.16	914	成都電訊工程學院紅旗戰鬥團紅衛兵總勤務站
177	紅衛兵報	66.10.18	創刊	重慶市大中學校毛思想紅衛兵總部
178	紅衛兵戰報	66.12.12	8	成都市大專院校紅衛兵指揮部政治部
179	紅囚徒	67.6.20	4	誓死捍衛毛思想紅衛兵指揮部政治部
180	紅色挺進報	67.8.37	50	南充醫專毛主義紅衛兵挺進隊
181	紅色電訊	67	17	毛主義印刷廠《紅印戰士》革命造反團
182	紅色恐怖報	66.12.13	特刊	自貢市毛澤東主義戰鬥團政治部
183	紅色通訊兵	67.1.1	創刊	重慶郵電學院紅色通訊兵戰鬥團
184	紅色造反者	67	4	四川東山紅色造反兵團
185	紅色造反者	67.12.20	25	成都地區革命造反派聯合總部
186	紅色造反者	67	9	四川瀘州市大學校毛澤東思想紅衛兵司令部
187	紅色造反者	67.2.21	創刊	四川新宜賓紅色造反者聯絡站
188	紅冶造反報	67.2.1	創刊	2307 無產階級革命工人造反戰鬥團

189	紅冶造反報	67.6.9	4	宜賓紅色造反總指揮部
190	紅礦工戰報	67.1.29	創刊	四川永榮礦區無產階級革命造反聯合總部
191	紅岩	67.2.8	畫刊	重慶紅衛兵革命造反司令部西師紅衛兵團西南師範學院
192	紅雨	67.5.15	3	工農兵文藝成都部隊
193	紅旗	67	3	北航紅旗戰鬥隊駐渝聯絡站
194	紅旗戰報	66.11.1	創刊	南充市大中學校紅衛兵總部
195	紅旗飄飄	67	19	成電紅旗戰鬥團紅衛兵成電總勤務站
196	紅岩	67.8.8	31	重慶紅衛兵反到底司令部西南師範八‧三一戰鬥縱隊
197	紅岩戰報	67.11.13	新 33	川石油學院紅岩公社
198	紅旗	68.1	47	富順紅代會
199	紅旗	67.4.20	創刊	富順二中八一○戰鬥團
200	紅旗	68.6	28	成都電訊學院總部
201	紅旗戰報	67.5.23	1	川棉一廠紅旗戰鬥師
202	紅色戰報	67.6.30	3	省機關紅色造反聯合指揮部
203	紅旗戰報	67.11	9	省人民交際處外事辦無產階級革命派聯合會
204	紅旗風景	67.8.12	24	成都電工院紅旗戰鬥團紅旗
205	紅衛東人	67.10.1	5	成都地區聯總紅衛東成都 69 縱隊
206	紅衛兵報	67.6.18	8	內江高專總部
207	紅哨 10.1	68.3.7		成工團紅哨川醫 10.1
208	紅小鬼	68.1.25	8	18 中反到底
209	紅中司	68.1.1		紅衛兵中學生反到底司令部
210	紅小鬼	68.1.1		反到底紅衛兵中學司令部
211	紅山城	67.9.18		重工二七兵團
212	紅山城	67.10.30	6	重慶教院《紅山城》
213	紅印工	67.2.26	3	山城 815 印刷工人
214	紅號兵	67.12.1	14	西南地區地勘所《紅號兵》
215	紅山城	67.10.30	6	重慶教院
216	紅印工	67.2.26	3	山城 815 印刷工人
217	紅號兵	67.12.1	14	西南地勘所
218	紅滿天	68.11.4	4	反到底派

219	紅岩造反報	67.12.25	1	重慶工人紅岩革命造反團
220	紅色通信兵	67.4.23	7	郵電學院
221	紅五一	67.6.24	5	成都五一反修軍團
222	紅三司	67.7.23	3	紅衛兵成都革命造反司令部
223	紅電波	67.8.10		
224	紅旗報	67.6.1	8	宜賓紅司
225	紅衛兵	67.1.22		紅衛兵成都三二一一一戰鬥團
226	紅色電訊	67.7.27		川報革聯
227	紅濤	67.11.16	28	南充石油紅衛兵革反總部
228	紅闖將	67.11.21	復1	瀘州紅聯站紅衛兵54軍7804部隊
229	紅音戰報	67.6.19	8	紅衛兵成都部隊川音支隊
230	炮聲隆	67.7.12	9	東方紅八一六戰鬥兵團
231	沱江潮	67.12.16	2	內江工聯農司、紅司
232	獨立寒秋	68.1	創刊	紅成都電訊支隊
233	建築戰報	69.9.23	29	建工部一工局革委會
234	瀘州紅旗	67.9.18	19	瀘州紅旗革反司
235	革命造反報	67.12.19	29	革命造反紅旗宜賓方面軍
236	春雷	67.10.15	24	重慶紅衛兵革命造反司令部
237	省紅聯快報	67.5	22	省機關紅色造反聯合指揮部
238	造反新聞	67.5.24		毛主席新聞兵自貢報革命職工
239	炮聲隆	67.8.18	14	東方紅11.16戰鬥兵團
240	硬骨頭	67.5.13	3	成工硬骨頭戰鬥團
241	兵團戰報	67.6.19	7	成工革反團
242	突破口	68.5.16	創刊	宜賓地專紅旗
243	造反者	68.1.13	19	四川外院826戰鬥團
244	造反戰報	68.2.1	4	無產階級革命派工人造反軍司令部
245	革命造反報	67.2.1	創刊	成都機關《革命造反報》
246	成都中學生	68.1.25	2	826二中
247	羌江	68.3	18	雅安紅造
248	金沙江之聲	68.1		西昌打李聯絡站
249	革命造反通訊	68.11	12	紅旗宜賓方面軍

250	貧下中農戰報	67.8.15		成都貧下中農革命造反兵團
251	笑指沙場	68.5.30	7	成都《笑指沙場》
252	指點江山	67.7.25	8	成都工革川都直屬團中心分團
253	鹽都炮聲	67.12.4	25	自貢工代會
254	戰地黃花	67.5.28	創刊	成都工革兵團交通分團
255	鐵道烽火	67.7.18	4	成都工革兵團鐵路分團
256	鑼資炮聲	67.10.24	5	打李聯總鑼資造反兵團三四方面軍
257	聾人炮聲	67.8.9	創刊	成都聾人革命造反兵團
258	聾人風暴	67.2.7	創刊	重慶聾人革命造反總部
259	造軍戰報	67.11.30	14	反到底重慶無產階級革命工人造反軍
260	鬥爭報	67.5.25	26	東方紅八・二六成都氣象學校八・一八戰鬥團
261	戰報	67.3.16	創刊	重慶西南政法學院打通各革命造反組織政法兵團
262	造反軍報	67	3	西南政法學院政法紅衛兵總部政法兵團團部
263	政法兵團	67.11.16	19	反到底重慶革命職工造反司令部
264	政法兵團	67.1.20	創刊	四川南充毛主義職工革命造反司令部
265	資料選編	68.12	3	重慶大學校刊編輯部
266	果城風暴	67.1.15	創刊	四川南充毛主義職工革命造反司令部
267	重大八・一五	67.3.1	創刊	重慶紅衛兵革命造反司令部重慶交通學院紅衛兵
268	挺進報	67	16	重慶紅衛兵革命造反司令部重慶交通學院紅衛兵
269	挺進戰報	67.2.18	創刊	紅衛兵成都部隊成都工學院總部成都工學院
270	沱江怒吼	67.8.19	2	內江工人革命造反團
271	沱江紅旗	68.6	23	瀘縣文教
272	瀘化紅旗	68.1.1	32	瀘州化工廠
273	瀘州紅旗	67.9.18	19	瀘州革命造反三司
274	雨城戰報	68.1.20	18	雅安保衛毛主席紅衛兵
275	南充風雷	68.6.1	6	南充師範
276	摧春戰報	68.3.17	創刊	自貢橡膠

277	忠實兵戰報	67.12.1	26	涪陵紅代會
278	政法公社炮聲	67.12.24		涪陵政法公社革命聯合會
279	鋼鐵東方紅	68.2	3	反到底總部
280	橋頭烽火	67.11.16	3	反到底二輕
281	榮昌戰報	68.5	16	榮昌三代會
282	榮昌戰報	68.8.23	3	榮昌革命造反派
283	追窮寇	67.12.25	28	大坪地區
284	鐵掃帚	68.2.23	1	
285	政治戰報	67.9.29	2	四川政法革命造反聯指
286	鏟資報	67.5.24	5	成都工人鏟資革命造反兵團
287	倚天劍	68.3.10	3	省造反司令部
288	呼聲急	67.6.25	創刊	成都工人造反團市建聯絡站修繕兵團
289	教育戰報	67.7.29	4	成都中學紅代會紅色革命造反團
290	橫掃千軍	67.8.19		成都工人造反團麗江分團 826 戰團
291	野戰軍	67.7.9		紅聯野戰大隊
292	沱江報	67.12.16		內江工聯農司、紅司
293	春來報	67.7.12	創刊	成都工農兵文藝造反戰團
294	敢字報	67.11.5	創刊	成都大學八一八紅衛兵
295	輕騎紅衛兵	67	3	成都電訊工程學院
296	解放大西南	68.2.22	49	成都地質學院文革籌委會
297	錦江評論	67.8.30	7	紅三司十六中
298	魯迅戰報	67.2.9	創刊	成都文藝界革命造反司令部
299	縛蒼龍	66.12.4	創刊	四川大學東方紅八二六戰鬥團
300	驚雷	67.1.31	創刊	成都工人革命造反兵團財貿分團
301	驚雷	67	12	重慶西南農學院
302	驚雷	67	7	紅衛兵成都部隊四川師範學院成都工學院
303	怒濤	67.5.21	創刊	毛思想工人紅衛造反軍團 1217 部隊
304	緊跟毛主席	67.8.25	7	重慶紅衛兵革命造反司令部
305	野戰井岡山	67.6.26	4	紅三司井岡山野戰軍
306	政法戰報	67.7.22	2	政法界

307	縛蒼龍快報	68.2.1	3	三中
308	懲腐惡	68.4.2	5	合江中學
309	楊子江評論		6	成都水電校
310	重慶反到底	67.9.9	創刊	自貢
311	怒濤	67.6.30	4	毛思想工人紅衛軍團 1217 部隊
312	短劍	67.7.18	4	省機械學院 915 兵團
313	吶喊	67.5.23	1	宜賓 5016 野戰部隊
314	路線鬥爭	68.2.25	創刊	反到底派
315	英特納雄耐爾	67.2.4		紅中司涪陵
316	蓉城快報	68.6.8	30	文藝界革聯會
317	魯迅電影戰報	67.11.2	6	成都東方紅電影廠
318	死難烈士追悼大會會刊	67.5.9		成都地區革命造反派
319	新紅衛東	67.12.11	1	紅衛東新總部
320	新西昌報	69.10.1	123	西昌地區革委會
321	新成都報	69.5.16	259	成都市革委會
322	新疆紅二司	68.1	3	四川版
323	新九中	68.4	3	九中毛主義兵團
324	新成都報	69.5.16	259	成都市革委會
325	新疆紅二司	68.1	3	四川版
326	新九中	68.4	3	九中毛主義兵團
327	新成鐵報	68.12.8	23	成都鐵路革委會
328	新西南	67.10.15	7	西南局機關
329	新疆通訊	68.3.11	6	新疆紅二司重慶版
330	新華電訊	68.2.10	181	涪陵《新華電訊》
331	新十一	68.1.11	5	紅衛兵成都工學院新十一
332	望紅日	67.9.27	5	江津紅反派總局
333	橫眉	68.1.1	19	重慶 815 四〇四團
334	紅色美術兵	67.12.26	1	山城八一五印刷工廠
335	四川通訊	67.9.17		重大造反派
336	一二九戰報	67.8.11	3	成都工人造反兵團

雲南

序號	名稱	時間	期號	組織
1	一二・六	67.12.6	特刊	一二・六聯合總部
2	一二・六戰報	67.11.25	3	一二・六聯合總部
3	一一・八戰報	67.10.1	11	毛思想一一・八兵團
4	一二・七通訊	68.8.13	11	雲南八・二三文藝兵團
5	一二・八戰報	67.9.4		箇舊市紅河無產階級革命派大聯合司令部
6	一二・八紅炮手	67.11.2		新紅河毛主義炮兵團
7	八・二三風暴	68.7.23	29	昆明農林學院八・二三兵團
8	八・二三戰報	67.9.25	25	昆明八・二三戰鬥兵團
9	八三一反革命事件專列	67.11.12	專刊	雲南公安廳人民公安聯合總部
10	八三一昆明博物館反革命事件	67.12.17	專刊	昆明八二三機建戰鬥隊八二三省供銷社一四兵團八二三省公安廳人民總部
11	八工總	68.8.30	5	雲南八二三無派工人總部
12	九・一四戰報	67.10.14	33	雲大毛主義炮兵團
13	大地風雷	67.11.20		雲大中文系教師大地風雷
14	萬山紅遍	67.10.27	2	雲南高等院校雲南設計單位批資反路線聯絡站省有色金屬研究所無派大批派聯絡站
15	千重浪	68.2.4	49	毛主義雲南無派輕化工系統市印刷廠炮兵團
16	手工戰報	67.7.12	創刊	昆明八二三手工兵團
17	文衛戰報	68.1.20	5	八二三文衛兵團雲南中等學校師生員工紅色造反兵團八二三紅教兵團
18	文化戰報	67.8.7	創刊	昆明師院《紅火炬》文化版編輯部
19	文藝戰報	67.12.25	5	雲南省文聯無產階級革命派
20	文革戰報	67.2.4		雲南文化革聯毛主席的紅衛兵總部
21	雲南工人	68.2.25	6	毛主義雲南無派工人革命造反總司令部
22	飛鳴鏑戰訊	67.12.26	4	昆明八二三文藝兵團
23	中學紅衛兵	68.3.22	7	新一中革命造反兵團
24	中學紅炮手	68.1.30	3	毛主義雲南無產階級革命派中學紅炮手

25	中學號兵	67.10.3	創刊	昆明師院附中革命造反兵團八・二三戰鬥兵團
26	小紅旗	68.2.24	3	毛主義雲南無產階級革命派
27	長征	68.2.26	7	省歷史研究所《長征》
28	火線號兵	68.8.13	4	八・二三中指中學號兵
29	鬥批改戰報	69.10.1	30	電線廠《鬥批改戰報》
30	北斗星	67.1.7		雲南工農學革命造反派司令部
31	以禮河七月政治大血案	67.8.12	特刊	毛思想雲南水電建設公司無產階級革命造反派大聯合指揮部
32	東方欲曉	68.9.14	6	毛主義雲南無派昆明製藥廠《東方欲曉》
33	東方火炬	67.7.18	1	昆明醫藥院毛主義三・七炮兵師
34	東方火炬	67.6.22	2	昆明醫學院毛主義炮兵團
35	打倒李井泉專刊	67.7.8	2	軍7216廠毛主義炮兵團
36	白求恩戰報	67.11.30	2	昆明衛生系統八二三白求恩兵團雲南衛生系統八二三戰鬥兵團
37	農奴戟	67.1.27	創刊	首都第三司令部南下串連隊
38	全無敵	67.6.1	6	雲南日報社毛思想《全無敵》
39	師院八・二三	67.6.27	3	昆明師院「八・二三」戰鬥兵團
40	共產主義	67.12.3	2	昆明八・二三中等學校共產主義兵團
41	共產黨宣言	67.4.11	3	雲南大學《共產黨宣言》公社
42	交通戰報	67.7.8	2	省交通系統八・二三戰鬥兵團
43	紅地戰報	67.12.2	3	省地質局八二三戰鬥兵團
44	紅炮手日報	68.7.27	22	毛主義雲派紅炮手
45	紅宣兵戰報	67.5.8	11	毛思想紅宣兵雲南革命造反團
46	紅衛戰報	66	3	雲南大專院校紅衛兵司令部《紅衛戰報》編輯部
47	紅公安	67.10.1	2	雲南省公安廳毛思想《八一一》《衛東》《紅公安》兵團
48	紅火炬	67.8.5	4	新師院昆明革命造反兵團毛主義炮兵團
49	紅總戰報	67.11.30	5	昆明軍區醫學校紅色造反者總部
50	紅色輕工	67.8.1	6	毛主義雲南無派昆明輕工紅色造反兵團
51	紅大戰報	67.10.1	特刊	昆明步兵學校外語專科紅色造反者大聯合總部

52	紅宣兵	68.2.29	41	毛思想紅宣兵雲南革反兵團省委機關無派聯總
53	紅炮手	68.6.28	34	毛主義雲南無派
54	紅五七戰報	67.8.17		雲南大理《紅五七戰報》
55	紅炮手電訊	68.8.1		無產階級革命派
56	紅色造反者	67.1.13		毛思想雲南戰鬥兵團
57	紅色工人	67.7.10	13	五一兵團
58	紅旗戰報	67.6.29		昆明小教毛思想紅旗戰鬥團
59	紅色財貿	67.7.12		雲南財貿系統昆明財貿系統革聯總部
60	紅小兵	68.2.12	4	十一中《紅小兵》
61	軍工戰報	68.1.21	14	駐昆明軍工系統無派聯合兵團
62	昆明紅衛兵	66.11.17	11	昆明地區院校紅衛兵總部
63	昆明五‧二九血案	67.6.10	專刊	雲大《共產黨宣言》虎口餘生戰鬥隊
64	昆工火炬	68.9.28	8	昆明工學院毛主義炮兵團
65	春城戰鼓	68.9.2		昆工火炬東風欲曉東風萬里
66	春城評論	67.7.18	創刊	雲大毛主義研究小組
67	春城風暴	67.12.26	12	昆明「八‧二三」無產階級革命派《大聯合指揮部》
68	春城僑報	68.5.18	5	雲南歸僑《爭朝夕》戰鬥兵團
69	春雷	67.2.24	1	雲南革命造反司令部
70	政法戰報	67.12.18	9	雲南政法系統八‧二三無產階級革命派聯合總部
71	政法戰報	67.12.1	7	昆明地區公檢法鬥批改聯絡站
72	輕工戰報	67.5.1	創刊	毛思想昆明市輕工戰鬥兵團
73	科技戰報	68.1.30	2	昆明「八‧二三」紅炮兵科技兵團省無派科技戰線鬥批改聯絡站
74	換新天	68.1.19	1	八‧二三雲南電業總部
75	看今朝	67.7.15	6	毛思想看今朝戰鬥團
76	炮打司令部	67.8.5	特刊	文藝戰報《共產黨宣言》
77	炮三司	67.9.24	1	毛主義炮兵兵團第三司令部籌備處
78	教育要革命	37.8.21	2	八‧二三雲南省教育革命聯絡站
79	雄關漫道	67.7.10	2	毛主義炮兵團堅持真理戰鬥隊

80	特號消息	67.1.12		《雲南日報》革命造反派
81	重工戰報	67.6.15	2	雲南重工兵團
82	戰地黃花	67.3.7	創刊	毛思想雲南革命造反文攻團火與劍戰鬥隊
83	革命火炬	67.10.19		毛主義雲南印刷廠炮兵團
84	楚雄風雷	68.11	31	楚雄縣無派大聯委
85	戰地黃花	68.8.1	198	郵電革聯
86	戰地黃花	68.2.14	3	昆八·二三無派工農兵革命文藝兵團
87	雷鋒	67.4.25	創刊	毛思想雷鋒兵團
88	鐵拳	68.8.11	1	雲南八·二三無派工人總部
89	鐵流	67.3.4	2	昆明革派大聯總
90	新雲南	67.3.24	4	新雲南革派大聯合聯絡站
91	新聞兵	67.7.1	創刊	《雲南日報》毛思想新聞兵造反團戰鬥隊
92	新雲大	68.1.20	2	新雲大八·二三戰鬥兵團《傲霜雪》戰鬥隊
93	新雲大八·二三	67.6.21	2	新雲大八·二三戰鬥隊
94	新聞電訊	67.1.7		《雲南日報》革命職工
95	新昆明戰報	67.5.5	5	《新昆明戰報》
96	新華山戰報	68.1.6	15	毛主義雲南無派新華山指揮部
97	新楚雄	68.10.28	41	新楚雄地區無產階級革命派大聯指

貴州

序號	名稱	時間	期號	組織
1	六六戰報	67	10	貴陽師院毛思想紅衛兵「六六」戰鬥團
2	文藝兵	67	3	毛思想貴陽業餘文藝兵聯絡站
3	四·一一戰報	67.12	1	毛思想貴州省四·一一革命派「長纓在手」
4	四·一一戰報	67.10.25	創刊	貴州411革命派「烏江風暴」
5	烏蒙號角	68.9.1	12	畢節地區革命職工代表大會
6	紅衛兵	66	8	貴陽市大中學校毛思想紅衛兵司令部
7	紅工戰報	67.2.26	5	毛思想貴州省紅色工人戰鬥團總部
8	新貴州報	67.12.13	329	貴州日報《新貴州報》

9	新畢節報	68.7.31	號外	畢節地區工、農、紅代會
10	新貴工	68.4.10		貴州工學院
11	文藝戰線	68.5.23		無產階級革命派批修站
12	紅衛兵六六戰報	67.6.21		《六六戰報》
13	苗嶺戰歌	68.1.20	14	黔東南革總
14	貴州農民	69.4.10		貧代會
15	貴州工人	68.7.5	64	工代會
16	黔南戰報	67.12.14	17	黔南州工農紅代會
17	紅衛兵	67.4.25	26	省大中毛思想紅代會

西藏

序號	名稱	時間	期號	組織
1	風雷激戰報	68.2.8	152	自治區無產階級革命派大聯動造反總指揮部
2	農奴戟戰報	67.12.26	145	西藏大聯動指揮部紅衛兵總部
3	紅色電訊	67.10.17	40	《西藏日報》
4	高原戰士	67.3.14	1149	西藏軍區政治部
5	紅色造反報	67.11.1	59	拉薩革命造反總部
6	盡朝暉	67.12.26		總指西藏日報聯指工報聯合兵團
7	毛澤東思想紅衛兵	68.6.30	1	西藏大中毛思想紅代會
8	挺進報	67.12.15	23	西藏無派總指揮部
9	會刊	69.1.11		西藏革委會（籌）

寧夏

序號	名稱	時間	期號	組織
1	毛澤東思想紅衛兵	68.6.30	1	寧夏大中專學校毛思想紅衛兵代表大會
2	東方紅	67	8	寧夏大學毛思想紅衛兵各戰鬥團聯合指揮部
3	盡朝暉	67.12.26	創刊	總指寧夏日報聯指工人革命造反聯合兵團
4	挺進報	67.12.15	23	寧夏無產階級革命派總指揮部

解放軍

序號	名稱	時間	期號	組織
1	028 戰報	68.1.20	19	空字 028 部隊
2	1028 戰報	67.7.14	13	空字 028 部隊紅色造反隊
3	10.5 風暴	67.2.1	創刊	解放軍第七軍醫大學 105 紅色造反團、紅工造反團
4	12.29 戰報	67	3	解放軍第七二一四工廠 12.29 革命造反聯合會
5	10.27 大血案	67.11.2	專刊	解放軍總字四一二部隊（紅色造反團）
6	井岡山報	67.1.30	創刊	解放軍京字 320 部隊井岡山革命造反聯合總部
7	風雷	67	3	工程兵革命造反者紅色聯絡站
8	風雷激	67.2.4	創刊	解放軍總字 423 部隊毛思想紅色造反總團
9	長纓在手	68.3.9	4	69209 部隊
10	風雷激	67.8.27	4	解放軍總字 423 部隊（紅聯）
11	鬥羅戰報	67.6.16	3	解放軍革命造反派鬥羅大會籌備處
12	立新功	67.8.29	創刊	浙江省軍區批判資產階級反動路線聯合指揮部
13	立新功	67.10.13	42	解放軍後字二五四部隊紅色造反總隊（立新功）
14	奪權專刊	67.2.27	專刊	解放軍裝甲學院革命會
15	全無敵戰報	67	3	解放軍通信兵工程學院東方紅造反軍
16	沙河泡沫	68.1.6	6	成電 1015 部隊
17	中州風雷	67.6.16	專刊	後字 244 部隊
18	紅色造反者	67.6.30	成都版	後字 242 部隊
19	紅色造反報	67.10.1	42	502 部隊
20	紅色造反者	68.1.1	25	後字 242 部隊
21	紅色造反者	67	7	解放軍總字 212 部隊紅色造反團
22	紅色造反者	67.1.21	2	海軍革命造反派
23	紅色造反報	67.9.11	26	軍後字 252 部隊革委會
24	紅色造反報	67	3	解放軍獸醫大學紅色造反團
25	紅色造反報	67	8	解放軍第二軍醫大學紅色造反報服務組
26	紅色造反報	67.2.8	特刊	解放軍第二軍醫大學紅色造反隊紅色工人造反縱隊

27	紅色造反報	67.2.9	專刊	空軍 012 部隊革命造反派聯合總部
28	紅色造反報	67	10	空軍技術學院紅色造反隊
29	紅色造反報	67	4	海軍高級專科學院紅色造反總部宣傳團
30	紅色風暴	67	2	解放軍第二軍醫大學紅色造反縱隊紅色工人造反縱隊
31	紅色造反兵團戰報	67	7	解放軍空軍 025 部隊紅色造反兵團
32	紅工戰報	67	4	總字 344 部隊印刷廠紅色工人造反隊
33	紅衛兵	66.11.1	4	東海前線紅衛兵總部政治部
34	紅闖將	67.10.27	2	瀘州紅聯站紅衛兵 54 軍 7804 部隊
35	直搗中州	67.8.15	7	總字344部隊紅反委306紅反團紅旗總部濟字 250 部隊
36	兵團戰友	71.3.26	65	北京軍區內蒙古生產建設兵團政治部
37	革命造反報	67	1	新疆生產兵團工二師革命造反聯合總部
38	革命造反報	67	4	解放軍海軍指揮學校革命造反兵團總部
39	革命造反報	67	5	解放軍鐵道兵學院革命造反兵團
40	革命造反報	67	7	炮兵工程學院革命造反兵團
41	革命造反報	67.2.1	創刊	海字 203 部隊革命造反兵團總部
42	革命造反報	67	4	新疆軍區革命造反報
43	紅色造反者	67.2.18	創刊	海字 445 部隊革命造反者聯合司令部
44	革命風暴	67.8.16	52	空字 025 部隊無產階級革命造反總指揮部
45	造反報	67.11.28		軍 212 工廠
46	造反有理	67	7	解放軍第四軍醫大學紅色軍工造反總團
47	戰地黃花	67.9.27	14	總 664 部隊
48	立新功	67.9.1	1	6418 部隊批資產階級反動路線指揮部高陽分部
49	新軍樂	67.4.29	創刊	軍樂團革命造反隊《新軍樂》
50	燎原	67	10	解放軍後勤學院星火燎原革命造反團
51	風展紅旗	69.5.22	15	京字 122 部隊
52	242 戰報	67.12.12	10	後字 242 部隊
53	紅色戰士	67.8.16	28	內蒙古軍區
54	生產戰線	66.10.27	號外	新疆軍區生產建設兵團政治部

致　謝

　　1976年，中國大地發生了兩件大事：一是中華人民共和國的締造者毛澤東逝世。另一件是隨著毛的逝世，由他一手發動的、長達十年之久的文化大革命運動終於結束。

　　同年，在中國湖南衡山之麓、湘水之濱的一個背山面水的小山村裏，也發生了一件大事：在一個寒冷的冬夜裏，我迫不及待地掙開母親的懷抱呱呱墜地，睜開一雙懵懂的眼神開始打量著這個未知的世界。據母親後來講，我出生的時候，父親當時正在外鄉與全市幾個縣的幾萬農民一起，正在參與修建一個全市大型的農田水庫。

　　童年的記憶，印象最深的就是每次去外公家。其時，他在我出生前就已經過世，我從未見過他，哪怕一張照片也沒有。每次去的時候，我都能在他家屋場的土磚牆上看到一塊塊用石灰砂漿刷白的或呈長方形或呈正方形的宣傳欄上，用毛筆字書寫的諸如「偉大的導師，偉大的領袖，偉大的統帥，偉大的舵手毛主席萬歲、萬萬歲！！！」、「誰是我們的敵人？誰是我們的朋友？這個問題是革命的首要問題，也是文化大革命的首要問題。」、「凡是反動的東西，你不打，他就不倒。這也和掃地一樣，掃帚不到，灰塵照例不會自己跑掉。」等口號和語錄。每次看到牆上的字，我都要逐字逐句念上幾遍。當時年幼，並不知道這些文字代表什麼意思，只是照著念，覺得好玩。但每當念這些字的時候，總要遭到大人們的呵斥，覺得沒什麼好念的。

　　當然，這些標語，後來隨著土磚房的推倒，樓房的重建，已不復存在。只是我還依稀記得，那些毛筆字都是方方正正的，非常工整，而且好像還具有一定的書法功底。現在真想像不出，當時在那些識字不多的農民中是怎

麼找到能寫得這麼好毛筆字的人來。

另一個印象比較深的事，就是那時候外公家有一整書櫃的毛著毛選和一整箱各種形狀的毛主席像章。這可能與我外公當時當過他們所在大隊的書記有關，據說當了長達十二年，直到他去世。這令我震撼，因爲對農民家庭來說，在當時能擁有這麼多的書是一件很奢侈的事情，比如當時我家就一本都沒有。

現在還依稀記得那些書中有一整套一整套的《毛澤東選集》。書的封面非常簡潔，潔白的封面上用鮮紅的字體寫著《毛澤東選集》以及第幾卷等字樣；另外還有很多各種大小、用紅色塑料封皮包住的《毛主席語錄》，大的有正常的書那麼大，小的只有我們小孩的手掌那麼大。

除了毛著毛選和毛主席像章外，他家還有一些學習筆記本。筆記本也是紅色塑料封皮，用金色字體寫著「爲人民服務」的字樣，上面或者配有毛主席頭像，或者配有鐮刀和錘頭組成的黨徽圖案。

關於童年的記憶，還有一件記憶猶新的事情。那就是我們小夥伴們在一起玩耍的時候，經常會無意間喊「三日不學習，趕不上劉少奇」、「打倒林彪」、「打倒四人幫」等這樣的口號。當時，也不知道小夥伴們是從哪兒學到一些這樣的口號。反正我們小朋友聚在一起的時候，就經常喊，看誰喊的聲音最大，比誰能喊出這樣的口號最多。

我就在那種無憂無慮、懵懂無知的狀態下度過了童年。然後就像絕大多數同伴一樣，進入學堂讀書。一路走來，我最終成爲我們那個村莊第一個通過讀書這種方式走出來的農家子弟。當然在我後面又陸陸續續通過這種方式走出幾個。大學畢業後，工作的第一站先是在一家地市級電視臺當了一個爲稻粱謀的小記者。幾年後，重新走進校園攻讀傳播學碩士，然後進入一所地方院校從事新聞教學工作。經年後，我實現了從一個教師到學生的轉變。承蒙方先生厚愛，有幸忝列方門，從而跌跌撞撞地踏入治修新聞史學的門徑。

感恩人大新聞學院給我提供不斷一個提升自己的平臺，這裡大師雲集、學術資源豐富、極大地擴大了我的學術視野，讓我的學術能力有了質的飛躍。因本人愚鈍，從這學術殿堂中吸取的學術營養只不過是其滄海中的一瓢。

非常感恩我的博導方漢奇教授對我的培育。先生學識淵博、思想敏銳、

待人寬厚、幽默風趣、不斷提攜後進，是我輩學習的標杆。對於學術研究，先生一再告誡我，「路邊的果子不要隨便採」，既要站在前人的肩膀上往前走，也要開闢新的領域，有所創新；走學術之路要「學會墩苗」，只有先沉潛下來，打好根基，才能厚積薄發。

本書是以我的博士論文爲基礎加以修改而成。本書的選題，是我在閱讀先生開出的書單過程中，梳理前人的研究成果，發現文革這一特殊歷史時期的新聞史學研究部分一直比較薄弱（當然，這並不是什麼獨有的發現，前人肯定早有發現，只是基於諸多客觀原因，有關這一疆土還沒有加以深入開拓），所以突發「奇想」，希望能在這方面有所探索。當我向先生試探性地提出這一問題時，先生當時對我的想法給於極大的鼓勵。但他也提出可能時機不是很成熟，尤其資料搜集的困難是一個非常現實的問題。他希望我能把它作爲一個備選的選項先預留下來。

過了半年後，因機緣巧合，一位移民加拿大的華人集報者回北京，想將其前期收集的文革小報進行掃描。他找到先生，希望人大新聞學院能予以捐助，作爲條件，可以使用它的電子版進行研究。因有這一部分資料，可以以此資料作爲基礎，對這一特殊歷史時期的文革小報現象作一嘗試性的探究。從此該選題正式作爲我的博士論文選題予以開動。

做這個選題，用一種功利主義的觀點看，一定是一件「費力不討好」的事情。因爲面對資料搜集困難重重、後期成果能否公開面世、後期研究能否持續的問題，對於這一點，我一開始就有心理準備。我沒經歷過那段特殊的歷史，我出身於世代農民家庭，家裏沒有任何家人、親戚在那一特殊歷史階段受到任何衝擊，所以不存在任何「先見」。做這個選題，我純粹只是出於對這一特殊歷史時期獨特新聞現象的好奇，有一探究竟的衝動。非常感謝人大新聞學院這一平臺、院黨委書記蔡雯教授的開明以及先生的鼓勵，讓我這一好奇心得到滿足。

在博士論文的形成過程中，首先非常感謝先生的大力支持與幫助。無論是從論文題目的拿捏，還是論文寫作尺度的把握，先生高屋建瓴，提出一系列建設性意見。尤其在資料收集方面，他更是親力親爲，充分利用自身資源優勢不斷從集報界獲取一手材料；他每年寒暑假在美國他兒子家度假的時候，都不忘爲我論文的寫作收集資料，及時提供給我；甚至爲了收集報刊資料，曾發動自己的家人和在海外工作、學習的方門弟子在美國各大圖書館進

行搜集與聯繫。可以說，如果沒有先生的鼓勵與支持，本書的寫作根本是一個不可能完成的任務。先生治學非常嚴謹細緻，在論文完成後，先生花費了大量時間和精力對我的初稿進行審閱，包括文章內容、遣詞造句、錯別字都一一指出並加以訂正，甚至包括注釋和參考文獻裏的標點符號。拙文淺陋，很難想像先生作為一位九十三歲高齡的新聞史學泰斗會如此耐心細緻、嚴肅認真地加以對待，作為後輩的我，內心既是惶恐與不安，又是感激與敬意。

同時，在論文資料的收集過程中，還要特別感謝同門各位師姐、師兄，如陳昌鳳教授、涂光晉教授、周小普教授、王潤澤教授、林玉鳳教授、趙永華教授、趙雲澤教授、鄧紹根教授、傅寧副教授、劉繼忠副教授、李衛華副教授、王樊一婧副教授、易耕副教授、趙戰花副教授等。他們的幫助與支持，使論文的寫作得以順利開展。

在論文的寫作過程中得到了陳力丹教授、蔡雯教授、楊保軍教授、涂光晉教授、周小普教授、王潤澤教授、趙雲澤教授、張輝鋒副教授以及趙永華教授、鄧紹根教授的點撥，他們或在正式的場合或在私下的討論過程中對論文的寫作提出了許多建設性的寫作意見。

非常感謝博士論文答辯委員會各位同行專家，他們是陳昌鳳教授、蔡雯教授、崔士鑫教授、涂光晉教授和王潤澤教授。同時要感謝博士論文的五位匿名評審專家。他們中肯的意見，將給我後期博士論文修改和未來學術之路提供有益的建議。

感謝師弟王保平，因我博士階段的後半期，是一邊工作一邊攻讀，往來於工作單位和人民大學有諸多不便，博士論文答辯的諸多例行性事務都是他在幫我不厭其煩加以處理，在此深表感謝。

感謝我的外甥彭安同學和我的侄子吳廣同學，在本書的寫作過程中，他們不厭其煩地為我查找資料、網購書籍、整理材料以及調整文檔格式。你們辛苦的付出，使我從許多瑣碎的事情中解脫出來，得以專心致志地完成本書的寫作。

同樣，我要感謝在我人生和求學路上一直默默關心我的人，你的關注一直是我前進的動力。

我要感謝我的妻子，沒有你的支持，我不可能完成這一艱巨的工作；感謝我的兒子和女兒，在我讀博和寫作本書的過程中，沒有很好地陪伴你們。

最後，我要把本書獻給我遠在天堂的父親和一直陪伴在我身邊的母親。

是你們，把我帶到這個世界，並且含辛茹苦地把我培養成人。年至不惑，已為人父，我深深體會到，沒有你們一生無怨無悔的付出，就沒有我的今天。

李紅祥

2018 年冬於中國人民大學